Re:제로

Re: Life in a different world from zero

부터 시작하는 이세계 생활

Beatrice&Pack
베아트리스&팩

「ふふ、あは。」

「나, 열심히 했어.

열심히 했었단 말이야. 필사적이었어, 필사적으로 이것저것

전부 잘 해보려고, 열심히 했었다고…….

진짜야. 진짜로, 진짜.

지금까지 이렇게 열심히 한 적이라곤 없었을 만큼!」

──오니(鬼다」

「아하, 하하하──」

마치 앳된 소녀 같은 웃음소리. 그것은,

노골적인 잔혹성 때문에

넘쳐 나온, 흉소였다.

Re: Life in a different world from zero

The only ability I got in a different world "Returns by Death"
I die again and again to save her.

CONTENTS

Re:제로

Re. Life in a different world from zero

부터 시작하는 이세계 생활

나가츠키 탓페이 지음
오츠카 신이치로 일러스트
정홍식 옮김

표지 · 본문 일러스트
오츠카 신이치로

제1장『나츠키 스바루의 리스타트』

1

　——의식이 두절되고 부활할 때까지는 나츠키 스바루의 체감 시간으로 한순간이었다.

　"———."

　딱딱한 지면에 머리가 깨지고 세계가 새빨갛게 물든 건 정녕코 눈 깜빡하기 직전.

　온몸의 감각을 잃었다고 느낀 직후, 스바루의 몸은 부드러운 침대 위에 있었다.

　"후——."

　숨을 내뱉어 죽음의 충격을 영혼째로 끌고 온 몸뚱이의 경직을 푼다.

　폐가 경련하는 바람에 호흡마저 위태로울 만큼 마음이 볼썽사납게 쭈그러들어 있었다.

　그도 당연하다. 낭떠러지로 몸을 내던져 스스로 목숨을 끊은 건 첫 경험이었으니까.

　네 번째 죽음과 자살. '사망귀환'의 조건이 명료하지 않은 현재, 어느 것이나 미경험인 사태가 겹친 이번 회. 스바루의 인생이 끝났어도 이상하지는 않았다.

　하지만──.

　"돌아, 왔다고……."

　스바루는 떨리는 주먹을 틀어쥐고 눈앞에 있는 하얀 천장을 향해 뺨을 일그러뜨린다.

　부드러운 침대, 향긋한 베개, 정돈된 시트.

　어느 것이나 로즈월 저택의 첫날에 스바루를 맞이하는 각종 내객용 비품들이다.

　그리고 무엇보다──.

　"언니, 언니. 손님도 참 아직 잠이 덜 깨신 모양이에요."

　"렘, 렘. 손님도 참 저 나이에 불쌍하게도 노망났나 봐."

　쌍둥이 자매가 손을 마주 잡고 침대 앞에서 스바루를 두 쌍의 눈으로 바라보고 있었다.

　흑색 기조의 에이프런 드레스에 하얀 에이프런. 머리 위에 얹은 순백의 헤드 드레스가 눈부시고, 숏 보브컷으로 다듬어 둔 청색과 분홍색의 똑같은 머리모양. 앳된 티가 남은 사랑스러운 이목구비.

　저택의 관리를 도맡은 자매이자 스바루가 '사망귀환' 한 이유 그 자체다.

　귀에 익은 목소리와 눈에 익은 몸짓 앞에서, 다섯 번째 첫 대면을 맞이한 스바루의 마음이 떨린다.

　하고 싶은 말은 태산 같이 있었다. 그런데도 목에 걸린 듯 말이 나오지 않는다.

건재한 렘의 모습과 변함없이 무례한 람의 태도를 보고, 둘이 당연한 듯이 스바루를 대해주는 것을 느끼고 견디기 어려운 감정이 치밀어 오른다.

"손님, 손님. 왜 그러시나요? 상태가 좋지 않으세요?"

"손님, 손님. 무슨 문제 있어? 지병이라도 발작했어?"

쌍둥이는 가슴을 움켜쥐고 고개 숙인 스바루의 모습에 곤혹스러워한다.

침대 앞에서 좌우로 갈라져 스바루를 사이에 놓고, 양쪽에서 자그마한 손바닥이 스바루를 만지고자 뻗어온다.

그 두 사람의 손을——

"잠깐 빌리마."

"어."

"아."

스바루는 양해를 구하면서도 다짜고짜 양손으로 각각 둘의 손을 맞잡았다.

놀라서 굳어버린 자매를 아랑곳하지 않고 그 가녀린 손가락과 손바닥의 온기, 감촉을 만끽하며 중얼거린다.

"아아, 역시 그랬어……. 난 잘못되지 않았어."

스바루는 맞잡은 손의 감촉을 기억하고 있었다.

숨 막히던 밤에 그 온기에 구원받은 기억이 있었다.

낭떠러지에서 몸을 내던지는 결의의 계기는, 잘못된 것이 아니었다.

"아뇨, 손님. 전부 다 잘못이라고 생각해요."

"아냐, 손님. 틀림없이 태어난 게 잘못이야."

서슴없고 버릇없는 스바루의 행동에 손을 풀어낸 둘이 입 모아 비난의 말을 퍼붓는다.

그러나 스바루는 그런 둘의 말이 기분 좋은 음악이라도 되는 양 끄덕였다.

"나중 일을 생각하면 웃지 못할 기분이 드는 말이지만…… 지금은 그것도 기분 좋군."

"언니, 언니. 이 손님, 혹시 힐난당하고 좋아하는 난감하신 분?"

"렘, 렘. 이 손님, 아무래도 욕 뒤집어쓰고 흥분하는 왕 변태?"

벌써부터 손님을 손님 취급하지도 않는 발언이 튀어나오고 있지만, 웃으며 흘려듣는다.

이렇게 또다시 이 둘과 참 의미로 첫 대면을 맞이할 수 있다면.

경계……라기보다는 생리적 혐오감까지 드러낸 두 사람 앞에서 스바루는 침대에서 뛰어내린다. 몸을 굽히고 피며 상태를 확인하고, 의심스러워하는 두 사람을 웃는 얼굴로 돌아보았다.

"인사도 없이 대뜸 아까는 미안했다. 일단 사과한 다음에 하고 싶은 말이 있어."

스바루가 팔짱을 끼고 쓸데없이 가슴을 펴자 자세를 바로잡는 람과 렘 두 사람.

스바루는 둘의 시선이 약간 날카로워지는 것을 보고, 어렴풋이 벌써 품평은 시작된 것이려니 느낀다.

둘의 신뢰를, 나아가서는 저택에 있는 전원의 신뢰를 쟁취하지 못했을 때, 나츠키 스바루는 다시금 안녕의 시간을 몰수당하

고 절망을 볼 것이다.

따라서 이번 루프에서는 둘에게 섣부른 의심을 사지 않도록 세심한 주의를 기울여서――

"그렇게 대인관계를 재주 좋게 이끌 수 있었으면 등교 거부를 했겠냐."

중얼거리는 스바루의 말에 둘이 동시에 물음표를 띄우며 고개를 갸웃한다.

그런 몸짓까지 동조하는 둘이 우스워서 스바루의 몸으로부터 힘과 긴장이 풀렸다.

하고 싶은 말은, 해야 할 일은 정해져 있다.

"――난 너희를 믿으니까 친하게 지내보자."

1회째 세계와 똑같이, 그저 한결같은 마음으로 그녀들을 상대하자.

미래를 조금 안다고 해서, 재시도할 수 있을지도 모를 가능성이 있다고 해서 스바루의 본질이 바뀌지는 않는다. 힘껏 발버둥치며 눈앞의 상황을 살아갈 뿐이다.

스바루의 제의에 쌍둥이는 얼굴을 마주 보고, 말없이 눈으로만 대화한다.

둘 사이에만 오가는 대화를 흘긋거리며 문득 방문에 눈길을 주니, 마침 한 소녀가 들어오는 참이었다.

허리까지 닿는 긴 은발에 투명하리만큼 하얀 살결. 매료의 마법을 발산하듯 빨려들 것만 같은 남보랏빛의 눈동자를 가진, 인간 이상으로 아름다운 소녀――에밀리아다.

스바루의 눈길을 알아챈 에밀리아는 방의 세 사람을 보면서 작게 쓴웃음 지었다.

　"소란스러워서 보러 와봤더니…… 건강한 것 같아서 다행이야, 스바루."

　"좀 전까지 심중이 복잡했었지만 에밀리아땅 봤더니 전부 다 풀렸어. 내 마음의 특효약은 에밀리아땅이라는 자애의 알약이었구나."

　"미안, 무슨 말을 하는지 못 알아듣겠어."

　여느 때 이상으로 핑핑 돌아가는 혀로 아무렇게나 내뱉고 있으려니, 에밀리아의 미모에 난감한 듯 복잡한 빛깔이 떠오른다.

　"우수에 찬 얼굴도 귀여운데……. 에밀리아땅은 항상 신선해서 펄떡펄떡 싱싱한걸."

　"그런 식으로 말하니 왠지 징그러. 하지만 좋은 아침이야. 무사해서 다행이다."

　마뜩잖은 표정을 지으면서도 곧장 부드러운 미소를 스바루에게 보낸다.

　에밀리아의 시간축에서는 왕도에서의 한 장면이 끝나고 처음 맞는 재회다. 사경을 헤매던 스바루가 부활해 안도하고 있을 에밀리아의 말을 순순히 받는다.

　"응, 좋은 아침. ──자, 그럼 시작해 보도록 할까."

　마주 웃는 스바루가 뱉은 말의 의도를 알 수 없어 방의 여성진 세 명이 갸우뚱거린다.

세 자매처럼 한결같은 반응에 스바루는 무심코 소리 내어 웃으면서 말을 잇는다.

"로즈월 저택 1주일——공략, 스타트란 뜻이야."

누구에게랄 것 없이 먼저 자기 자신에게 들려주듯 단언했다.

——자, 이야기를 진행시키자.

이 저택에 있는 전원과 함께, 스바루가 바라는 아침 해를 쳐다볼 수 있도록.

다섯 번째의 1일째, 로즈월 저택의 아침이 시작된다.

2

로즈월 저택에서의 1주일을 돌파하기 위해서 넘어갈 필요가 있는 관문은 크게 두 가지다.

하나는 저택 관계자의 신뢰를 따내는 것. 이는 람과 렘뿐만 아니라 둘의 주인인 로즈월의 것까지 포함한다.

그녀들의 마음에 들지 못하는 한, 스바루는 입막음으로 살해당할 가능성이 매우 높다.

그리고 두 번째 관문은—— 로즈월 저택을 덮치는 주술사의 격파다.

그런데 이쪽은 아직 해결할 실마리조차 잡지 못했다.

여러 회차에 걸쳐 로즈월 저택을 덮치고 스바루와 렘의 목숨을 앗아간 주술의 사용자.

그러나 적은 다섯 번째 세계에서도 여전히 정체의 가닥조차 보이지 않는 난적이다.

람과 렘 둘에게서 신뢰를 얻은 다음에 정체불명의 사악한 마법사를 격파할 수 있으면 이번 루프를 돌파할 수 있다. ──그것이 스바루가 네 번 죽고 발견한 승리 조건이다.

단, 정작 중요한 조건을 달성하기 위한 요소에 불확실한 부분이 많으며, '사망귀환' 해 오긴 했으나 무엇부터 손을 대어야 할지 정하지 못하고 있다.

막막한 앞길에 머리를 부여잡고 싶어지는 심정이어도 스바루는 부정적인 감정을 뿌리치고 앞을 바라본다.

가로막아선 벽이 얼마나 높든 간에 도전하지 않을 수는 없다.

스바루는 돌아올 수 있을지 없을지 알 수 없는, 자결이라는 수단까지 택해서 돌아온 것이다.

한 번 스스로 죽어보기까지 했으니 죽은 셈 치고 도전해 봐야 마땅한 것이다.

──스바루는 그렇게 결심하고 있었다.

3

"그으──래서, 람? 네가 본 바로 그 친구의 평가는 어어──떻게 되지?"

그 밀담은 밤하늘에 달이 내걸릴 즈음, 로즈월 저택 최상층의 집무실에서 이루어지고 있었다.

느릿느릿한 특유의 어조로 물음을 던진 사람은 흑단 책상에 앉은 남성이다.

긴 남색 머리카락에 병적으로 창백한 피부를 가진 무상한 인상의 미장부——단, 그 얼굴은 광대를 연상토록 분장해, 독특한 어조와 어우러져서 경박한 인상이 떨어지지 않는다.

그가 바로 저택의 주인인 로즈월 L. 메이더스 본인이다.

밀담의 참가자는 그 로즈월과 책상 너머로 그와 마주 보고 있는 메이드——람, 두 사람.

책상 위에 깍지를 낀 손을 올리고 입술에 웃음을 머금은 로즈월의 물음에 람은 고개를 한쪽으로 기울이며 사색한다.

보고를 망설이는 듯한 그 태도에 로즈월은 희한한 것을 봤다는 양 한쪽 눈썹을 치켜들었다.

"흐으──음. 비교적 뭐든지 딱 부러지는 경향인 람이 고민하아─다니, 별난 일도오─ 다 있군그으─래. 하루 가지곤 됨됨이를 가늠할 수 없었나아─?"

"그런 건, 아닙니다만."

부정하는 말은 바로 돌아왔지만, 그 내용은 역시 왠지 명료하지가 못했다. 람은 손가락으로 입술을 건드리며 아주 살짝 망설임을 머금고 말했다.

"그 남자──바루스는 그게, 능력적으로는 볼만한 데가 없습니다. 사용인으로서의 업무 솜씨로 따지면 문외한보다 그나마 낫다는 정도죠. 평가하기 이전의 문제였습니다."

"그건 또 참…… 저 스스로 지금 역할을 바란 것치고는 여엉—
이상한 노릇인걸."

로즈월은 오늘 아침 식당에서 나눈 대화를 되새기고 소리 없
이 웃었다.

깨어난 손님을 식탁으로 초대해 그의 공적과 포상에 대해서
대화를 나눈 것을 떠올린다.

로즈월의 인상으로는, 스바루는 '그 나름의 교육을 받아 썩
나쁘지 않을 만큼 머리가 돌아가며, 그럭저럭 보신도 가능한 소
년'이란 결론을 내리고 있었다.

나쁘지 않은 평가이며, 이는 다른 의미로 보면 경계할 만하다
는 뜻이기도 하다.

따라서 교육 담당 역할을 명령한 람에게는 넌지시 스바루의
동향을 감시하도록 지시해두었고, 이렇게 보고할 자리 또한 마
련하고 있다.

1일째부터 성과, 혹은 본색을 드러낼 상대라고 여기지는 않았
지만, 반대로 이렇게 람이 보고를 주저할 만한 결과가 나왔다는
것 또한 문제였다.

람은 잠시 침묵을 거친 다음, 턱을 괴고 한 눈을 감은 로즈월에
게 입을 열었다.

"바루스에 대해, 기이한 점이 몇 가지 있습니다만."

"음음, 어디 들어보오—자고. 신경 쓰인 점은 뭐든 말해 보도
록."

"능력적으로는 이만저만 무능이 아니지만, 바루스는 어떻게 된 노릇인지…… 요소요소에서 눈치가 지나치게 빠른 부분이 있습니다."

"눈치가 지나치게 빠르다면 무우—슨 뜻으로 말이지?"

"정말 아주 사소한 점이지만…… 일을 하고 있는 도중에 저택의 별 볼 일 없는 부분을 너무 잘 알고 있는 경향이 있더군요. 아직 가르치지 않은 비품이 있는 곳. 식기를 정리할 때 찬장에 넣는 순번과 진열하는 법. 그밖에는…… 렘과 람의 찻잎 취향."

"_____."

람이 입에 올린 내용에 로즈월은 턱에 손을 뻗으면서 침묵으로 응답한다. 로즈월의 태도에 람은 "물론." 하고 운을 뗀 다음 보충했다.

"어느 것이나 사소한 사항입니다. 아침 식사 자리부터 그 뒤에 이어진 저택의 간단한 안내와 설명. 그 도중에라도 눈길을 줬더라면 알아차리겠다 싶은 것들뿐이지만……."

"우연이 너무 겹친 까닭이 아니라면…… 과연, 조오—금 신경 쓰이는군."

무슨 일이든 의심의 발단은 자그마한 흠결에서 시작된다. 생각이 지나친 게 아니라면, 스바루는 저택에 들어서기 전부터 이 저택을 조사했었을 가능성이 있다.

다만 그 경우에 마땅치 않은 사항이 있다.

"왕도에서 에밀리아 님을 지켰다는 공적이 말이지……."

"저택에 잠입하기 위한 수단……치고는 일이 큽니다. 무엇보다 베아트리스 님께서 계시지 않았으면 그대로 목숨을 잃었을 가능성도 있습니다."

저택에 실려 왔을 적의 상황은 로즈월의 기억에도 오래지 않은 것이다. 그가 직접 치료하지는 않았지만, 베아트리스가 그런 수작에 가담하는 경우는 있을 수 없다. 더구나 람 또한 왕도에서 돌아오는 길에 부상당한 스바루를 수발들고 있었던 것이다. 둘의 눈을 피해 일을 꾸몄다고는 생각하기 어렵다.

"그 사실들을 감안하면, 역시 생각이 지나쳤단 감이 조오—금 더 강할지도 모르으—겠어."

"왕도에서 에밀리아 님을 덮친…… '창자 사냥꾼'이었던가요? 그자와 공모해 저택에 잠입하도록 획책했을 가능성도 있기야 있습니다만……."

스스로도 낮은 가능성이라 짚고 있는지 람의 말에 힘은 없었다. 로즈월도 그 말에는 고개를 가로저으며 말했다.

"아아—니, 그 가능성은 없어. '창자 사냥꾼'과 그가 손을 잡고 있을 가능성만은 의심할 필요가 없겠지이——."

"……그런……가요."

"그보다 그밖에 신경 쓰이는 점은 없을까?"

뒷말을 재촉하는 로즈월의 말에 람은 "글쎄요."하고 눈을 내리깔고 대답했다.

"눈치가 지나치게 빠른 점을 빼면…… 바루스는 기분 나쁠 만큼, 긍정적입니다."

"으응?"

할 말을 고른다······라기보다 할 말을 찾고 있는 분위기인 람의 발언에 로즈월이 눈썹을 찌푸렸다.

갈피를 잡을 수 없다는 거야 얘기하는 람 본인도 알고 있는 것이리라. 람은 적절한 말이 떠오르지 않아서 답답하단 표정인 채로 뒷말을 이었다.

"그 태도로 죽어라 수다 떨어대고, 이따금 실수 저질러도 웃음을 안 그치고, 뿐만 아니라 이쪽에 매우 헌신적으로 굴기까지 해서······."

"······너는, 어어─떻게 여기고 있다는 거지?"

"애들처럼 자기 욕구에 정직하고 순수해서 밉지 않은 느낌······이라는 에밀리아 님에게서 들은 모습과는 다르다 여겼습니다."

나직한 물음에 람은 짧게 그리 받았다.

람이 느낀 의문점은 스바루와 접촉한 시간이 짧은 로즈월은 알 수 없는 것이다. 하지만 오래도록 함께해온 충신의 말이기도 하다. 로즈월은 람의 진언에 끄덕이고 말했다.

"얼마간 시간을 두고 지켜볼 필요가 있는 인재인 건 틀림없는 모오─양이군. 됨됨이가 잘 보이지 않는 것도 첫날이라아─면 별수 없지. 에밀리아 님을 구해준 은의에 관해서도 제대로 보답할 필요가 있는 건 사아─실이니까."

"······만약의, 경우에는."

말끝을 흐린 람은 그 뒷말을 묻고 싶어 하는 기색이 아니었다.

소녀의 표정은 변함없다. 그런데 속내를 읽을 수 있는 것도 관계가 오래됐기 때문일 것이다. 로즈월은 람의 그 약한 마음을 노란 눈으로 주시하며 자그맣게 고개를 가로저었다.

"이 건은 모옵—시 신중하게 다뤄야 할 문제야. 램이 주제넘게 나서지 않도록 언니인 네가 신신당부하아—도록 해."

로즈월의 지시에 람이 엄숙하게 끄덕였다.

이 밀담에 참가하지 않은 또 한 명의 메이드——램은 이따금 이쪽의 의도를 어림잡은 다음에 독단으로 빠지는 경향이 있다. 지레짐작 말라고 귀여운 질타로 끝난다면 그나마 낫지만.

이번 같이 중요한 국면에서 그녀의 독단은 좋지 않은 방향으로 나아갈 가능성이 높다.

위험을 미연에 배제했습니다. 하지만 에밀리아와의 관계는 악화됐습니다. 이래서는 웃을 노릇이 아니다.

"람의 눈으로 봐도, 램은 바루스에게 불신감을…… 네, 주의해두겠습니다."

"잘 부탁하겠어. 지금은 중요한 시기…… 그래, 지금까지의 집대성이 시험받는 시기야."

로즈월이 등받이를 삐걱대며 왠지 피로가 느껴지는 목소리로 중얼거렸다.

람은 그런 그에게 말을 걸려다가 아무 말도 않고 입을 다물어 버렸다. 그대로 두 사람 사이에 침묵과, 밤의 차가운 공기가 흘러간다.

"그런데 람. 보고는 이걸로 끝이려어—나?"

"……네. 대단한 말은 전해드리지 못해 죄송합니다."

"그으—런 걸로 탓하진 않다마다. 그보다 본래의 직무를 끝마
칠까. ——이틀 밤이나 비웠지. 꽤 좀이 쑤시이—지 않든?"

"아—— 네."

로즈월이 손가락을 움직여 권하자 람은 어딘가 도취된 얼굴로
따른다.

책상 앞에 서 있던 그녀는 비틀거리는 발걸음으로 로즈월에게
접근하더니, 앉아 있는 그의 무릎 위에 조심조심 허리를 실었
다.

"오늘 밤도, 실례……하겠습니다."

"당연한 권리의 행사다마다. 늘 그렇지만, 창피해할 일이 아
아—니지. 소중한 몸 아닌가. 네 혼자아— 것이 아니니까."

손으로 얼굴선을 따라 어루만지며 살며시 눈을 감는 람의 얼굴을
위로 들어 올린다. 분홍색 머리카락을 반대쪽 손으로 빗으면서 로
즈월은 한쪽 눈을 감고 노란 눈으로 람을 내려다보고 말했다.

"어디이—. 그래, 네가 우리에게 있어 어떤 존재이련지…….
우호적이길 바라는 바로군?"

로즈월은 입속으로만 중얼거린 다음, 곧장 의식을 전환한다.

눈앞의 람만을 응시하며, 람에게만 의식을 집중해간다.

로즈월 저택, 첫날의 밤이 이슥해진다.

——저택의 주인과 메이드의, 수상쩍은 밀담으로 마무리 지
어지듯이.

4

"굿 모닝! 오늘도 맑은 하늘, 세탁물에 최고로다! 해피니스한 하루로 만들어보자고!"

스바루는 떠오르는 아침 해를 만세 삼창으로 맞이하면서 소리 높여 갈채를 보내고 있었다.

로즈월 저택 다섯 번째 주차, 2일째 아침이다.

정원 한복판에 서서 아침 햇살을 뒤집어쓰면서 상반신을 크게 전력으로 돌린다.

아침 일찍 시작한 라디오 체조로 온몸에 혈류를 돌려, 잠자며 비축한 에너지를 활력으로 변환.

"자, 빅토리!"

마지막으로 두 손을 하늘로 쳐들고 승리의 함성과 함께 하루의 시작을 시작하는 행동을 마친다.

스바루는 가볍게 땀나는 이마를 상쾌하게 닦으면서 웃는 얼굴로 어느 한쪽을 돌아본다.

"오늘도 아침부터 정말 기운차네……."

"이봐이봐, 남 일처럼 왜 그래, 에밀리아땅. 에밀리아땅도 힘차게 가자고!"

정원 가장자리의 나무 그늘에서 아침 일과인 미정령(微精靈)과의 대화를 하는 중이던 에밀리아가 쓴웃음 짓는다. 에밀리아 곁에는 새끼고양이형 정령 팩이 부유해 손으로 비비적비비적 얼굴을 씻고 있다.

"얼굴 씻는 모습 보면 레알 고양이로군. 그건 그렇다 치고, 정령도 역시 졸음 오고 그래? 늦잠 자기도 하고?"

"너희도 피로가 쌓이면 졸려지잖아? 정령도 활동력의 원천인 마나가 감소하면, 뭐 비슷하게 되지. 비축된 마나가 충분하지 않으면…… 후냐앙."

하품하는 팩을 따라 에밀리아도 그 입술에 손을 대고 자그맣게 하품.

졸음을 호소하는 둘의 몸짓에 스바루가 어깨를 으쓱했다.

"둘 다 늦게 잤다라. 어차피 밤늦게까지 누구누구 좋아하느냔 얘기로 신 났었던 거지? 나도 끼워주셔—. 응? 난 누구 좋아하느냐고? 그건 있지—, 창피하긴 한데—."

깍지 끼고 눈을 내리깔며 흘끔흘끔 에밀리아를 살펴보는 스바루.

스바루의 그 태도에 에밀리아는 "그래그래." 하고 건성으로 손을 흔들었다.

"내가 좋아하는 건 팩이고, 팩이 좋아하는 건 나. 얘기 끝."

"서로서로 좋아하는 사이?! 내가 끼어들 여지는?!"

"없고말고. 내 매력에 리아는 헤롱헤롱이야옹. 스바루도 나쁜 남자는 아니었을지 모르지만 나랑 비교하면 형편없지. 리아는 순순히 포기하고…… 냐웅냐웅!"

스바루가 따져들자 팩이 으쓱대며 타이르려고 했지만, 장난질에 열을 올리는 둘의 귀를 옆쪽에서 뻗어온 에밀리아의 손가락이 꼬집었다.

"둘 다 까불거리지 말고. 그런 소리만 하면 나도 화낼 거야."

"아파아파화내고있네화내고있어."

에밀리아의 징벌에 스바루와 팩이 한마음으로 빌어댄다.

귀가 해방되고 제각기 아픈 환부를 문지르는 둘 앞에서 에밀리아가 허리춤에 손을 얹는다.

"사이가 좋은 거야 좋은 일이지만, 남을 반찬 삼아 놀지 마. 알았으면 대답, 자."

"네에—."

손을 내밀며 재촉해서, 그 기세에 그만 끄덕이고 만다.

암만해도 어린애 취급이고 손바닥 위에서 희롱당하는 느낌이지만, 만족스럽게 미소 짓는 에밀리아를 보고 있으면 그런 사소한 사항은 아무래도 상관없어지니 신기한 노릇이다.

에밀리아는 자신의 미소를 스바루가 넋 놓고 보고 있는 것도 깨닫지 못하고, 느닷없이 손뼉을 쳤다.

"맞아, 마침 괜찮겠다. 자, 스바루, 잠깐 이리 와서 앉아봐."

잔디 위에 옆으로 앉은 자세의 에밀리아가 자기 옆을 가볍게 두드리며 스바루를 부른다.

앉으라는 의미라고 깨달은 순간 스바루의 행동은 빨랐다. 즉각 슬라이딩하고 떠든다.

"부름받고 뛰쳐나와 슬라이딩하고서 나 등장. 뭐야, 뭐야? 마침 괜찮다니 무슨 타이밍? 가려운 곳을 긁어주는 남자, 나츠키 스바루가 에밀리아땅의 가려운데 손이 안 닿는 등의 그 부분을 명령받은 그대로 긁을게!"

"난 그냥 옆에 오라고 말했을 뿐인데 반향이 예상 이상이니 어쩐담."

스바루의 맹렬한 기세에 아무리 에밀리아라도 쓴웃음.

"어, 응……. 어제는 일 시작하고 첫날이었는데 어땠나 해서. 잘 할 수 있었어?"

"응, 8할 망했지!"

"그래, 자신만만해서…… 어? 망했었어? 8할이나?"

"아니, 8할은 말이 지나쳤나……. 6, 아냐, 7할 5푼 정도 는……."

"망한 쪽이 많은 건 변함없구나……."

스바루의 자기평가가 예상 이상으로 낮았던 탓인지, 에밀리아는 책임을 느낀 듯 시무룩해졌다. 하지만 곧바로 에밀리아는 스바루를 두둔해줘야겠다고 고개를 들었다.

"아, 그래도 왜, 처음 하는 일인데 2할은 잘 해냈던 거지? 그러면 괜찮아. 분명히 잘 할 수 있을 거야. 응, 자신감 가지고."

"그러게! 처음 했는데 2할이라면 최고지, 최고. 앞으로 내 순풍 로드가 시작될 거야!"

"그렇게 우쭐대지 말고 반성은 착실하게 해."

"오냐오냐 할 거면 마지막까지 오냐오냐 해주자고?! 아, 아닙니다 아무것도 아녜요 죄송합니다."

반달눈으로 노려보는 에밀리아의 박력에 눌린 스바루가 움츠리며 고개 숙인다.

어쨌든.

"사실 람렘의 엄호가 있어서 어떻게든 때우고 있다는 느낌이야. 온 힘을 다해 달라붙어 2할인 거야 현재의 내 실력이니 별수 없고, 장래의 내게 내가 기대한다는 거지."

"본인이 그렇게 긍정적인 자세면 나도 아무 말 안 하겠는데……."

포지티브한 스바루의 발언에 에밀리아가 어딘가 삐친 듯 입술을 삐죽였다. 이따금 드러내는 어린애 같은 시늉이 귀여워서, 스바루의 가슴에 뜨거운 충동을 불러일으켰다.

그러나 자제심을 총동원해 그 충동을 억누른다.

스바루는 익살맞은 시늉과 함께 에밀리아를 양손 검지로 가리킨다.

"자, 자, 자, 그런 이유로 난 오늘도 어김없이 메이드 자매에게 이 말 저 말 지도 교육받아가면서도 사용인 라이프에 힘쓰고 있단 거야. 그런 생활에 녹초가 되면 에밀리아땅의 무릎에 뛰어들 테니까 잘 비워두고 있어."

"……반만 듣고 나머지는 흘리는 정도가 딱 좋단 느낌도 드는데."

"귀여운 얼굴로 신랄한 평가! 하지만 반이라면 무릎 한쪽은 오케이란 뜻이로군! 그럼 오늘 밤 에밀리아땅의 한쪽 무릎은 내가 예약 완료했으니까…… 뺏지 마라, 팩!"

손가락을 들이대는 상대를 바꾸어 이름을 부르자, 선전포고를 받은 팩은 여유로운 태도를 고수한 채로 자신의 수염을 튕겼다.

"흐흥, 나중에 굴러온 네가 무슨 말을 하든, 리아는 벌써 계약으로 내게 몸도 마음도 바친 상태. 이제 와서 이 관계에야옹야옹야옹."

"나도 모르는 사이에 맘대로 계약 내용을 바꾸지 마, 아유."

질리지도 않는 팩의 두 귀를 집어 들고 공중에서 흔들어 반성시키는 에밀리아.

그렇다고는 해도 익숙한 상황인지 팩은 한가로운 표정 그대로 에밀리아의 수중에서 행복한 듯이 흔들리고 있을 뿐이다. 솔직히 둘의 관계가 부럽게 여겨진다.

"그럼 뭐, 아침의 활력도 보급했으니 일 좀 하러 가보실까."

"활력 보급이라니, 뭔가 했었어?"

"당빠, 에밀리아땅과 시시덕거린 거지."

"또 그렇게 얼러맞추지. 그런 식으로 남을 놀려먹기만 하면 정작 사실을 말했을 때에 믿음을 못 얻어."

"그거랑 유사한 옛날이야기 알고 있는데, 내 생각에 그건 자업자득 같더라고……."

"스바루가 그런 소리를 해……?"

기가 막혀하는 에밀리아의 눈초리에 스바루는 쑥스러운 웃음으로 응수하고 엉덩이를 털면서 일어섰다.

"그만 가지 않으면 진짜 혼나겠다. 오늘 아침은 아침밥 준비부터 들어갈 예정이야. 에밀리아땅, 피말 질색이었지? 들어갔으면 빼놔줄게."

"싫어해도 먹어야 하는걸……. 내가 피말 싫어한다고 스바루에게 얘기했었나?"

스바루는 의문에 고개를 갸우뚱하는 에밀리아에게 작은 웃음을 남기고 손을 흔들었다.

그 얘기도, 싫어하던 모습도 실제로 보고 들은 적이 있는 것이다.

괜히 이리저리 옆으로 흔들면서 에밀리아의 시선을 의식하며 익살을 떤다.

──의식하며, 의식하며, 미소가 사라지지 않도록 의식하면서.

5

휘적휘적 시야에서 사라져가는 스바루를 배웅하고, 에밀리아는 작게 한숨을 내쉬었다.

뱉은 숨이 도달한 쪽, 손바닥의 팩은 멀어지는 스바루의 등을 지켜보고 있다. 팩은 문득 자신을 보는 시선을 눈치채고 에밀리아를 쳐다보았다.

"왜 그래? 기분 안 좋아 보이는걸."

"뭐랄까, 좀 개운치가 않아. 말로 잘 표현할 수 없지만."

에밀리아는 내면에 있는 당혹을 머뭇머뭇 말로 꺼내 보려고 심했다. 그러나 그건 목에 걸려버려 쉽게 말이 되지 못하고 한숨으로 변해 사라진다.

팩은 에밀리아의 갈등을 지켜보며 핑크빛 코를 실룩거렸다.

"스바루가 신경 쓰이나 봐? 리아가 남을 그렇게 마음에 두다니 별일이네."

"자기 맘대로 사람 사귈 줄도 모르는 미련퉁이처럼 말하지 마. 나는 다른 사람과 접하는 데 서투른 게 아니라, 접할 기회가 없었을 뿐이거든요—."

볼을 부풀린 에밀리아는 아무에게도 보여주지 않는 표정을 팩에게만 보여주었다.

응석 부리는 어린애 같은 태도와 몸짓은, 에밀리아가 팩에게 보내는 절대적인 신뢰의 증거다. 그 신뢰를 받는 팩도 부드러운 표정으로 딸이나 다름없는 소녀를 보고 있다.

어쨌든 팩은 에밀리아가 말로 표현하지 못하던 감정을 민감하게 알아채고 끄덕였다.

"뭐, 리아가 갈피를 못 잡는 것도 무리는 아냐. 살짝 난감한 상황이 되었으니까."

"난감한, 상황?"

말투는 느긋하지만 그냥 넘길 수 없는 분위기에 에밀리아의 표정이 긴장된다.

기본적으로 팩은 상황이 아무리 절박하더라도 일관적인 태도다. 정령 특유의 것인지, 팩의 성격인지는 알 수 없지만, 그가 정령으로서 꺼내는 말의 중대성은 분위기로 알아채기는 어려워 받는 쪽의 판단이 중요하다. 다시 말해 에밀리아의 판단이다.

숨을 집어삼키는 에밀리아 앞에서 팩은 침착하게 수염을 만지 작거리며 입을 열었다.

"어렴풋이 건드려봤는데 말이야. 스바루의 마음, 꽤 뒤죽박 죽이더라. 껍데기와 알맹이가 엉망진창 섞였어. 저대로 두면 조만간에 남아나는 게 없겠다 싶은걸."

팩의 말은 끝까지 마이페이스한 어조였다.

6

렘은 귀청을 찢으며 도기가 깨지는 소리에 놀라 고개를 들었 다.

"괜찮아! 괜찮아! 신경 쓰지 마! 아무 문제없어!"

그런 목소리와 함께 춤추는 듯한 발걸음으로 사용인복을 입은 소년――스바루가 청소용구를 그러잡고 다가왔다. 그는 발밑 에 흩어진 도기의 잔해를 재빠르게 정리하고 이마의 땀을 닦는 시늉을 한다.

그 뒤에 일련의 흐름을 지그시 보고 있던 렘 쪽을 보더니, 이를 드러내며 흉악한 웃음을 짓고 말했다.

"안심해. 신속한 뒷정리로 부상자는 한 명도 발생시키지 않는 다."

"그 마음가짐은 훌륭하지만 꽃병을 떨어뜨린 것도 스바루 군이 잖아요? 바꿀 꽃병을 갖고 올 테니 바닥을 닦고 꽃을 모아서……."

"아니, 괜찮아! 꽃병도 꽃 손질도 내가 할 테니까! 선배님은 자기 일만 하고 있어!"

지시를 내리려는 렘을 앞질러 비품 창고로 간 스바루는 몇 분 뒤에 똑바로 꽃병을 들고 돌아왔다. 바로 원래 위치에 꽃병을 놓고 물과 꽃을 집어넣어 경관은 원상복귀.

"후우. 한 건 끝내면 기분이 좋은 법이군, 레무링."

"자기가 만들고 자기가 처리한 일이지만 말이에요. ……스바루 군. 꽃병이 있는 곳을 언제 또 들은 거예요? 언니한테?"

"응, 아, 오…… 그래, 언니분에게! 다름 아닌 나니까, 분명히 꽃병을 깰 기회가 있음이 틀림없어. 그때를 대비해 꽃병이 있는 곳만은 똑바로 가르쳐둘게, 라고 말이지!"

역시 언니, 선견지명이 있어——라고는 천하의 렘이라도 생각 못할 허접한 변명이다. 그리고 렘이 꽃병보다 더 마음에 걸렸던 점은 깨진 꽃병을 정리하는 데에 사용한 청소용구와, 망설임 없이 도기를 버리러 갈 수 있을 만큼 저택 내를 파악한 스바루의 지식이었다.

렘은 그게 고용되고 하루 이틀째인 사람의 활동이라고는 도저히 여길 수 없었다.

그렇다고 의심의 눈길을 보내려고 생각하면.

"괜찮아? 그렇게 혼자 일 떠안지 말고 조금은 나누라고. 나 할 거야. 뭐든지 할 거야."

친밀하게 접근해오고 그러니 잘 모를 지경이다.

악의나 적의가 있는 인물의 언행은 아니지만, 그렇다고 내막이 없는 인간의 움직임은 아니다. 하지만 내막이 있는 인간치고는 태도와 말에는 숨김이 없고, 무엇보다 빈틈투성이다.

일에 익숙해지고자 열심인 것으로 보인다. 렘과 람이랑 친해지려고 열심인 것으로 보인다.

그 열심인 모습이 왠지 절박한 감정을 억누르고 있는 것처럼 비쳐서 렘은 눈살을 찡그린다.

스바루의 그, 인정받을 수 없다고 주장하는 듯한 모습에, 몹시 가슴이 욱신거리는 느낌이었다.

"스바루 구——."

"이크, 라무찌에게 부탁받은 일이 있던 걸 깜빡했었다! 그거 금방 정리하고 올 테니 좀 미안해! 이따가 다시 바로 합류할게!"

불러 세우는 것보다 더 빨리 달리기 시작한 스바루가 복도 저편으로 사라졌다. 렘은 뻗으려던 손가락을 거두고 갈피 잡을 수 없는 이 감정을 언니와 상담하려고 돌아서려다가——.

"——아뇨. 언니의 손을 번거롭게 만들 것까지는."

조금 전부터 가슴에 느끼고 있는 욱신거림에 만류당한 것처럼, 렘은 나머지 일을 정리하기 위해 자기가 담당한 자리로 발을 내디뎠다.

7

──메스꺼워.

"오, 라무찌! 지금 거 봤어? 내 식칼 놀리는 솜씨도 불과 하루 만에 제법 말끔해지지 않았냐? 재능이 각성한 거 아닌가?!"

──메스꺼워메스꺼워메스꺼워.

"레무링, 이거 봐봐! 이렇게 섬세한 세공을 이뤄내는 기량, 지금 바로 내 손끝에는 기적이 머물러 있다! 일루전!"

──메스꺼워메스꺼워메스꺼워메스꺼워메스꺼워메스꺼워.

"에밀리아땅도 참 만날 때마다 내 마음을 어지럽히네! 진짜 죄를 너무 지어서 길티라고!"

──메스꺼워메스꺼워메스꺼워메스꺼워메스꺼워메스꺼워 메스꺼워메스꺼워메스꺼워메스꺼워메스꺼워메스꺼 워메스꺼워메스꺼워.

웃는 얼굴 그대로 익살맞게 넉살 부리며 너스레를 떤다. 맡은 일에는 전력으로 몰두한다. 실수하는 것도 두려워하지 않고 과감하게 도전한다. 여가가 나면 이벤트를 찾아 헤매고 다닌다.

기억을 총동원해 지금까지 네 번 반복해 겪은 나흘간을 뇌리에 박힐 만큼 되새겨서, 얼마나 사소하든 일으킬 수 있는 범위에 속한 사건들 전부에 자신을 갈아 넣는다.

그래야만 한다. 그럴 수밖에 없다.

1초라도 낭비할 수는 없다. 일어날 가능성 전부를 음미해 필요한 이벤트의 모든 성부(成否)를 시뮬레이트한다. 게임이라고 여기면 된다. 철저한 플래그 관리. 특기였을 터. 만나면 만날수록 가능성은 높아진다.

──더 잘 웃을 수 있으리라. 더 잘 웃게 만들 수 있으리라.

무의미하며 쓸데없고 과장스러운 액션. 경계할 필요 없는 미련한 존재로 여기도록 해라. 써먹지 못할 만큼 바보라고 판단되는 것은 피해라. 머리를 굴려라, 생각을 멈추지 마.

부자연스러워지지 않았는지 항상 주의해라. 1초는커녕 찰나조차 방심해서는 안 된다.

──실패는 할 수 없다. 할 수 없다. 할 수 없으니까.

거듭거듭 반복해 머릿속에 쉴 새 없이 경종이 울리고 있다.

위험을 알리는 경보다.

이세계에 오고 나서 자신에게 눈곱만큼의 진보도 없지만, 이 감각만은 날카로워진 느낌이 든다.

"이크, 라무찌. 땡땡이가 아니다? 똑바로 일은 완수했고말고요. 선배님은 떡 버티며 방에서 대기하면서 시에스타하고 있어도 될 정도입니다요?"

불규칙적인 접근에 경박함과 허울뿐인 미소로 대처해 상황을 회피한다.

잘 넘길 수 있었던가. 제대로 나츠키 스바루를 꾸밀 수 있었나. 불신감 품는 것을 피했을까. 람 앞에서만이 아니라, 렘 앞에서는 열 배, 백 배 주의를 기울여라.

자연스럽게 부자연스러움을 없애며 나츠키 스바루를 가장해라.

간단한 일이다. 자기 자신의 얘기다. 저택에 사는 사람들의 본심 같은 건 먼지만큼도 눈치채지 못하고, 그저 악의 없이 스스

럼없이 주어진 것을 향수할 뿐인 게으른 돼지로 돌아가면 그만
이다.

　아무것도 모르는 거. 하지 못하는 거. 눈치채지 못하는 거. 할
줄 아는 일은 그것들밖에 없었을 것이다.

　헤실헤실 미소의 가면을 쓴 채로 걷는다.

　저택 안이다. 어디서 누구와 맞닥뜨릴지 모른다. 자유 시간에
자유 따위 없다. 공백의 시간은 과거의 검증과 이후의 행동 예
정을 세우는 데에 전부 소비한다.

　"욱, 으, 웩……."

　갑자기 치밀어 오른 욕지기.

　신음만이 입 끝으로 흘러나온다. 그러나 스바루는 결코 미소
를 무너뜨리지 않는다.

　스바루는 춤추듯이 통통 뛰는 발걸음으로 근처 객실로 숨어들
어 갔다. 그리고 방에 비치된 세면소에 걸어가서.

　"……우푸웁. 욱, 우웩……."

　이미 텅 빈 위장의 내용물을 개수대에다 깡그리 쏟아내었다.

　먹고 마실 것 따위 몸에 들어가는 즉시 전부 토해내고 있다. 나
오는 건 누리끼리한 위액뿐. 그리고 지금은 그조차도 메마를 정
도로 내장을 닦달한 다음이었다.

　욕지기는 가시지 않는다. 개수대의 물을 벌컥벌컥 마셔 배를
물로 채우고, 그 직후 그것을 쏟아낸다. 몇 번씩 거듭해 위의 내
용물을 씻어내듯이 토악질을 되풀이했다.

　"하아…… 하아, 하아……."

스바루는 거칠게 입가를 소매로 닦고, 창백한 얼굴로 가쁜 숨을 쉬었다.

내리누르는 압박감에 죽을 것만 같다. 이대로 마음 편할 틈 없는 시간이 이어진다면, 그것만으로도 쇠약사할 수 있겠다는 기분마저 든다.

본말전도인 자신의 상태를 자조하려 해도 메마른 웃음 하나 떠올릴 수 없었다.

떠오르는 건 오로지 가슴속에서 솟구치는 불안과 절망감뿐이다.

──제대로 잘하고 있는 걸까.

생각해 보면 저택 사람들과 가장 관계가 양호하던 때는 아무 것도 모르는 1회째였던 것 같다.

2회째 이후에는 죄다 1회째의 전개를 지나치게 의식한 탓에, 사람 대하는 데에서나 일에 집중하는 데에서나 문제가 있었다. 자매의 신뢰를 얻지 못한 것도 그 이유가 클 것이다.

때문에 스바루는 이번에는 첫 회의 루프를 참고로 삼고 있다. 그렇다고 해도 첫 회를 따라가는 건 2회째 세계의 실패를 재탕하는 꼴이다. 중요한 점은 1회째 세계보다 더 잘하는 것.

다시 말해, 눈앞의 업무에 온힘으로 집중해서 버젓한 성과를 내면 된다.

그러면 람도 렘도 스바루를 내칠 리 없다. 자매에게 숙청당하는 루트만 벗어날 수 있으면, 스바루의 고충은 하나 없어진다.

"하지만 그래선 아직 50점……. 만점 받으려면 주술사의 정체를 폭로해야만 해…….”

스바루가 자매에게 살해당하지 않는 것만 가지고는 주술사의 위협에서 달아날 수 없다.

스바루나 렘이 5일째 아침을 맞이하지 못하고 저택에 비명이 메아리치게 된다.

기실 주술사의 정보는 당장에라도 관계자에게 털어놓아 대책을 마련하고 싶다. 그러나 스바루에겐 그것이 불가능하다. 진언에 귀를 기울여줄 만한 신용이 아직 없다는 점과, 정보 출처를 명확하게 밝힐 수 없는 이유가 있는 까닭이다.

‘사망귀환’을 다른 사람에게 털어놓는 금기. 그것을 깨트리면 스바루는 지옥의 고통을 맛본다.

통증에 대한 공포는 있다. 하지만 그 이상으로 그 칠흑의 손끝과 조우하는 것이 무서웠다.

관계자에게서 신뢰를 따내고, 주술사의 정체를 폭로한다.

시간이 압도적으로 부족하다. 애가 탈 만큼, 미쳐버릴 만큼 부족하다.

어떻게든 해야 한다고 생각하면서, 어떻게도 안 된다는 막다른 골목에서 방황한다.

어젯밤도 이 답이 나오지 않는 나선에 삼켜져 한숨도 자지 못했다.

뻔히 이유를 다 아는 불안을, 해결책이 보이지 않는 채로 더듬거리다가 털어내는 무력함.

목숨을 지불하고 돌아왔는데도 여전히 무력하고 어리석으며 부족한 자기 자신.

"아아, 제길…… 꼴사나워."

실패는 할 수 없다. 물러날 데가 없다.

버렸을 목숨, 끝났었을 목숨. 그것을 다시 잃는 것이 무섭다.

다섯 번째 세계. 하지만 스바루는 또 돌아올 수 있다고 낙관적으로 생각할 수 있는 성격이 아니다.

이번에는 돌아올 수 있었다. 하지만 다음번에는 불가능할지도 모른다. 이게 마지막일지도 모른다.

항상 벼랑 끝에 있음을 의식하는 까닭에 정신은 닳아 없어져 간다.

자포자기에 빠질 만큼 과감하지 않거니와, 자신의 전부를 내놓으며 저항하는 결단도 하지 못한다.

용기가 부족하다. 끝까지 범용하며, 끝까지 범속.

자기 자신이 싫어질 만큼 자신이 소인배라고 뼈저리게 느낀다.

"약한 소리나 뱉고 있을 틈이 있느냐고, 멍청한 자식……."

약한 소리 한마디 주워섬길 틈이 있다면, 너스레 하나라도 떨어서 점수를 따는 쪽이 더 중요하다.

욕지기를 뿌리친 스바루는 뻣뻣하게 굳은 뺨을 때려서 자기 자신을 질타하고 객실 밖으로 나갔다.

현재는 빈 시간이지만, 그것은 휴식 시간이 아니다. 지금은 쉴 시간조차 아깝다.

좌우지간 람과 렘의 모습을 찾아서——

"겨우 찾았다."

사고의 방향성을 정하려고 할 때, 뒤에서 누가 말을 걸었다.

뒤돌아보자 헐떡이는 숨을 고르는 에밀리아의 모습이 거기 있었다.

에밀리아를 목격하자마자 스바루의 의식이 소리를 내며 교체되었다.

쓰라린 위도 욱신거리는 가슴도 막막한 느낌도 전부 잊고, 에밀리아에게 전력을 기울인다. 뺨을 웃음으로 일그러뜨린 스바루가 말했다.

"이크, 에밀리아땅 쪽에서 날 지명하다니 기쁘고 부끄럽고 희한해! 뭐든지 말해 뭐든지 명령해 봐! 널 위해서라면 설사 불속이든 물속이든, 장물 창고 안이든지 간에 기어들어갈 거야!"

스바루가 필요 이상으로 까불거려 에밀리아 앞에서 속내를 뒤집어 드러낸다.

자화자찬하고 싶은 수준의 변모. 하지만 그 광경을 본 에밀리아의 반응이 예상과 다르다. 영락없이 어이없는 표정을 짓거나 한숨을 쉴 거라고 여겼는데.

"스바루……."

"이봐이봐, 내가 아는 에밀리아땅이라면 여기선…… 헉! 설마 가짜?! 그런데 세상에 이렇게 귀엽고도 껴안고 싶은 미소녀 맛을 다른 사람이 재현할 수 있단 말인가?!"

황당무계한 발언으로 어이없어하는 반응을 유도하지만, 이에 대해서도 에밀리아의 반응은 빈약한 것이었다.

예상을 족족 배신한 에밀리아는 애절한 감정에 찬 눈으로 스바루를 보고 있다.

──위험해. 본능적인 부분이 경계를 호소한다.

"에, 에밀리아땅 입 다물고 왜 그래? 그랬다간 뭘 하든 가만있을 거라고 착각한 못된 녀석이 장난치고 그럴걸? 예를 들면, 그래, 바로 내가!"

이상해. 뇌 속에서 자신의 목소리가 몇 번이고 거듭거듭 부르짖고 있었다.

에밀리아는 어이없어하는 것도 화내는 것도 아니라, 애처롭다는 눈으로 스바루를 쳐다보고 있다.

──자신이 뒤집어쓰고 있는 치졸한 광대의 가면이, 탄로 난 것은 아닐까.

불안이 드리운 순간, 스바루는 늘 에밀리아 옆에 달라붙어 있는 새끼고양이를 떠올렸다.

정령이라 자칭하는 그 고양이는 다른 이의 감정을, 마음의 표층을 읽어낼 수 있는 것이다.

허울뿐인 스바루의 행실은 일찌감치 간파되었던 것이다.

이제 와서야 그 사실을 깨닫고 스바루의 허세가 벗겨진다.

쓰고 있던 미소가 떨어지고 혼날 것을 무서워하는 어린아이 같은 표정이 떠오른다.

상대는 뭐든지 다 꿰뚫어보고 있는데 잘 감추고 있다고 난리치던 광대짓. 무엇보다 에밀리아에게만은 알리고 싶지 않았다는, 좀스러운 자존심이 갈기갈기 찢겨졌다.

둘 사이에 침묵의 시간이 내려앉는다.

스바루는 이미 무슨 말을 할지 고르지 못하고 있었다. 에밀리아도 걸어줄 말을 찾듯이 눈망울을 일렁이고 있었다.

──에밀리아에게 환멸당하는 것. 그것만은 싫었다.

그러나 무슨 말을 입에 올려야 변명이 성립되는지 그마저도 알 수 없었다.

스바루는 몇 번이나 입을 열려고 했지만, 정작 할 말을 찾지 못해 끝까지 열 수 없었다.

에밀리아는 우물거리는 스바루를 보다가 갑자기 "좋아." 하고 작게 중얼거린 다음 말을 걸었다.

"스바루, 와."

"……잉?"

"잔말 말고."

팔을 휙 잡아당긴 에밀리아는 바로 옆에 있는 객실로 스바루를 이끌고 들어갔다.

스바루는 막 나온 직후의 방에 도로 끌려가 얼굴에 물음표를 띄웠다.

하지만 에밀리아는 그런 스바루를 아랑곳하지 않고, 허리춤에 손을 얹고서 방 안을 둘러본 다음.

"그럼 앉아봐, 스바루."

바닥을 가리키고 변함없는 은방울소리로 그렇게 말했다.

손가락을 따라 아래를 본다. 바닥에는 융단이 깔려 있고, 아무도 사용하지 않는 방이긴 하지만 꼼꼼하게 청소되어 있다. 물론 드러누워도 문제없는 상태이긴 한데.

"앉을 거면 침대나 의자라도 되지 않아? 왜 굳이 바닥에……."

"잔말 말고 앉앗."

"넷, 기꺼이!"

여느 때와 다른 강한 어조의 말을 듣고 무심코 날아가듯 그 자리에 무릎 꿇고 앉았다.

스바루가 앉는 것을 지켜본 에밀리아는 만족스럽게 끄덕이고는 바로 옆에 섰다.

자연히 낮은 자세로 에밀리아를 올려다보게 되지만, 삿된 마음은 솟질 않았다.

오로지 에밀리아의 참뜻을 읽어내는 데에만 필사적일 뿐이다.

"……응."

자그맣게, 에밀리아가 목구멍 안쪽으로 소리를 냈다.

자기 자신에게 들려주듯이 숨을 삼킨 에밀리아가 스바루 옆에 비슷하게 무릎 꿇고 바로 앉았다.

스바루는 곧장 맞닿을 수 있는 거리에 에밀리아가 앉았다는 사실에 허둥거리면서, 하얀 옆얼굴에 감정이 보이지 않나 곁눈질로 살폈다. 불현듯 그 뺨이 달아오르고 귀가 붉단 사실을 깨달았다.

"특별히, 하는 거야."

"──응?"

의문이 입을 비집고 나오기보다 먼저 스바루의 뒤통수가 뭔가에 눌렸다. 무릎 꿇고 앉아있던 몸은 그 힘에 저항하지 못하고, 기세에 휩쓸린 채로 앞으로 쏠리다가——부드러운 감촉에 받쳐졌다.

"위치가 좀 나쁘네. 그리고, 응…… 따끔거려."

머리 밑에서 뭔가가 꼼지락꼼지락 움직이고, 에밀리아의 쑥스러운 목소리가 바로 위에서 내려왔다.

놀라서 눈길을 올렸다가 눈앞의 광경에 더욱더 놀라 눈을 부릅떴다.

바로 위, 말 그대로 얼굴과 얼굴이 닿을 만큼 가까운 곳에 에밀리아의 얼굴이 있다. 아래위가 뒤바뀌어 빛나는 미모에 스바루는 "아, 내가 거꾸로 뒤집힌 건가." 하고 멍하니 이해했다.

이 거리에, 아래위가 뒤바뀌고, 머리 밑에는 부드러운 감촉.

——그 키워드들이 모여 스바루 안에서 한 가지 답을 도출했다.

"무릎, 베개?"

"창피하니까 또렷하게 말하지 마. 그리고 이쪽 보는 것도 금지. 눈 감고 있어."

가볍게 이마를 때리고, 손바닥으로 눈꺼풀을 가려서 시야를 막는다.

그러나 스바루는 그런 에밀리아의 저항을 손으로 치우고 말을 끄집어냈다.

"수줍음 타는 에밀리아땅도 최고지만…… 애초에 이건 웬 상황이야? 내가 어느새 상 받을 만한 공훈 세웠던가?"

"지금은 그런 이상한 허세 부리지 않아도 돼."

또 이마를 때린다. 하지만 이번엔 에밀리아가 이마에 댄 손을 그대로 옮겨 뒤집힌 스바루의 앞머리를 손가락으로 걸어 올렸다. 간지러운 감촉에 스바루의 눈이 가늘어졌다.

"스바루가 말했었잖아. 녹초가 되면 무릎베개 해달라고. 그러니까 해줄게. 만날 해줄 수는 없지만, 오늘은 특별하게."

"특별하게라니, 아직 2일째인데요? 그거 가지고 기진맥진이라면 나 너무 허약체질이잖아⋯⋯."

"녹다운 당한 거, 보면 알겠는걸. 자세한 사정은 어차피 얘기해주지 않을 거지? 이런 것 가지고 편해지리라곤 생각하지 않지만⋯⋯ 이런 것밖에는 할 수 없으니까."

얼버무리는 말은 자애의 시선에 가로막혔다. 앞머리를 빗는 손가락은 어느덧 흑발을 헤치고 느긋하게 어린아이를 어르듯이 머리를 쓰다듬기 시작했다.

스바루는 웃어넘기며 에밀리아의 손끝을 물리치려 했다.

그건 잘못 짚은 거다, 그런 꼴사나운 짓은 안 했다고, 에밀리아 앞에서 거두지 않으리라 맹세한 허세를 계속 꾸밀 작정이었다.

"하하⋯⋯ 에밀리아땅도 참, 무슨⋯⋯ 내, 가⋯⋯."

그런데 목소리가 높아지고 목이 메여 다음 말이 나오질 않는다.

스바루는 머리를 쓰다듬는 부드러운 손가락의 감촉으로부터 의식을 뗄 수가 없었다.

"지쳤어?"

"아, 아직, 할 수 있어. 완전, 멀쩡하거든……."

"곤란해?"

"다정하게 대해주면, 그 왜, 반해버린다? 그렇게, 또…… 무슨…… 하하."

짧은 물음에 응수하는 스바루의 말은 공허하게만 울린다.

속이 빈 말임을 스스로도 알 수 있을 만큼 허망한 말의 나열.

그리고 에밀리아는 그러한 스바루에게 살그머니 얼굴을 가까이 하며 입을 열었다.

"──힘들었구나."

"────!"

측은하다는 듯이 말했다. 위로하듯이 말했다. 아끼듯이 말했다.

단지 그것만으로도, 고작 그 한마디만으로도, 스바루 안의 둑이 무너졌다.

낡고 헤진 그것이 부서지고 깨져, 꾹꾹 눌러 담고 있던 것이 단번에 밖으로 흘러나왔다.

그것은 봉해 넣었다고 생각했으나 눈곱만큼도 없애지 못하고 있던 격정이 괴인 웅덩이.

"힘들……었어. 엄청, 괴로웠어. 엄청 무서웠어. 무지막지 슬펐어. 죽는 줄 알았을 만큼, 아팠단 말이야……!"

"응."

"나, 열심히 했어. 열심히 했었단 말이야. 필사적이었어. 필사적으로 이것저것 전부 잘해 보려고 열심히 했었다고……! 진짜야. 진짜로 진짜, 지금까지 이렇게 열심히 한 적이라곤 없었을 만큼!"

"응, 알아."

"좋았거든, 이곳이……. 소중했었거든, 이곳이……! 그래서 되찾고 싶어 필사적이었어. 무서웠어. 엄청 무서웠다고. 또 그런 눈으로, 보면, 어떡하느냐고…… 그런 생각을 하는 나 자신이, 싫고 싫어서 미칠 것 같았단 말이야……!"

감정이 제어되지 않는다.

한 번 폭발한 그건 둑이 터지듯 넘쳐 나와, 미소의 가면을 뒤집어쓴 겁쟁이의 얼굴을 눈물로 요란하게 더럽혔다.

눈물이 멎지 않았다. 콧물이 흘렀다. 입안이 알 수 없는 액체로 가득 넘치고 오열 섞인 스바루의 울음소리를 더욱 듣기 거북한 것으로 바꾸었다.

꼴사납다. 청승맞다. 다 큰 남자가 여자애 무릎 위에서, 머리가 쓰다듬어지면서 꺼이꺼이 울고 있다.

죽고 싶어질 만큼 한심하다. 죽어버릴까 생각할 만큼 따스하게 마음이 채워지고 있다.

스바루의 넋두리를 듣는 에밀리아의 맞장구는 자상했다.

갈피를 잡지 못하는 스바루가 나열하는 단어의 의미가 통하지 않는 거야 뻔하다.

그런데도 에밀리아의 말은 스바루의 마음을 자상하게 누그러뜨리고 있었다.

이유는 모른다. 그렇게 생각하고 싶은 것에 불과할지도 모른다.

하지만 스바루가 지금 그 따스함에 구원받은 심정인 건 사실이었다.

스바루는 눈물을 철철 흘리며 에밀리아의 무릎 위에서 울고 있었다.

울며불며 울부짖다가, 꼴사나운 울음소리는 어느덧 먼 저편으로 사라지고.

——자는 이의 조용한 숨소리만이 객실 안에 내려앉아 있었다.

8

스바루는 잠에 빠지면서 가슴속에 숨 쉬는 따스한 것의 존재를 느꼈다.

지금의 스바루는 이것이, 이 감정이 무엇인지 이해하고 있다.

에밀리아를 볼 때마다, 그녀와 말을 나눌 때마다, 그녀와 손끝이 맞닿을 때마다 스바루의 가슴속에서 고동이 강해지기만 할 뿐이던 이름 없는 그것이 무엇이었는지.

에밀리아를 의식하면 몸속에서 열기를 띠는 그것은, '연심(戀心)'이라고 불리는 성가신 병이다.

그것을 한 번 의식한 이상 사람은 그 열병이 가진 힘에 저항하지 못한다.

스바루 또한 예외가 아니다. 때문에——.

몇 번이든, 몇 번이든, 아무리 상처 입더라도, 아무리 괴로워

하더라도, 얼마나 울었더라도, 얼마나 절망을 곱씹게 될지언
정, 그녀를, 에밀리아를 구하기 위해서.

　이 나날을 그녀와 함께 걸어가기 위해서.

　──나츠키 스바루는 몇 번이든 죽고, 이 사랑에 산다.

9

　──렘이 객실을 찾아갔을 때, 에밀리아는 잠자는 스바루의
검은 머리를 자상하게 어루만지고 있었다.

　소리도 없이 방문을 연 렘은 실내에서 에밀리아의 모습을 발
견하자 입을 열려 했다.

　"쉬─."

　그렇지만 세운 손가락을 입술에 댄 에밀리아의 몸짓에 그 입
을 다물었다.

　바닥에 직접 앉아 몸을 맞대고 있는 두 사람. 렘은 눈을 가늘게
뜨고 그 곁으로 걸어갔다.

　"스바루 군은 자고 있을 뿐인가요?"

　"그래. 후후, 봐봐 어린애 같지? 머리 쓰다듬으면 안심한 얼
굴을 해."

　에밀리아는 재미있어하듯이 스바루를 쓰다듬으며 렘에게 동
의를 구했다.

　렘은 그런 에밀리아의 요구에 조용한 도리질만으로 응했다.

"오늘은 스바루 군이 업무를 더 이상할수 있을 것 같진 않군요."

"그러네. 오늘은 휴가. 일 시작하고 이틀 만에 쉬어버리다니, 엄—청 나쁜 아이지 뭐야. 건강해지면 벌을 주도록 해."

자그맣게 웃은 에밀리아는 그대로 스바루의 얼굴을 만지작거리는 작업으로 돌아갔다.

잠든 스바루를 치워 다리를 해방할 뜻은 없는 모양이다.

렘은 에밀리아의 태도를 그렇게 해석하고, 곤히 자는 스바루를 조용히 내려다본다.

잠든 그 얼굴은 천진하다. 어린애 같아서, 긴장도 경박한 태도도 눈에 띄지 않는다.

일이 있다고 말하고 헤어지기 전, 긴박감으로 뻣뻣하던 웃음과는 운니지차다. 뭔가 꾸미고 있는 게 아닌가 의심하던 게 어처구니없어질 만큼.

"이렇게 자고 있는 모습을 보면, 그 생각도 가시는군요."

렘은 에밀리아를 따라 스바루의 앞머리를 가볍게 손끝으로 건드리고 중얼거렸다.

흡사 세계에 대해 무지한 갓난아기와 같이 무방비한 모습이다. 렘은 희미하게 입술에 미소를 머금었다.

"언니에게 스바루 군이 오늘은 못 써먹게 됐다고 전하겠습니다. 업무 분담을 다시 조정해야겠어요."

인사한 렘은 정중하게 말을 그리 남기고 등을 돌렸다.

목적지는 언니가 있는 곳. 지금 시간이라면 언니는 아직 식당을 정리하고 있을 때다.

합류해서 오늘 예정을 다시 짜기로 하자.

"렘."

그때, 느닷없는 부름에 발을 멈춘 렘은 천천히 몸 전부로 돌아섰다.

땅바닥에 앉은 에밀리아와의 시선 높이는 크게 다르다. 하지만 그런데도 여전히 렘은 마치 에밀리아가 내려다보고 있는 듯한 기이한 압박감을 느꼈다.

에밀리아는 그런 렘의 사소한 놀람에는 눈치채지 못하고, 자그마한 소리로 말했다.

"──스바루는, 착한 아이야."

"_____."

전해진 말에 렘은 깊은 묵례로 답했다.

그 뒤에 일별도 남기지 않고 문 쪽으로 돌아서 스바루와 에밀리아를 남긴 채 객실을 나섰다.

무표정한 렘의 옆얼굴이 희미하게 요동친 것은 본인조차 몰랐다.

──단지 희미하게 풍기는 사악한 냄새만이 렘의 마음에 자그마한 멍울을 남기고 있었다.

제2장 『울고 울부짖고 울음을 그쳤으니까』

1

"여자애 무릎 빌리고 머리 쓰다듬어지면서 평온한 잠을 맞는
다……. 이거 단독으로만 보면 참 극상의 이벤트였는데 말이
지."

귀까지 벌건 스바루는 몇 번씩 그렇게 말하고 한숨을 쉬며 머
리를 쥐어뜯었다.

돌이켜 생각하는 건 몇 시간 전에 마음속을 뻥뻥 토로해버린
장면이다.

"마음에 둔 여자애 상대로 울며불며 난리치며 눈물과 콧물로
엉망이 된 얼굴로 곯아떨어지고. 덕분에 그 상태로 몇 시간씩
그 아이 무릎 위를 독점……. 이런 수치 플레이가 어디 있냐."

돌이켜 생각하는 건 에밀리아의 무릎 감촉과, 그 감촉과 맞바
꾼 그녀의 무릎에 벌어진 참상이다.

에밀리아의 무릎은 스바루의 콧물 및 기타 등등으로 끔찍한
상태여서 위생상으로도 스바루의 남자 지수상으로도 간과할
수 없는 상태였다.

그런데도 에밀리아는 스바루가 알아서 깰 때까지 흔들어 깨우려 하지 않았고, 옷을 더럽힌 데에 싹싹 빌어대는 스바루를 탓하지도 않았다.

　"조금이나마 시름을 덜었으면 그걸로 됐어. 그리고 스바루는 뭘 모르는구나."

　"잉?"

　"미안하다는 말을 여러 번 듣기보다, 고맙다는 말 한 번 해주는 쪽에 상대는 더 만족해. 사과를 바라는 것이 아니라, 해주고 싶어서 한 일이니까. 안 그러니?"

　사과하는 입술에 손가락을 대며 윙크와 함께 그렇게 말하는데 홀딱 넘어가지 않을 남자가 어디 있겠는가. 실제로 스바루는 가뿐하게 홀딱 넘어갔다.

　그 전의 대화까지 포함하여 참된 의미로 에밀리아에 대한 연심을 자각한 스바루에게는 에밀리아의 행동이나 언동이나 전부 다 총천연색으로 빛나 보였다.

　옷을 갈아입으러 방으로 돌아간 에밀리아와 헤어져 꿈꾸는 기분 그대로 잠시 저택을 배회하던 스바루는, 제정신을 차린 지금 이렇게 볼썽사납게 머리를 그러안고 있는 것이다.

　"못났다. 나 끝내주게 못났어. 뭐가 에밀리아에게만은 약한 모습 보이고 싶지 않다는 거냐. 이보다 더한 게 없을 치부 보였잖느냐고. 이래선 너 진짜 더는 마주할 낯이 없다."

　"……밤늦게 남의 방에 기어들어서 꺼내는 내용이 그거인 것이야?"

몸부림치는 스바루를 접사다리 중단에 걸터앉아 흘긋 쳐다본 드레스의 소녀——베아트리스가 사랑스러운 이목구비에 부아가 치민다는 빛깔을 띠고 험담을 뱉었다.

　에밀리아와 헤어진 다음, 아무하고도 얼굴을 마주할 수 없다고 끙끙 앓던 스바루가 발길을 옮긴 곳이 이 누구 손도 미치지 않는 금서고였다. 단, 주인인 소녀 쪽은 보통 불만스러운 게 아니겠지만.

　그러나 이곳에 온 까닭은 그것만이 아니다.

　"그렇게 말하지 마라, 베아코. 나랑 네 사이 아냐."

　"베티랑 너하고 무슨 관계…… 기다려봐. 방금, 베티를 뭐라고 부른 것이야?"

　베아트리스가 눈썹을 치켜들며 뺨을 실룩이자, 스바루는 손뼉을 쳤다.

　"아, 베아코 말이지. 난 친근감을 표현하는 데 애칭은 뺄 수 없다고 생각하거든. 지금껏 저택 사람들 중에서 너에게만은 그런 마음이 전혀 솟질 않았는데……."

　돌이켜 생각하는 건 전 회의 루프. 그야말로 진정 고독의 절망감에 파묻혀 있었을 때다.

　생떼와 협박 같은 말주변으로, 무작정 감언이설로 끌어들였다고 해도 과언이 아니다. 시작은 그랬어도 틀림없이 둘 사이에는 주고받은 계약이 있었다.

　마지막에는 스바루 쪽에서 일방적으로 끊어버린 계약이다. 하지만 베아트리스는 계약의 내용을 애매하게 만들어서까지 스바루를 지키려고 애써주었다.

　설령 베아트리스가 잊어버렸어도, 스바루는 그때의 마음을 잊을 수 없다.

　"――그러니까 네가 날 어떻게 생각하고 있건 간에 난 너를 베아코라고 부르겠어. 그게 내가 네게 할 수 있는, 최대한의 친애의 증거다!"

　"전! 혀! 기쁘지 않거든! 그 강매하는 듯한 선의는 무엇인 것이야! 기분 나쁘다기보다 속이 뒤집히는 것이야!"

　"야, 말투가 왜 그래! 내가 진심으로 감사의 마음을 전하려고 하건만, 얼렁뚱땅 넘겨도 될 만한 장면이 아니라고!"

　"방금 뱉은 자기 발언을 돌아보고 장난치지 않았단 소리가 나오면, 너와 베티 사이에 성립된 건 이미 대화가 아니라 대화처럼 느껴지는 별개의 뭔가야!"

　'대화의 캐치볼을 할 생각이었는데 도중부터 럭비가 되었다' 비슷한 말을 들어 입을 우물거리는 스바루.

　스바루 딴에는 친애표현이었지만, 베아트리스에겐 당최 와닿지 않았던 모양이다.

　"뭐, 그건 그렇다 치고 난 널 베아코라고 부르겠지만."

　"쓸데없는 일편단심이야. 베티 쪽은 그런 이름으로 불려봤자 대꾸하지 않을 것이야."

　"야박한 소리 마라, 베아코."

　"…………."

　스바루가 부르지만 베아트리스는 말없이 눈길을 내려 책만 보고 대꾸하지 않는다. 아무래도 방금 꺼낸 말을 실천할 작정인 듯하다.

고집스러운 태도의 베아트리스 쪽으로 걸어간 스바루는 별수 없이 접사다리 주위를 빙글빙글 돌며 떠들었다.

"왜 그래 베아코, 건강하냐 베아코, 야야 괜찮냐 베아코, 곤란한 일이 있으면 뭐든 말해 봐 베아코, 응? 뭐야 베아코, 할 수 있다니까 베아코. 이봐, 베아코베아코."

"짜증 돋우는 데에 유례를 볼 수 없는 놈이야! 대체 뭐인 것이야!!"

도발 내성이 낮은 베아트리스는 타인의 신경을 긁는 데 천부적인 재능을 가진 스바루의 좋은 먹잇감이다. 승리 포즈를 잡은 스바루는 씩씩거리는 베아트리스를 보고 입 끝을 일그러뜨렸다.

"실은 궁지에 몰려서 막막할 지경이야. 까놓고 말해 네 손을 빌리고 싶다."

──꼴사납게 아우성치고 난리친 끝에 내놓은 결론을 롤 머리 소녀에게 전했다.

2

스바루는 에밀리아의 무릎 위에서 속내를 토로해 꾹꾹 눌러 담고 있던 더러운 마음과 눈물, 그런 것들을 전부 다 쏟아 내버렸다. 그런 그에게 남은 건 순수하기까지 한 스바루 본인의 탐욕이었다.

——에밀리아를 좋아한다. 원래부터 좋아한다고 여겼었지만, 정말로 좋아하게 됐다.

외모가 취향이라고 생각했었다. 목소리를 듣기만 해도 마음이 들떴다. 말만 나누어도 꿈결을 노니는 기분이 되었다. 타인을 위해서 손해 보는 모습을 내버려둘 수 없다고 생각했다.

그래서 지금은 좋아한다고, 그렇게 생각하던 마음을 더욱 뚜렷하게 알고 있다.

이세계에 소환되고 아무에게도 의지할 수 없었던 스바루를 맨처음에 구해주었다.

그리고 절망의 막다른 골목에 밀어 넣어져 죽어갔었을 마음을 구원해주었다.

목숨을, 그리고 마음까지 구원받고 말았다.

——이미 에밀리아의 존재 없이 살아가는 삶은 떠올릴 수 없다.

에밀리아와 함께 지낼 수 있는 저택의 생활을 좋아한다. 이것저것 많이 배울 수 있는 환경을 좋아한다. 퉁명스러우면서도 이모저모 뒷바라지해주는 람을 좋아한다. 에밀리아를 무지 좋아한다. 존댓말로 은근슬쩍 매도하면서 지도해주는 렘을 좋아한다. 에밀리아땅 무지 엔젤. 이 낙원을 제공해준 로즈월에게 은의가 있다. 베아트리스에게도 다 갚을 수 없는 은혜를 입었다. 이 저택에 사는 사람들에게 호의를 품고 있다. 스바루도, 여기서 쭉 있고 싶다고 생각한다.

가슴이 메일 만큼 흘러넘치는 감정이 멈추지 않는다.

그러나 그 행복한 생각을 하는 한편으로——.

에밀리아를 좋아한다. 에밀리아를 지킬 힘이 부족한 자신이 한심스럽다. 저택의 생활은 마음을 놓을 수 없다. 어디서 실망을 사 내쳐질지 알 수 없다. 목을 뚫는 바람의 칼날을 다루는 람이 무섭다. 철구로 두개골을 바수는 렘이 끔찍하다. 그 둘에게 스바루를 서슴없이 처분하라는 지시마저 낼 수 있는 로즈월의 광기가 메스껍다. 깨어날 때마다 목숨의 유무를 확인해 절망이 슬금슬금 다가오지 않았는지 의심해야만 하는 시간이 고통이고 슬퍼서 미치겠다.

그 또한 사라지지 않는 스바루의 속마음이다.

상반하는 그 감정들에 내면부터 지져지던 스바루를 에밀리아가 구해주었다.

닳아 없어지기 직전이었던 마음을 에밀리아가 위로하고 건져주었다.

에밀리아를 생각하면 활력이 넘쳐흐른다. 도망치고 싶다는 마음을 에밀리아가 만류한다.

"즉, E · M · A."
^{에밀리아땅 무지 엔젤}

"지금 뭔가 극심하게 하잘것없는 소리 씨부렁거리지 않은 것이야?"

"설마, 내게 있어 가장 중요한 사항을 재확인했을 뿐이라고."

자신감과 함께 가슴을 펴며 그렇게 대답할 수 있다.

스바루의 발언에 베아트리스는 기가 차단 시늉을 하기도 귀찮다는 표정을 지었다.

"얘기를 원래대로 되돌리겠어……. 베티의 힘을 빌리고 싶다는 말은 무슨 뜻인 것이야."

"응, 생각보다 진지하게 하늘에 비는 정도의 심정이지. 기댈 수 있는 상대가 안 떠올라."

현재 이 저택에서 스바루가 전폭적인 신뢰를 맡길 수 있는 상대——그건 물론 에밀리아지만, 그녀의 존재는 스바루에게 가장 중요한 팩터이기도 하다.

요컨대 스바루는 에밀리아만은 위험한 상황을 겪게 하고 싶지 않다. 응당 제 목숨을 우선하는 스바루지만, 에누리 없이 목숨과 저울질할 수 있는 게 에밀리아인 것이다.

따라서 에밀리아의 손을 빌린다는 선택지는 마지막의 마지막 순간까지 선택하고 싶지 않다.

그리되면 자연히 팩의 힘을 빌리는 것도 할 수 없어지고, 남는 선택지가——.

"이러니저러니 해도 실은 꽤 물러터진 *쵸로인 베아코란 것이지."

"내용은 이해할 수 없어도 모독당하고 있단 분위기는 느껴지거든?"

"그런 생각 없어. ……실제로 내가 이 저택에서 의지할 수 있

---

* 쵸로인(ちょろイン) : 일본어 '쵸로이(쉽다)'와 '히로인'을 합친 신조어. 말 그대로 별다른 노력 없이 간단히 반하는 히로인 유형을 가리킨다

는 건 현 상황에선 너뿐이야."

람과 렘은 당연하거니와 로즈월에게도 털어놓을 수 없다.

스바루가 이 저택에서 지금 에밀리아 외에 의지할 수 있는 축은 베아트리스 외에 달리 없었다.

"부탁한다. ——이렇게 간절히 부탁해."

그렇기에 스바루는 베아트리스 앞에서 바닥에 무릎 꿇고 고개를 조아리며 간청한다.

절망의 연쇄를 끝내기 위해서, 스바루의 앞길을 밝히는 등불이 되어주길 바란다며.

"네 힘이 필요해. 전부 한데 그러모아서, 내가 행복하게 있을수 있는 장소를 지키고 싶어. 거기에 전원이 모여주지 않으면 싫다고."

"_____."

"……베아트리스?"

고개를 바닥에 처박고 있던 스바루는 길게 끄는 침묵에 시선을 베아트리스에게로 돌렸다.

저도 모르게 숨을 집어삼켰다. 베아트리스의 스바루를 보는 눈이 너무도 복잡한 감정을 띠고 있어서.

눈살을 찡그리며 입술을 깨물고 스바루를 노려보는 베아트리스. 그런데도 노려보고 있는 그 표정이, 스바루에게는 당장에라도 울어버릴 것 같은 얼굴로만 보였다.

"_____."

소녀는 입을 벌리려다가 무슨 말을 고를지 헤매듯이 시선을 떨었다.

베아트리스의 마음이 흔들리고 있는 걸 알 수 있었다. 그리고 지금 말하게 돼서는 안 된다는 것 또한.

"들어줘, 베아트리스. 네가 내 부탁을 순순히 듣지 않으려는 심정은 이해해. 네 입장에서 보면 난 하루 전에 실려 왔을 뿐인 영문 모를 놈팡이에 불과하지."

"……거기까지 알고 있다면, 베티의 대답도 알 터야."

"배에 난 상처 때워준 게 너라면서. 감사하고 있어. 넌 모르겠지만 난 너한테 감사해야 할 일투성이고, 그러고도 너한테 기대지 않으면 옴짝달싹도 못해. 한심스러운 얘기지. 답도 없을 만큼 비참해. 그래도 너밖에 없어."

여유를 주지 않고 다그치듯이 마음에 떠오르는 말을 전부 내놓는다.

막무가내에다 이기적이고 베아트리스의 심정에 아무런 배려도 하지 않는 형편없는 의사 표시다.

그저 머리만 숙이는 것이 스바루의 성의. 베아트리스는 그렇게 허울뿐인 성실함을 꾸민 스바루에게 평소처럼 코웃음 쳤다.

"못 미치는 힘을 한탄하고 땅바닥을 긴다. 너, 자존심이란 게 없는 것이야?"

"소중한 것이 또렷하게 보였어. 머리를 열 번 백 번 땅바닥에 처박는 걸로 충분하다면 얼마든지 하마."

보잘것없는 자신에게 매달리는 꼴같잖은 자존심은 가진 바가 없다.

스바루는 머리를 숙인 채로 마냥 간청하는 행동을 그치지 않는다.

비겁한 수단임은 알고 있다. 다섯 번 반복해온 세계에서 스바루는 몇 번이나 베아트리스와 만났고 그때마다 말다툼을 벌여왔다.

그런 관계성을 지속해온 관계이기에 알 수 있다.

베아트리스라는 소녀는, 표면상으로는 냉대하는 태도를 취하고 있어도──.

"얼굴, 들어봐."

잔잔한 음성을 들은 스바루는 자신의 비열한 간청이 가 닿았다고 여겼다.

보잘것없는 자기 자신을 새삼 자각하고, 베아트리스에게 저지른 무성의한 태도에 스스로 분한 감정마저 느꼈다.

그 행위도 전부 베아트리스라는 소녀의 결단을 위해서 필요한 것이었다.

그렇게 딱 잘라 말하기에는, 나츠키 스바루도 너무 우직한 인물이었지만.

"베아……."

"먹는 것이야."

"부헥."

하지만 그런 비장한 감개를 품고 있던 안면에 소녀의 신발 밑창이 사정없이 꽂혔다.

엎드려 조아리던 자세 그대로 목만 뒤로 뒤틀리고 형용하기 어려운 소리가 금서고에 둔탁하게 울렸다.

새우 꺾기 자세 그대로 뒹굴어대며 말이 되지 않는 절규를 지르는 스바루.

"얌마…… 너……!"

"너 따위 머리를 백 번 처박는 게 베티의 노력과 동등할 거라 여기는 안이한 생각이 이해가 안 돼. 동화를 몇 닢 모아도, 성금화의 광채에는 미치지 못해. 그걸 깨우치는 것이야."

"아니, 설령 동화라도 몇 천 닢씩 모으면 성금화랑 맞먹지. 값어치 면에서 비교하면 그렇게 되는데? 계산 못 하는 거 아니지?"

"그 불쌍한 애를 보는 듯한 눈을 그만두는 것이야! 바로 직전까지 베티한테 의지하려고 했었던 녀석이 할 눈이 아니거든?!"

꽥꽥 시끄럽게 스바루와 베아트리스의 설전이 시작됐다.

여러 번 반복한 세계에서, 한 번도 같은 이유로 시작된 적 없는 공방.

익숙해진 베아트리스와의 말다툼을 하던 중에 어느덧 스바루가 품고 있던 비장한 각오가 어처구니없는 걸로 여겨지기 시작했다.

"알았어. 비장의 카드를 뽑으마. 네가 나한테 협력해주겠다면 딱 맞는 보상을 준비한다?"

"너 같은 게 준비한 보수 가지고 베티가 낚일 줄 아는 것이야?"

"듣고 놀라기나 해라. 난 왕도에서 에밀리아를 구한 건으로 팩에게 빚을 지웠다. 그리고 팩은 그걸 담보로 뭐든지 들어주겠다고 말해줬어. ──그 의미를, 알겠지?"

안색을 바꾼 베아트리스가 밉살맞게 웃는 스바루의 교섭술에 꺾였다.

팩을 구실로 삼은, 얼빠진 결말이라고 스바루는 생각했다.

어디까지나 보수를 위해서 별수 없이, 내키지 않는데 스바루에게 협력하기로 했다.

──자그마한 마법사가 그런 구실로 선처해준 것은 알고 있었어도.

3

베아트리스의 온정에 상당히 기댄 감은 부정 못해도, 스바루는 어찌어찌 무사히 베아트리스의 협력을 얻어내는 데 성공했다.

자신의 역부족을 소녀에게 떠넘긴 것에 대한 반성은, 모든 문제가 정리된 다음에 할 일이다.

"……주술사에 관해 자세히 알고 싶다?"

운을 뗀 스바루의 발언에 베아트리스가 고운 눈썹을 찡그리며 불쾌감을 드러냈다.

저택을 덮친 주술사의 위협. 이건 서둘러 대처해야 하는 현안이다. 베아트리스에게 협력을 구한 것도 주술에 마법으로 대항하고 싶다는 생각이 컸기 때문이다.

　어느 정도 핵심을 건드리지 않고 베아트리스에게 설명할 수 있는지가 스바루에게 중요한 요소다.

"아마 과도하게 정보를 누설하면 페널티가 올 테니 말이지……."

'사망귀환'을 에밀리아에게 털어놓으려고 했을 때, 스바루는 느닷없이 시간이 정지한 세계에서 검은 아지랑이 같은 손바닥에 극한의 고통을 선사받았다.

　소리 없는 절규와 심장을 으스러뜨리는 격통은 스바루에게서 저항의 의지를 쉽사리 빼앗았다.

　때문에 스바루는 검은 아지랑이에 최대한의 경계를 기울이고 말을 골라가며 마저 설명했다.

"주술이란 카테고리가 있는 건 알지만, 마법사랑 정령사하고 얼마나 다른지는 당최 알 수 없어서. 그 언저리를 자세히 알고 싶어."

"이상야릇한 걸 묻고 싶어 하는 녀석인 것이야. 그런 놈들, 궁금하게 여겨봤자 득될 게 아무것도 없어."

　일전에 요점만을 거론했을 때와 마찬가지로 베아트리스의 주술에 대한 혐오감은 상당히 강하다. 그때는 일부러 긁어 부스럼 만드는 짓은 하지 않았지만, 이번에는 그럴 수만도 없다.

"아마 기본적으로 타인에게 폐를 끼치는 전제인 마법이었지? 얘기로는 북쪽 나라에서 생겨났다든가."

"거기까지 알고 있다면 충분하단 생각이 드는 것이야. ──저주로 대상을 병마에 빠지게 하거나, 일정 행동을 금지거나, 순수하게 목숨을 빼앗거나…… 성격이 나쁜 계통이야."

"도구는 쓰기 나름이라고는 해도, 그래서는 확실히 남의 발목 잡는 것 말고는 쓸 데가 없군."

그런 만큼, 딱 '저주'라는 뜻이다.

타인을 더럽히기 위한 초상적인 힘――원래 세계라면 *축시의 참배도 관점에 따라서는 주술의 범주에 들까. 원래 세계에서는 오컬트 방면에 부정적이었지만.

스바루는 그런 생각을 하면서 입이 무거운 베아트리스를 떠들게 하고자 몸을 앞으로 내밀었다.

"그럼 말야, 물어보고 싶은데…… 저주는, 어떡해야 막을 수 있지?"

주술사의 요격. 그것 자체는 상대의 정체를 파악하지 못하는 한 어렵다.

스바루가 현시점에서 얻고 있는 어드밴티지는 습격이 일어나는 사실을 알고 있다는 점.

주술사가 습격해올 것을 알고 있으니 막는 수단을 모색하는 건 틀림없이 명안이다. 그러나.

"없어."

"――잉?"

"한 번 발동한 주술을 막는 방법은 존재하지 않아. 발동하면

---

* 축시의 참배 : 일본의 유명한 저주 의식. 축시(丑時), 즉 오전 1시부터 3시 사이에 의식을 치르기에 축시의 참배라고 부른다.

끝, 그게 주술인 것이야."

"즈, 즉사 내성 무효화라니, 그런 법 있냐……."

담담히 읊는 베아트리스의 말에 벌써부터 스바루의 계획이 돈 좌했다.

즉사 내성 무효화 주문에 기습──*레벨 1 데스라니, 폭동이 일어날지도 모르는 처리다.

보이던 광명이 멀어지는 기척에 스바루는 머리를 쥐어뜯으며 다른 방책을 찾아 뇌를 끓인다. 상황이 얼마나 나쁜지 어설프게 인식했다. 현실은 스바루의 상상보다 슬쩍 나쁜 쪽으로 비껴나 가고 있다.

"──단, 발동한 주술에 한정한 얘기야."

"──잉?"

하지만 한순간의 간격을 두고 전해진 말에 스바루는 눈을 동 그렇게 뜨고 말았다.

그런 스바루의 반응에 일을 꾸민 장본인 베아트리스는 흡족한 기색으로 싱글거리고 있었다.

그 표정에 '속았다'고 감지한 스바루는 놀람과 분노로 입을 뻐끔거렸다.

그렇게 스바루가 말도 못하고 있으려니 베아트리스는 흥이 난 듯이 손가락을 하나 세우고 설명했다.

"방금 말한 대로 발동한 주술을 막을 수단은 없어. 단, 발동 전

---

* 레벨 1 데스 : 게임 『파이널 판타지』의 마법 레벨 5 데스의 패러디. 레벨 5 데스는 5의 배수가 되는 레벨을 즉사 시키는 마법이다.

의 주술이라면 방해할 수 있는 것이야. 발동 전에는 단순한 술식(術式)이니까, 기술만 있으면 해주(解呪)는 간단해."

"지금의 대화에 대한 분노는 뒷전으로 돌리고…… 예를 들자면?"

"이 저택이라면 우선 베티. 물론 빠냐도. 나머지는 로즈월이랑…… 계집애 세 명은 경험이 없을 것 같으니 무리일까. 아, 너도 무리야."

"그건 몸소 체험해 알고 있어……."

저항 못하고 첫 번째와 두 번째는 크게 신세를 졌습니다.

싫은 추억은 제쳐 놓고, 스바루가 거수하며 베아트리스에게 질문.

"발동 전의 술식이라는 말은, 주술은 발동하는 데 사전 준비가 필요하다고 인식하면 되겠어?"

"효력이 강한 저주에는 당연히 강한 부담이 따라붙어. 마법이나 주술이나 그 부분은 똑같은 것이야. 주술은 특히 그런 측면이 강해. 베티가 결함투성이라고 하는 이유도 아는 것이야?"

"사전 준비면…… 짐작 가는 구석이라도 있나?"

지푸라기라도 잡는 듯한 스바루의 질문에 베아트리스는 잠시 눈을 감은 뒤 입술을 핥고 말했다.

"내용에 따라 달라지지만…… 주술에는 절대로 빼놓을 수 없는 규칙이 존재해."

"빼놓을 수 없는, 규칙."

숨을 집어삼키고, 베아트리스가 끊은 뒷말을 재촉한다.

스바루의 시선에 담긴 간청에 베아트리스는 가볍게 끄덕이며 입을 열었다.

"──주술을 행할 대상과의 접촉. 이게 필수 조건인 것이야."

베아트리스는 그렇게 고했다.

"──────."

그 내용을 머리에 넣은 순간, 스바루의 뇌가 정신없이 회전했다.

주술에는 술자와 대상의 접촉이 필요. 즉, 첫 번째에서도 두 번째에서도 주술의 영향을 받은 스바루는 주술사와 접촉했던 것이다. 가능성이 있는 건──.

"저택 일당을 제외하면…… 인근 마을밖에 없어."

과거에 주술의 영향을 받은 '사망귀환' 때, 스바루는 반드시 그 마을로 발길을 옮겼었다.

그리고 되짚어 생각하니 마을에 갔을 때는 어느 쪽이나 바로 4일째의 낮이었다. 마을에서 주술사에게 저주의 술식을 받고 그 날 밤에 저택에서 주술이 발동──죽음에 이른다는 패턴.

주술사가 마을에 있다면, 전 주차에서 주술사가 렘을 해친 것도 이해가 간다.

스바루가 마을로 발길을 옮기지 않았기 때문에 주술사의 표적이 렘으로 비껴간 것이다. 경우에 따라서는 람이었을 가능성도 있고, 스바루가 있었다면 아마도 스바루가 되었을 것이다.

이어진다. 이어진다. 전부, 이어졌다.

주술사는 아람 마을 안에 있다. 그것이 주민인지 체류자인지는 불명이다.

후자라면 찾아내기는 그다지 어렵지 않다. 인구가 적은 마을이다. 스바루가 그랬던 것처럼 외지인의 얼굴은 금방 널리 퍼진다. 전자라면 주도면밀한 준비 끝의 범행이지만——.

"하지만 그럴 가능성은 오히려 희박해."

이번 건이 왕선(王選)에 참가하는 에밀리아에 대한 방해 행위라면, 애당초 왕선의 발단인 왕가의 단절이 반년 전의 사건에 불과한 판국이다.

왕 후보에 에밀리아가 이름이 거론된 것도 포함해 실질적인 준비 기간은 3, 4개월.

도저히 마을 사람 사이에 장기간 주술사를 잠복시킬 사전 준비를 할 수 있는 시간이 아니다.

"주술사는 외부의 인간. 그리고 그 녀석을 찾아내는 건 어려운 얘기가 아니렷다."

스바루는 자신의 생각을 입 밖으로 내고 허점이 없는지를 찾기 시작했다.

몇 가지 수정할 곳은 있긴 하나, 요체는 나쁘지 않은 추론이다. 주술사 쪽에서 보면 액션을 일으키기 전의 상황이다. 이 시점에서 자신의 존재가 탄로 났다고 여길 리는, 신이나 악마를 상대하고 있는 게 아닌 이상 있을 수 없다.

거기까지 생각한 스바루는 지금이 아직 '2일째 밤'이란 사실을 곱씹었다.

상황이 최악으로 기울기 시작하는 4일째에 아직 하루의 유예가 있는 것이다.

그 말은 즉, 이쪽에서 주술사를 선제공격할 수 있다는 의미이기도 하다.

"꼬리를 잡았군, 빌어먹을. 겉멋으로 두 번이나 살해당할 뻔하거나 죽은 게 아니라고!"

상황을 바꿀 광명이 보여 스바루는 주먹을 움켜쥐고 환희로 목소리를 떨었다.

사태의 호전을 기뻐하는 스바루. 한편, 도중부터 얘기를 쫓아가지 못한 베아트리스는 불만스러운 얼굴이었다. 소녀는 귀여운 뺨을 붉히며 눈초리로 언짢은 기분을 강조했다.

"남에게 협력을 바라놓고서, 그 태도는 웬 것이야. 지금 얘기가 도움이 됐다면 네가 베티한테 해야 할 말이 있지 않아?"

"아아, 그렇지! 살았어, 네 덕분에 빛이 보였다고! 베아코 사랑한다!"

"뭣——?!"

스바루는 베아트리스에게 달려들어 가벼운 몸을 안아 올리고 함께 빙글빙글 돌았다.

호사스러운 드레스를 입고 있음에도 불구하고 소녀의 몸은 깃털처럼 가벼웠다. 스바루의 기분도 들떠 있기에 상승효과로 회전의 속도는 올라가기만 했다.

"이거 놓…… 내려놓는 것이야!"

"하하하, 지금이라면 하늘이라도 날 수 있을 것만 같다! 아니, 아예 함께 날래?! 베아코!"

"너 혼자서, 날도록 해——!"

"아부밧?!"

바로 위에서 내쏜 마법력에 직격당해 바닥에 다리를 찢는 기세로 내리꽂힌다.

정수리부터 들어온 충격이 몸을 타고 똑바로 엉덩이로 빠져나간 모양새다.

몸속에서 마나가 미쳐 날뛰는 바람에 스바루는 엉덩방아 찧은 채로 정신을 못 차렸다.

한편, 화려하게 치맛자락을 나부끼며 착지한 베아트리스는 머리를 휘적거리고 있는 스바루에게 작게 코웃음 치며 말했다.

"그렇게 까불까불 스스럼없이 행동하니 아픈 맛을 보는 것이야."

"본 건 그뿐만이 아닌데. ──흰색이었어!"

"────?! 먹는 것이야!"

"드로워즈?!"

두 번째 일격이 직선으로 스바루의 미간을 때려 서고 안쪽으로 훌쩍 날려버렸다.

스바루는 데굴데굴 굴러 서가에 격돌하고 떨어지는 두꺼운 책들 아래에 깔려버렸다.

그 책 더미에서 기어 나온 스바루는 여기저기 모퉁이에 부딪혀 울상을 지으면서 외쳤다.

"잠깐 친애 게이지가 쭉 올라갔더니 이 꼴이냐! 불만이 뭐였어, 말해 봐!"

"끌어안고 어린애처럼 들어 올린 거나 붕붕 휘두르거나 속옷

본 거나 표면뿐인 사랑의 말을 지껄인 거나 전부 다야! 네 존재가 부아 치미는 것이야!"

"존재를 싹 부정하다니 슬프니까 관둬! 그 자학은 떨쳐내기로 마음먹고 있으니까!"

상황에 개선의 조짐이 보인 것처럼 스바루 본인의 마음가짐에도 그런 조짐이 보였다고 여기고 싶다.

무력함은 여전하더라도 무능함은 끌고 오지 않도록 경계하면서, 스바루는 끄덕였다.

"어쨌든 상황은 꽤 나아졌군. 오늘 밤은 힘들지만 내일쯤 마을에 가서."

주술사의 정체를 찾기로 하자고 생각했다.

아마도 람이나 렘 중 한쪽하고 동행하라는 조건이 걸릴 것이다. 그 자리에서 주술사와 직접 대결하는 경우도 있을 수 있음을 고려하면 전투력이 있는 그 둘이 있는 건 오히려 필수 사항이다.

운이 좋으면 주술사를 격파하고, 그걸 계기로 둘의 신뢰가 쭉 게이지를 채운다면 사태는 척척 순조롭게 대단원. 로즈월 저택 1주일, 공략 완료다.

"생각하면 고생도 참 많이 했지……."

아직 성급하다고는 알아도, 손도 발도 못 쓰는 막다른 골목이던 상황에 빛이 보인 것이다. 아무도 들뜨는 스바루를 탓할 수 있을 리 없다.

그밖에 뭔가 고려해야 할 점은 없을까. 위를 볼 수 있게 되었기에 더더욱 발밑을 소홀히 할 수는 없다. 소심쟁이의 경계심을 높인 스바루는 불현듯 기억해냈다.

"마녀의, 잔향……."

"뭐인 것이야."

"그렇지, 마녀. 렘도 말했었고, 베아코도."

한마디 떠오른 단어를 입에 담자마자 다양한 장면이 기억에 되살아나기 시작했다.

마녀, 그것은 이 세계에서 자주 언급되던, 불길한 존재로서 취급되는 존재.

스바루는 왜 그게 기피되고 있는지 동화 '질투의 마녀'라는 이야기에 나온 정도밖에 모른다. 그러나 지금은 그 사실이 무턱대고 마음에 걸렸다.

마녀라는 단어는 나츠키 스바루의 길에 여러 번 그 모습을 나타냈었기에.

고개를 든 스바루는 미간을 찡그리고 있는 베아트리스를 바라보았다.

대답을 받을 수 있을지 불안감이 있었다. 같은 질문에 람은 거부를 표했고 렘의 경우에는 스바루를 공격하는 이유 중 하나로서 주장했을 정도다.

에밀리아마저 모종의 강한 저항감을 품었던 것 같았다.

"베아코. ——마녀라고, 알아?"

"————."

물음에 대답은 바로 돌아오지 않았다.

베아트리스는 고막을 울린 단어에 눈을 감고, 그 말을 확인하듯이 입을 다물어버렸다.

스바루 또한 그런 베아트리스의 반응에 조급해지는 마음을 가라앉히고 계속 기다렸다.

"세계를 집어삼키는 존재. 그림자 성의 여왕. 최악의 재앙. ──질투의 마녀."

갑자기 중얼거린 말에 스바루는 숨을 삼키며 눈을 크게 떴다.

베아트리스는 그런 스바루의 모습을 거들떠보지 않고, 내키지 않는 양 입술 밖으로 한숨을 흘렸다.

"이 세상에서 마녀라는 말이 뜻하는 건 단 한 명의 존재뿐이야. 그리고 그건 이름을 입에 담는 것조차 금기가 된 존재이기도 한 것이야."

"누구나 무서워하고, 누구나 두려워하며, 누구도 그녀에게 거스르지 못한다."

"그래, 그거야. 오히려 아느냐고 묻는다는 사실 쪽이 의문이야. 이 세상에선 부모의 이름, 가족 이름 다음으로 그 마녀의 이름을 배울 정도인 것이야."

"그런 과장스러운⋯⋯."

웃어넘기려고 하다가 베아트리스의 표정에서 일말의 장난기도 찾아내지 못해 말을 집어삼켰다.

지금 것이 농담이 아니라면 그건 에누리 없이 세계의 어둠 그자체다.

"질투의 마녀 '사테라'. ──일찍이 존재했던 대죄의 이름을 내건 여섯 명의 마녀를 전부 잡아먹고, 세상의 절반을 집어삼킨 최악의 재앙이야."

감정이 얼어붙은 베아트리스의 목소리에 스바루는 짧게 숨을 내뱉었다.

들은 적이 있는 이름, 그리고 그 이상으로 압박이 가해지는 듯한 베아트리스가 하는 말의 무게.

"가로되, 그녀는 사랑을 원하고 있었다. 가로되, 그녀에게는 사람의 말이 통하지 않는다. 가로되, 그녀는 이 세상 모든 것을 시샘하고 있었다. 가로되, 그녀의 얼굴을 보고 살아남은 이는 없다. 가로되, 그 몸은 영원히 썩지 않고 쇠하지 않으며 다함이 없다. 가로되, 용(龍)과 영웅과 현자의 힘으로 봉인하고서도 그 몸을 멸하지는 못 했으니."

스바루가 끼어들지 못하게 술술 그렇게 읊는 베아트리스.

그리고 나열한 정보를 마무리 짓듯이.

"가로되."

마지막 운을 떼고 말했다.

"——그 몸은, 은발의 하프엘프였다."

4

——질투의 마녀 사테라.

일찍이 세계가 비명을 지르게 했던 여섯 명의 마녀를 일소하고, 세계의 절반을 멸한 재앙의 마녀.

그 몸은 영웅의 손으로 수정 속에 봉인되어 지금도 세계 한구석에 잠자고 있다고 한다.

황당무계한 얘기다. 스바루는 요즘 젊은이 감각으로 그렇게 생각했다.

몇 백 년이 지나 악행이 구전되고 있을 뿐이라면 또 몰라도 지금도 그런 존재가 세계 어딘가에 계속 봉인되어 있다니, 원래 세계의 상식으로는 있을 수 없는 얘기다.

"뭐, 총리대신 이름은 몰라도 국민적인 아이돌 그룹의 제일 인기 많은 애는 알고 있는 시대니, 별 믿을 건 못 되나."

너무 극단적인 일례를 든 스바루는 책상다리에 턱을 괴고 정원 가장자리를 보았다.

아침 해가 비치는 정원에, 잔디 위의 에밀리아 주위를 옅은 빛이 에워싸고 있는 광경이 있었다.

여러 번 되풀이되었음에도 그 신비함과 환상적인 분위기가 깎여나가지 않는 광경. 이 세상에서 손꼽히는 미관(美觀) 중 하나 ── 에밀리아의 아침 일과였다.

에밀리아에게 방해되지 않도록 조금 떨어진 곳에서 그녀를 지켜보는 집사복 차림의 스바루. 치밀어 오르는 하품을 참으며 긴 한숨을 흘리고, 재차 사색의 바다 속을 헤엄친다.

금서고에서의 베아트리스와 나눈 회담으로부터 하룻밤이 지나 지금은 3일째 아침에 돌입해 있다.

"피부에 안 좋으니 그만 잘 거야. 밤 새게 만들어서 보통 민폐가 아닌 것이야.”

　심야부터 아침나절에 걸쳐 스바루와 함께하는 처지가 된 베아트리스는 노발대발했다.

　난폭하게 금서고에서 내쫓긴 스바루는 아침 목욕을 마치고 정원의 에밀리아와 합류. 진지하게 일과에 집중하는 소녀를 보면서 다시 한 번 의욕을 새로이 다지고 주먹을 쥐었다.

　“꽤 얼굴이 좋아졌네.”

　누가 말을 걸어 고개를 든 스바루의 눈앞에 회색의 털뭉치……가 아니라 팩이 있었다.

　팩은 공중에 뜬 채로 평범한 고양이가 그러듯이 짧은 손으로 얼굴을 씻으면서 말했다.

　“어제는 솔직히 두고 볼 수 없었거든. 살짝 안심했어.”

　“그래, 걱정 끼쳐서 미안하다. 하지만 아직도 완전히 회복 못하는 나의 나이브 하트를 네 모피로 실컷 위로해다오. 후와아.”

　“뭐, 허세를 부릴 수 있으면 괜찮으려나. 리아도 무릎을 빌려준 보람이 있었겠어.”

　손바닥 사이즈의 고양이를 끌어안으며, 이전에 놀랐던 귀의 털을 웃도는 감촉을 추구해 팩의 꼬리에 주목. 꼬리 밑동과 끝부분의 상상을 능가하는 감촉에 스바루는 무심코 숨을 삼켰다.

　스바루는 지고의 감촉에 코를 벌름거리면서 손안의 팩과 눈높이를 맞추고 말했다.

　“혹시 너도 그 무릎베개 봤어?”

　“그만큼 긴 시간 동안 하고 있으면야. 몇 시간씩 정좌하는 건

힘드니 몇 번쯤 교대하자고 말했었는데…… 안심해도 돼. 리아는 마지막까지 역할을 양보하지 않았어."

팩의 확실한 보증에 스바루는 연심과 수치로 무심코 얼굴을 붉혔다.

그런 풋풋한 스바루의 반응에 팩은 끄덕였다. 그리고.

"에잇."

"아얏──?! 지금 나 왜 할퀴어진 거야?!"

"딸에 대한 복잡한 애정이 폭발한 거야. 그 김에 스바루도 폭발시켜도 돼?"

"되긴 뭘?! 아버지 마음은 복잡하시네요!"

아버지의 딜레마를 작열시키면서 은근슬쩍 스바루와 에밀리아를 떼어놓으려 하는 팩. 스바루는 그런 팩에게 엎드려 고개 조아리며 애원해 어떻게든 현재의 거리를 확보했다.

대화를 마치고 에밀리아를 곁눈으로 보니, 그녀는 정령들과의 환담에 몰두하고 있는지 고요한 아침을 망치고 있는 한 사람과 한 마리의 만담은 알아채지 못한 것 같았다.

"──은발의, 하프엘프라."

문득 스바루는 넋 놓고 바라볼 만큼 아름다운 미소가 떠오른 그 온화한 옆얼굴을 보다가 중얼거렸다.

베아트리스가 얘기한 질투의 마녀의 내력 중 하나다.

세계를 진감시키고 지금도 공포의 대명사로서 취급되는 마녀의 존재. 그런 존재와 공통점을 가졌다는 사실이 살아가는 데 얼마나 부담이 되겠는가.

그와 같은 감각이 익숙치 않은 스바루라도 쉬운 여정은 아니었으리라 짐작이 가버린다.

그런데도 에밀리아는 저토록 솔직하고 따뜻한 마음으로 가득 찬 성격으로 큰 것이다.

가련함을 잃지 않은 늠름한 꽃의 삶. 그럴 수 있는 까닭은 아마도.

"어지간히 주위 덕을 보았든가. 아니면······."

"기른 부모가 좋았기 때문이지. 흐흥─."

허리에 손을 얹고 당당히 선 팩이 수염을 튕기면서 웃었다.

감정을 읽을 수 있는 고양이다. 스바루의 마음속 기복을 읽어 내 방금 혼잣말이 무슨 생각에서 나왔는지도 감을 잡은 것이리라.

"뭐, 저 아이가 타고난 성격의 영향이 더 크지만. 들려줄 생각은 없지만 저 아이는 네 상상보다 만 배는 더 고생 중이야. ──그런데도 저러고 있으니까 사랑스럽지만."

눈웃음 짓는 팩에게 반론은 눈곱만큼도 나오지 않는다.

스바루가 에밀리아에 대해 아무것도 모르는 건 사실이고, 팩은 그 모르는 나날을 에밀리아와 공유하고 있다. 스바루는 그 가혹한 현실을 결코 표층 이상으로 알 수 없다.

팩은 스바루에게 이해했단 기분이 되면 안 된다고 못을 박고 있는 것이다.

사람은 운명에 희롱당할 때 너무나도 무력하다. 그 무력감을 스바루도 알고 있다.

"팩은 말이야, 질투의 마녀라고 알아?"

"내가 모르는 건 별로 없어."

"그럼 물어보고 싶은데…… 질투의 마녀의 이름을 사칭할 때는 어떤 상황일까? 아니, 사칭한다고 하면 듣기 안 좋군. 질투의 마녀의 이름을 빌릴 때, 쪽이 좋겠다."

뇌리에 되살아나는 건 왕도에서 시작된 소환 첫날의 루프 도중에 있던 사건이다.

첫 회 중에도 첫 회, 제일 최초의 주차에서 에밀리아는 아직 무지한 스바루에게 자신의 이름은 '사테라'라고 댔다.

그 참뜻이 어디에 있었는지 어렴풋이 상상은 가고 있다. 하지만 스바루는 그것을 다른 이에게 긍정받고 싶었다. 그것이 다름 아닌 에밀리아의 제일가는 이해자라면 더더욱 그렇다.

팩은 스바루가 던진 질문의 의도를 알지 못해 긴 꼬리를 흔들고 갸웃거렸다.

"뭐가 어쨌든 목숨 아까운 줄 모르는 일인데? 아직도 마녀에게 원한을 품은 사람들은 끝이 없고, 영혼에 박힌 공포와 절망도 변함없이 남아 있어. 그런 판국에 마녀의 이름을 사칭하는 짓이라니 돌았다고밖에 말할 도리가 없는걸—."

"그거, 접수했다."

"냐냐옹?"

삿대질을 받고 물음표를 띄우는 팩.

그 의문을 내버려둔 스바루는 팩이 추론을 뒷받침해주었다고 손가락을 튀겼다.

이 세계에서 마녀의 이름을 사칭하는 짓은 머리가 돈 작자 취급당하는 게 당연한 행위다.

우연히 스바루가 비상식적으로 상식이 모자랐을 뿐이지, 일반적으로는 그렇게 될 장면인 것이다.

그렇다면 왜 에밀리아는 그렇게 될 줄 알고도 마녀의 이름을 대었을까.

"이상한 녀석이라고 거북하게 여기면, 왕선에 관련된 분쟁에 끌어들이지 않고 넘어가니 말이야."

지나가다 만난 소년을 위험에서 떨어뜨려주려 했을 것이다.

이름을 사칭한 에밀리아의 마음은 이미 차원의 저편으로 사라지고 그 대화를 알고 있는 사람은 스바루밖에 없다. 그리고 스바루에게도 참뜻을 캐물을 기회는 영원히 오지 않는다.

그러나 그렇게 생각할 수밖에 없다.

스바루는 그 생각이 진실이라고 믿을 수 있을 만큼의 무언가를 에밀리아로부터 받았다.

"얼굴이 맹하게 풀렸는데, 무슨 일이야?"

스바루가 차원을 넘어 에밀리아의 따스한 어머니 마음에 짜릿해하고 있을 때, 당사자가 쓴웃음 지으면서 옆에 앉았다.

정령과의 환담은 끝났는지 에밀리아의 주위에 부유하고 있던 옅은 빛의 모습은 없었다. 대신에 그때까지 스바루의 옆을 유영하고 있던 팩이 좁은 어깨 위에 착지했다.

"여기가 바로 제자리지. 역시 이곳이 제일 안심. 우리 집이 제일."

"여행지에서 돌아온 아빠냐. 피곤한데 운전 수고하셨습니다."

"딸을 늑대의 독니로부터 지키기 위해서 눈을 빛내고 있으니까. 독니는 접근시키지 않아."

"날 빤히 쳐다보며 독니라고 자꾸 말하지 마. 이미지 나빠지잖아."

동그랗고 검은 눈에 스바루를 비추는 팩의 모습에 쓴웃음. 스바루는 그렇게 새끼고양이와 아옹다옹하는 걸로 눈앞에 닥친 에밀리아와 대화할 때를 조금이라도 더 뒤로 미루려 했다.

에밀리아와의 대화가 싫은 게 아니다. 단지 얼굴을 똑바로 볼 수 없을 뿐이다.

누가 뭐래도 무릎베개 받고 통곡한데다 몇 시간씩 머리가 쓰다듬어졌던 것이다.

그 뒤로 하룻밤밖에 지나지 않았는데, 무슨 낯으로 에밀리아 앞에 나서라는 말인가.

그런데도 만나러 오고 마는 걸 보면 스바루의 증상은 심각한 에밀리아 중독 상태였다.

혼미의 극에 달한 스바루를 마주한 에밀리아도 입을 우물거리면서 긴 은발을 손가락으로 부산스레 훑고 있다. 잠시간의 침묵. 숨결에 결의가 깃든 에밀리아가 웃었다.

"어, 응, 어쩐지 머쓱하네. ……몸은 좀 괜찮고?"

"지금 막 에밀리아땅의 목소리 듣기 전까지 위험했지만 말야. 그, 뭐냐, 여러모로 미아……."

사과하는 말을 입에 담으려다가 멈췄다. 스바루는 나오려던 말을 눌러 삼키고 고쳐 말했다.

"여러모로 고마워. 머릿속이 한계였었는데 좀 나아진 것 같아."

"다 털어낸 것 같지는 않지만, 털어내자고 마음먹은 것 같아서 다행이다. 응, 조금이나마 도움이 되었더라면 그걸로 됐어. 또 한계에 이를 것 같으면 언제든지 말해. 누나가 자상하게 위로해줄게."

가슴에 손을 얹고 놀리듯 윙크하는 에밀리아.

그런 태도 역시 스바루의 죄책감을 덜기 위한 배려인 것이리라. 연상인 체하고 신이 난 얼굴을 보고 있으려니, 어쩐지 본심처럼 비쳐서 그 생각도 조금 흔들리지만.

"건강하면 그게 최고야. 오늘은 일 열심히 해야 하니까. 이상한 시간에 자버렸는데 졸리진 않아?"

"그건 안심하시길. 나 같은 은둔형 외톨이 예비군은 기본적으로 대낮에 자고 오밤중에 일어나는 스타일이거든. 요즘이 좀 건전했던 거지."

"이따금 말하던데, 그 은둔형 외톨이가 대체 뭐야?"

"밤낮으로 자택을 지키기 위해, 항상 정보의 바다에서 세계 정세 및 세계 경제 같은 지식을 축적하고 있는 문명의 수호자…… . 상급자는 방에서 나오지도 않으며 화면 너머로 연인과 기념일을 보내지."

그건 솔직히 영혼의 위계가 한 단계 위인 무리의 소행이지만.

스바루의 설명 내용이 괴이한지라 에밀리아도 조금 질겁한 낌새로 억지웃음을 띠었다.

스바루는 에밀리아의 그 반응을 보다가 문득 떠올렸다.

"마법이라고 하니, 에밀리아땅은 어떤 마법을 쓸 수 있는 마법사야?"

"어, 응, 난 엄밀히 따지면 마법사하고는 달라. 내 경우는 팩과의 계약도 그렇지만, 정령사니까. 사용하는 건 마법이 아니라 정령술이야. 원리는 거의 똑같지만."

"마법사와 정령사는, 다른 거로구나."

고개를 틀어 에밀리아의 어깨 위에 있는 팩을 본다. 새끼고양이는 대화의 초점이 자신에게 돌아온 것을 깨닫자 배 언저리의 털을 어루만지면서 말했다.

"마법사는 자신 안에 있는 마나를 사용해 마법을 쓰지. 반대로 정령사는 대기 중의 마나를 사용해서 술법을 써. 일으키는 내용은 같아도 과정이 제법 달라."

"그건 어떤 차이가 있는 것이랍니까, 선생님."

손을 들고 강사역을 맡은 팩에게 질문을 던지자 고양이는 기분이 좋아진 듯이 웃음을 지었다.

"요컨대 게이트를 이용하느냐 마느냐지. 마법사의 자질은 개인의 게이트 크기와 숫자에 좌우되지만 정령사는 별로 관계가 없어. 몸 밖의 마나를 사용하니까."

"옳거니. 게이트를 통해 바깥에서 마나를 받아들이고 안에 모은 마나를 게이트를 통해 마법을 사용하는 게 마법사. 그리고 정령사는 그 도중 경과를 무시할 수 있다고 이건가."

스바루는 설명 받은 내용을 머릿속으로 곱씹다가, 도중에

"응?"하고 갸우뚱하며 의문을 제기했다.

"아니, 그러면 정령사가 너무 세잖아. 마법사는 내부 저장한 연료를 쓰는데, 정령사는 연료를 외부에 위탁해 맘대로 쓸 수 있다니…… 정상적인 승부가 되겠어?"

"이해가 빠르네. 하지만 그렇게 편하게 되지만은 않지. 대기에 차 있는 마나는 무한하지 않고……."

말을 끊은 팩이 에밀리아를 쳐다봤다. 소녀는 그 눈길에 끄덕이고 말을 이어받았다.

"정령사가 쓸 수 있는 술법의 세기는 계약하는 정령의 힘에 의존해. 정령과 계약할 수 있는 소질도 희귀하고, 강력한 정령은 더 적어. 그러니까 어느 쪽이 더 뛰어난지는 재기 어려울지도 몰라."

"흠…… 하지만 강력한 정령과 계약했더라면 꽤 괜찮단 거지? 에밀리아땅도 실은 고수야? 팩은 사실 꽤나 굉장한 축인가 보던데."

"뭐, 위에서 세는 편이 빠른 건 부정하지 않지—."

"너, 나긋하게 보여도 할 말은 다 하고 자신을 평가하는 데 주저가 없더라."

자의식이 강한 데에는 스바루도 일가견이 있지만 꿈쩍 않는 팩에게는 한발 못 미친다.

경륜의 차이일 것이다. 풋내기와 대정령님이라면 그야말로 거쳐 온 햇수가 다르다.

그런 것치고는 칭찬이 익숙하지 않은지 꽤 기쁘게 쑥스러운 웃음을 짓고 있는 대정령이지만.

"글고 보니 팩은 무슨 정령이야? 장물 창고에선 뻥야뻥야 얼음 만들던데…… 내 기억으론 애당초 얼음이란 속성이 없는 걸로 아는데."

언젠가 욕실에서 이뤄진 강의에서 로즈월에게 배운 마법의 속성은 화수풍토(火水風土)의 정통파 사대 속성. 이에 흉측한 음양(陰陽)의 계통을 더해서 여섯 가지뿐이다.

그런 스바루의 의문에 쑥스럽게 웃는 팩이 아니라 에밀리아가 대답했다.

"나도 특기는 얼음 쪽이지만, 이거 실은 불의 마나야. 불은 주로 열량에 관한 마나니까, 뜨거운 것도 차가운 것도 대국적으로는 불로 분류되나 봐."

"헤에, 그렇구나. 그나저나, 마법이론 말이지……. 마법, 마법이라."

에밀리아의 설명을 듣다 보니 스바루 안에서 이글이글 타오르기 시작하는 마법에 대한 동경. 한 번은 수그러든 그것이 다시 얼굴을 내비치기 시작하자, 귀를 까닥거린 팩이 끄덕였다.

"흠. 혹시 마법 쓰고 싶어?"

"할 수 있어?! 나 말야! 그렇다면 말야! 운석 소나기를 퍼붓는 것 같은 초강력한……."

"아니, 못해. 마법도 정령술도 기초가 중요한걸. 마법은 하루아침에 이루어지지 않는 법이야."

흥분한 스바루의 호기심을 팩이 바로 위에서 분지른다. 기세가 꺾인 스바루가 풀이 죽지만, 팩은 "그런데." 하고 수염을 손으로 튕기면서 덧붙였다.

"간단한 체험 정도라면 시켜줄 수 있을까."

"그 말은?"

"요는 마법을 쓰고 싶다는 얘기니까 나나 리아가 보조하면 되는 거야. 스바루 안에 있는 마나를 써서 스바루를 통해 마법을 사용한다. 우리가 보기에는 사용하는 마나가 대기에서 나오느냐 스바루에서 나오느냐 그 차이고, 마법 자체는 스바루의 게이트에서 나와. 어때?"

"잠깐 팩. 너무 경솔히 떠맡지 마. 위험할지도 모르잖아."

팩의 유혹을 에밀리아가 나무란다. 그러나 스바루는 이미 마음을 먹었다.

"미안한데, 에밀리아땅. 걱정해주는 건 무지 기쁘지만…… 그래도 난 할 거다!"

엄지를 치켜세우며 이를 빛낸 스바루가 에밀리아에게 회심의 미소.

에밀리아는 불안과 염려를 싹 지워버린 스바루의 태도에 눈이 휘둥그레졌다.

"어, 어째서 그렇게까지……?"

"당연하잖아. ──내가 남자로 태어나, 그리고 남자로서 살아가기 위해서지!"

스바루는 주먹을 틀어쥐고 우렁차게 부르짖었다.

남자로서 태어난 이상 로망을 추구하지 않으면 죽은 거나 마찬가지다. 이세계에 온 이래 최고의 호기를 이런 장면에서 발휘하는 스바루.

──마법의 사용이라는 수단이 하나 늘면 할 수 있는 일이 증가한다. 이번 루프에서 에밀리아와 다른 사람들을 지킬 수 있을 가능성이 오를지도 모른다.

스바루의 그 기개 앞에 에밀리아는 말리기를 포기한 듯이 고개를 저었다.

"위험하다고 여겨지면 꼭, 반드시 꼭 즉시 멈출 거야."

에밀리아는 그런 다짐을 남기고 스바루의 도전을 지켜보기로 결심해주었다.

스바루는 에밀리아의 충고를 멋진 웃음으로 받고, 거친 콧숨을 뿜으며 팩을 돌아보았다.

"우선 뭘 하면 돼? 마법진 그리거나 제물로 베아코 바쳐야 하나?"

"베티랑 친한 모양이라 나도 기쁜걸. 어디 보자, 우선은 스바루의 속성을 조사해 볼까. 무슨 마법을 쓸 수 있는지, 그쪽부터 알지 못하면 시작할 수 없으니까."

팩의 제안을 듣고 그때까지 환하던 스바루의 표정이 한순간에 죽었다.

팩과 에밀리아가 나란히 놀라는 한편, 스바루가 기계적으로 고개를 가로저었다.

"나. 의 속성. 은 분명 '화(火)' 일. 걸?"

"왜 갑자기 어색한 말투야?"

에밀리아의 질문에 스바루는 눈을 내리깔 뿐. 그 이상은 떠올리고 싶지 않다.

그러나 팩은 에밀리아의 어깨에서 뛰어내리고는 스바루의 얼굴 앞에 떠올라 꼬리를 뻗었다.

"그럼 조사한다―. 뭉뭉뭉뭉."

"그거 어떤 변태 귀족도 하던데, 필요한 과정이었어?!"

팩의 긴 꼬리 끝부분이 스바루의 이마에 닿는다. 효과음을 입으로 말하고 있는 팩이 눈앞에서 휘청휘청 흔들리고 있다. 진단 중인 스바루는 결과가 나오는 것에 두려움을 품으면서 중얼거렸다.

"아니, 지금은 긍정적으로 생각해 보자. 돌이켜 보면 그때 로즈월의 태도가 부자연스럽지 않았나? 그래. 놈은 내게 잠든 마법사로서의 재능에 질투하고 있었어. 맞아, 질투했던 거야. 그러니까 있는 말 없는 말 지어내서 포기시키려고……"

"헤에, 희한하네. 홀랑 '음(陰)' 속성이었어."

"잘 가라 나의 마법사 라이프――!"

차원을 넘어 별개의 상대가 찍은 보증 수표에 스바루가 절망했다.

스바루의 빛나는 미래는 닫히고 디버프 특화 마법사로서의 나날이 막을 올린다.

"지금이에요, 적의 방어력을 종잇장으로 만들었어요! 라고 하면 되는 걸까, 후후후."

"아, 그리고 재능도 전혀 없어. 게이트 조그맣지, 숫자만 좀

낫나? 하지만 하나같이 열려 있지 않은 것뿐이라 뻑뻑할 것 같아."

"안다고, 시끄러워! 참고로 재능을 수치화하면 어떻게 되렵니까."

"마법의 수행에만 20년 몰두하면 초 2류 정도는 될 수 있을지도 모르겠는걸."

"반평생을 들이고 1류 미만이라아……. 나, 이 길은 포기할게……."

눈물을 머금고 꿈을 포기하는 스바루의 선언에 에밀리아는 드디어 어이없단 얼굴이다. 하지만 별수 없는 노릇이다. 스바루의 사전에서 노력 및 열심이란 먹칠되어 있을 정도의 말이니까.

그러나 꿈을 포기할지 말지는 별개로 치고.

"마법의 체험 학습은 해 보고 싶으니 부탁드리겠습니다. 어떡하면 돼?"

"음 속성이라 리아는 좀 무리겠지. 간단한 거라면 샤마크 따위려나."

"아마 연막 치는 용도의 마법이었지? 나도 본 적 없을지도 모르겠네."

너무 마이너한 까닭에 전문가들 사이에서도 딱 튀어나오지 않을 수준의 지명도.

점점 더 자신의 계통을 절망시키는 스바루를 아랑곳하지 않고 두 명은 마법 토크를 속행 중.

"둘만의 세계라니 치사해. 아니, 그보다 본론은 내 마법 얘기잖아? 실제로 그 샤마크라는 건 쓸 수 있어? 그 부분이 중요하다고."

"그러게. 확실히 모르는 마법은 무서울지도 모르겠다. 이게 샤마크야."

"——잉?"

스바루의 주장에 일리 있다고 끄덕인 팩이 짧게 영창하고 조그만 손을 흔들었다.

그 직후 갑자기 스바루의 시야가 어둠에 뒤덮였다.

눈 깜빡할 순간에 칠흑이 눈앞의 경치를 가득 메우고 있었던 것이다.

놀라서 무심결에 소리를 지른다. 하지만 그 자신의 소리조차 귀에 닿지 않는다. 발생한 어둠은 시야를, 외계와의 관계로부터 스바루를 격리했다. 세계로부터 고립되는 감각에 등줄기가 떨렸다.

"자 끝."

손뼉 치는 소리가 들리고 스바루는 자신이 현실로 되돌아왔음을 깨달았다.

"아주 잠깐이었는데 땀 좀 봐……. 스바루, 괜찮니? 손잡을래?"

"괘, 괜찮다고. 잠깐 감각 상실했을 뿐이지…… 아, 손잡을 찬스 놓쳤다."

시력이 돌아오고 눈앞에 에밀리아가 있는 게 보여서 일단 안심.

너스레를 섞으며 자신의 눈꺼풀을 만지고 그곳에 아무 변화도 없는 걸 확인한 다음 말했다.

"지금 게 샤마크……인가. 수수하지만 효과는 강한 편 아니었나?"

"그렇지도 않아. 하수 상대가 아니면 실력 차에 튕겨나가고 오래 버티지도 못해. 내가 스바루에게 건다고 하면 평생 암흑 속에 두는 것도 가능하지만."

"발상 무섭거든?! 저딴 거 평생은커녕 하루 만에 막막해서 그로기가 될 거다!"

쓴웃음 지으면서 스바루는 슬쩍 떨고 있는 주먹을 등에 감췄다.

순간, 세계로부터 분단된 듯한 감각에 온몸이 굳은 것을 들키고 싶지 않았다.

온 세상에 단 한 명. 아군이라곤 아무도 없다고 믿었던 시간——그 고독이 기억나 스바루의 마음이 나약하게 떨었던 것이다.

한심하다. 스바루는 어금니를 깨물고 웃음으로 속내를 속였다.

"좌우지간, 쓸모 있느냐 아니냐는 별개로 나도 지금 그 마법을 쓸 수 있단 거지? 바로 해 보고 싶어! 해 보고 싶은데 말이죠—."

"그러자—. 그럼 보조는 내가 할게. 리아는 만일의 전개로 마나가 폭주해 스바루가 터져 버리면 옷이 더러워지니까 떨어져 있어줘."

"정말로 만일이지?! 그거 거의 있을 리 없을 만큼 실패한 케이스 맞지?!"

팩이 말없이 상냥하게 웃고, 에밀리아가 조금 비장한 얼굴로 "무모한 짓 하면, 안 돼."라는 말을 남기고 정말로 거리를 벌린다. 쉼표가 공연히 불온하다.

심히 불안해지는 로케이션 중에 꽁무니를 빼기 시작한 스바루를 내버려두고 사태는 진행된다.

팩이 스바루의 짧은 흑발로 덮인 정수리에 앉더니 엉덩이 위치를 고치면서 말했다.

"따끔거려서 앉기 불편한 머리인걸."

"설마 누군가를 태울 날이 올 줄은 몰라서. 방석도 대령하지 못하지만 편히 있어줘."

"아냐, 아냐. 벌써 리아의 머리카락 속이 그리우니까 바로 끝낼게. 그런 이유로, 괜찮지?"

묻는 말에 스바루는 딱 한순간 망설였으나 곧바로 웃음을 띠며 끄덕였다.

불안 요소는 왕창 있지만, 그래도 호기심을 거스를 수 없다.

스바루의 끄덕임을 긍정이라 받아들인 팩도 한 번 크게 끄덕인다.

그때, 스바루는 갑자기 온몸이 뜨거워지는 감각을 느꼈다. 온몸을 맴도는, 피와는 다른 뭔가를 느낀다. 체내에서 미쳐 날뛰는, 이 형태 없는 분류야말로 마나일 것이다.

머리 위에 앉은 팩의 손을 따라 그 몸속의 에너지가 지향성을 띠며 움직이는 걸 알 수 있다.

"스바루, 이미지해 보도록 해. 지금 네 안에 흐르는 마나는 나를 통해 네 의사로 움직여. 그 일부를 게이트를 통해 몸 밖으로 뽑아내는 거야. 이미지는 검은 구름이면 돼."

"이미지, 이미지라. 맡겨둬. 망상은 특기거든."

팩의 조언을 미묘하게 곡해한 스바루는 자기 내부에서 꿈틀거리는 에너지의 갈 곳을 망상에 요구했다.

게이트——문이라고 불리는 그것을 몸의 중심에 이미지. 문이 육중하게 열리고, 안에서 밖으로 에너지를 넘쳐흐르게 한다. 에너지는 밖으로 나와 스바루의 의사를 따라 현상으로 승화해——

"어라, 야단났네. 잠깐, 갑자기 게이트가."

최종 국면에 달했을 시점에서 뜬금없이 팩이 그런 말을 중얼거렸다.

"무슨——."이라고 물음을 뱉을 시간은 주어지지 않았다.

그 직후——.

"팩, 스바루?!"

에밀리아의 비명이 터지고, 그 몇 초 뒤에 폭발적으로 분출한 검은 아지랑이가 로즈월 저택의 정원 일각을 모조리 뒤덮었다.

——터지지는 않았으나, 결과적으로 대실패였다.

5

"결론부터 말하자면, 스바루의 게이트는 제어가 너무 어설프니까 무리하지 않는 편이 나아."

"이 상태 보고 처음으로 나오는 말이 그거냐 짜샤."

"에헤헤."

"안 귀엽거든?!"

스바루는 머리를 맞고 혀를 내민 팩에게 험한 소리를 내뱉고, 온몸으로 잔디의 감촉을 맛보고 있었다.

풀 위에 엎어진 스바루는 숨도 가쁘고 온몸이 비정상적으로 께느른하다. 고열이 난 것 같은 권태감이 온몸에 두루 퍼져 손발에 투지가 전해질 기척이 느껴지지 않는다.

비슷한 기억이 있는 감각이다.

참된 의미로 저택에서의 첫날, 베아트리스가 마나를 뽑아갔을 때와 같은 권태감.

즉, 지금의 스바루는 완전한 연료 고갈 상태였다.

"좋든 나쁘든 스바루의 게이트는 길이 들지 않았거든. 그래서 사용하는 쪽의 의도를 무시하고 내용물이 밖으로 왈칵 쏟아진 거야."

"내가, 뚜껑, 제대로 안 닫은…… 간장이냐……."

오기로 한마디 하는 데만도 체력 소비가 장난이 아니다.

어떻게든 서려고 고심해도 손발은커녕 몸 어디에도 힘이 들어가지 않는다.

그렇게 엎드려 누운 상태의 스바루에게 무릎을 굽힌 에밀리아가 시선을 맞추고 말했다.

"움직이면 못 써. 온몸의 마나를 다 써버렸으니까 얌전하게 있을 것. 어쩌면 오늘도 일 못할지 몰라."

"──그건 곤란해!"

말썽 부린 어린애를 꾸짖는 듯한 에밀리아의 태도에 스바루는 무심코 소리를 질렀다.

놀란 눈을 끔뻑이는 에밀리아 옆에서 스바루는 진심으로 자신의 부주의를 저주했다.

만약 정말 이대로 하루를 허사로 돌린다면, 그건 루프로부터 얻은 하루의 유예를 두 눈 멀쩡히 뜨고서 버린다는 뜻이다.

그건 너무 바보다. 치명적으로.

자업자득 때문에 실패할 수는 없는 것이다.

"으그그그……."

"잠깐, 무리하면 안 된다고 했잖니."

"지금이 무리할 때야. 지금 하지 않으면 진짜 후회해도 후회해도 끝이 안 나……."

자업자득이야 자기 행실 속에서 드물고 말고 할 것도 없지만, 지금은 타이밍이 최악이다.

에밀리아는 몸부림치느라 이마에 땀이 번진 스바루의 귀기 도는 모습에 어깨를 으쓱였다.

"정말로 별수 없다니까, 아유."

다시 쪼그려 앉은 에밀리아가 화난 듯 입술을 삐죽였다.

스바루는 에밀리아의 발언이 의도하는 바를 알지 못해 시선으로만 그녀를 쳐다본다.

"──? 에밀리아땅, 무슨우웁."

위를 본 얼굴, 그 입 안에 에밀리아가 난데없이 뭔가를 억지로 밀어 넣었다.

동그란 무엇이, 부드러운 감촉이 혀 위에 있다.

스바루가 곤혹스러워하고 있을 때, 에밀리아는 스바루의 입을 막은 채 끄덕였다.

"씹어."

"——?"

"씹고, 삼켜. 하나둘, 자."

말도 못 붙일 태도에 스바루는 입안의 감촉——그것을 힘껏 깨물어 터트렸다.

새콤달콤한 맛이 살며시 입 안에 퍼진다. 혀에 전해지는 맛에 과일 같은 감촉이라며 눈을 찡그린 직후, 그것이 찾아왔다.

"흐어어어어어어어어——?!"

온몸에 불을 지핀 듯한 열이 끓어오른 스바루가 그 자리에서 뛰어오르듯 일어섰다.

피가 끓어오르듯이 체내를 들쑤시고, 손끝, 손톱 안에 이르기까지 손발이 작열에 타버릴 것만 같다. 주체 못할 열기가 타오르는 숨결이 되어 내뱉어지고, 다리가 맘대로 무릎 높이 들기를 시행하고 있다.

하지만 그때에 이르러서야 겨우 스바루는 자신이 제 발로 서 있음을 깨달았다.

아직도 몸 곳곳이 뻐근하지만 움직이지 못할 정도의 권태감은 사라져 있다.

"지, 지금 건……?"

"보코의 열매라는 과일. 먹으면 몸 안의 마나가 활성화되어서 한때의 위안에 불과해도 게이트가 힘을 되찾아."

별나라 후르츠의 정체는 MP 회복 아이템이라도 됐던 모양이다.

스바루는 크게 어깨를 돌려 께느른함 말고 다른 이상이 없는 걸 확인하고 한시름 덜었다.

"후우, 안심했다. 저대로 BAD END 루트 회수에 들어갔으면, 나 자신을 용서할 수 없어질 뻔했어. 에밀리아땅, 고마워."

"별로 많은 게 아니고 몸에도 좋지 않아서 사용하고 싶지 않았지만. ……좀 전에 그거, 허세가 아닌 거지?"

귀중품의 사용을 단행하게 만들 만큼 조금 전의 스바루에게 진실미가 있었단 말이리라.

시험하는 듯한 에밀리아의 말투에 스바루는 가슴 펴고 단언했다.

"물론. 후회는 안 시켜."

그리고 그 뒤에 바로 이마를 닦는 시늉을 하며 덧붙였다.

"그나저나 멍청한 짓을 했군……. 이걸로 끝났었더라면 전회보다 더 억울한 심정에 화병으로 죽을 판이었어."

별별 죽음을 다 체감한다는 의미에서 다른 사람은 절대 못할 경험을 여럿 겪고 있다는 자부는 있지만, 굴욕으로 죽는다는 체험은 진심으로 사양하고 싶다.

애당초 죽는 것 자체도 전 회의 투신자살을 끝으로 삼고 싶은 바다.

스스로 목숨을 끊는다는 결단 또한 스바루에게 깊은 상처 자국을 새겼다. 더는 하고 싶지 않다.

　죽음은 한 번이면 족하다. 그것도, 인생의 최후는 자기 집 잠자리에서 천수를 다하는 것이 바람직하다. 혹은 뭔가 폼 나는 이벤트 다음에, 에밀리아의 팔 안에서 임종을 맞이하는 것이 베스트――.

　"라아～는 식으로 생각하지 못하는 부분이 내가 소인배인 이유겠군."

　가볍게 '죽음'을 입에 담는 짓은 설령 농담 속이더라도 이젠 못 할 것 같다.

　이를 두고 겁쟁이가 되었다고 비웃는 건 참된 의미로 스바루와 똑같은 체험을 한 이 말고는 할 수 없으리라.

　"괜찮아? 일 잘 할 수 있겠니?"

　스바루의 표정 변화에 걱정스러운 얼굴의 에밀리아가 그렇게 물었다.

　"저택 일도 하고 그 외의 일도 완수할 거라고. 에밀리아땅은 불침함 스바루 카이에 탔다 생각하며 척 앉아만 있어."

　"불치알……이 뭔지 모르겠는데……."

　"왠지 이렇다 할 이유 없이 흥분된다. 에밀리아땅, 한 번만 더 말해줄래?"

　"스바루의 눈매가 징그러워서 왠지 싫어."

　늘 있는 대화를 나눈 스바루는 웃으면서 그 자리에서 팔다리를 굽혔다 폈다. 그다음 등을 펴고서 외쳤다.

"자, 그럼 기분을 새롭게 하고 선배님들과 마주할까요!"

"그러네. 어제부터 스바루는 둘하고 아무 얘기도 안 한 것 같고……."

"──아."

등을 펴고 있을 때 그 말을 들은 스바루의 허리가 둔탁한 소리와 함께 비명을 질렀다.

6

"언니, 언니. 스바루 군이란 이름의 박정한 인간이 왔어요."

"렘, 렘. 바루스라고 불리는 급료 도둑놈이 나타났지 뭐야."

"어제는 정말로 죄송했습니다─! 그러니까 용서해줘 제발."

스바루는 고개를 조아리고 싹싹 빌면서 용서를 청했다.

어쩐지 요 반나절은 머리를 숙이고만 있는 기분이다. 로즈월을 제외하면 저택 전원이다. 게다가 여성진은 컴플리트했다.

"여자애에게 괄시받는 루트 회수가 끝났다──. 나도 참 업이 깊군."

"언니, 언니. 스바루 군은 기가 막힌 변태예요."

"렘, 렘. 바루스는 참 경멸받을 마조 자식이야."

"말이 지나치잖아! 특히 언니 쪽!"

스바루가 자매의 사정없는 규탄에 소리치고, 엎드려 절하던 자세에서 팔을 지지대 삼아 물구나무로 이행. 몸을 세로로 돌려

매끄러운 동작으로 일어섰다.

"어쨌든 저쨌든, 어제는 꼴불견＆그저께는 짜증 돋워서 미안하다. ……뭐, 이런저런 일이 있어서 약해졌던 것도 있지만, 심기일전해서 오늘부터는 New 나로 갈 테니까."

"무릎베개군요."

"무릎베개구나."

"혹시 다들 알고 있는 건감요 창피해라?!"

스바루가 붉은 얼굴을 가리며 무너지자 쌍둥이 메이드는 얼굴을 마주 보았다.

"슬슬 아침 업무로 들어갈까요, 언니."

"슬슬 아침 임무를 시작해야겠다, 렘."

"노 코멘트면 그건 그거대로 풀 죽는다고!"

스바루의 호소를 손짓으로 물리친 두 명은 선언한 대로 일에 착수하고자 곧장 총총히 움직이기 시작했다. 그때, 스바루가 그런 둘을 재빨리 만류했다.

"타임타임. 아침 업무 전에 좀 부탁할 일이 있는데."

스바루의 부름에 발을 멈추고 돌아본 둘이 동조하며 갸우뚱했다.

"부탁할 일?"

"귀찮은 일?"

"오랜만에 언니분의 솔직함을 봐서 기쁠 텐데, 내 안의 타오르는 마음은 뭘까. 신기해라."

이런 대화가 가능한 게 기쁜 반면, 여동생과 다르게 자못 알기

쉽게 싫은 티를 내는 언니의 태도에 쓴웃음도 나온다.

숨을 몰아쉬어 부조리에 대한 답답한 기분을 가볍게 흘려내고 말했다.

"실은 마을에 가보고 싶어. 근처에 있지? 장보러 갈 예정은 없어?"

금서고에서의 추측을 밤에 확인하기 위해서도, 오늘 중에 마을로 발길을 옮겨두고 싶다.

그런 스바루의 꿍꿍이속에 렘이 가슴에 손을 얹고 생각에 잠겼다.

"말마따나 향신료가 아무래도 불안해서 내일에라도 마을에 갈 생각이었는데요……."

"그럼 그 예정 당겨서 오늘로 하면 어때. 다 떨어질 거 같다면 일찍 하는 게 낫잖아. 이웃집에 된장 빌리러 가는 것도 간단하지 않은 환경 아냐?"

이웃집과 친목을 다지려 해도, 애초에 이웃한 저택이 없다.

스바루의 제안에 렘은 잠시 고민하는 기색이었다. 하지만.

"뭐 어떠니, 그 정도야."

"언니?"

람이 분홍색 머리카락을 매만지며, 고민하는 동생을 대신해 선뜻 대답했다.

"장보러 가기는 해야 하고 급한 용무도 없잖아. 바루스라는 짐꾼도 생겼으니 이 기회에 혹사하자."

"내가 실은 배가 째져서 사흘 동안 몸져누웠다가 일어났다는 점도 다소 고려해줘!"

무자비하게 보이는 람의 온정을 기대하면서도 스바루는 이 원호사격에 내심 갸우뚱했다.

이 상황에 이르러 쌍둥이 메이드의 의견이 통일되지 않은 듯 느껴졌기 때문이다.

전전 회, 렘에게 살해당한 회차에서 범행이 렘의 독단이었던 사실이 기억난다.

어쩌면 스바루의 예상 이상으로 둘의 의사는 일치된 것이 아닐지도 모른다.

어쨌든.

"……언니가, 그렇게 말씀하시면."

잠시 묵고를 거친 렘 또한 긍정적인 의견을 말했다.

저택의 업무는 태반이 렘에게 의존하고 있지만, 능력적으로 주체인 렘이 의사 결정권을 람에게 맡기는 경우가 많은 건 여태까지의 교분으로 알고 있다.

우연이라고는 해도 람을 설득한 시점에서 교섭 결과는 나와 있던 것이나 마찬가지였다.

렘은 승리 포즈를 잡은 스바루에게 근심스럽던 표정을 새침한 얼굴로 되돌리고 말했다.

"하지만 마을로 가는 건 어쨌든지 간에 점심식사 뒤예요. 양일(陽日)의 두 시 이후——그때까지 적어도 평소의 업무만은 끝마치도록 하죠."

"괜찮아. 말을 꺼낸 바루스가 몸이 으스러지도록 일할 거야.

그렇지?"

"그러마. 다시 태어난 내 힘을 봐둬라. 분골뭐시기 해서 힘낼게."

"쇄신."

"그래, 그거 해서."

스테레오 음성으로 이 빠진 문장이 정정되자 스바루는 머리를 긁으며 교섭의 결실을 실감했다.

장보러 가자는 약속을 나누고 겨우 사용인 타임이 개시된다.

머릿속으로 업무 순서를 재구축하고 있는지 부산하게 걷기 시작하는 렘의 등을 배웅한 스바루는 옆의 람 쪽으로 눈길을 돌렸다.

이번에도 당연하다는 듯이 스바루의 교육 담당으로 임명받은 람과 함께하는 의무가 지워져있다.

어제——정확히는 그제가 되지만, 그때처럼 자포자기나 다를 바 없이 까불대는 태도로 접하는 건 피해야 할 것이다. 아니, 그보다 제정신으로 돌아와서 보니 너무 오그라들어서 재현하기가 좀 무리.

"자신의 흑역사를 이만큼 단기간에 자각하다니…… 선비는 사흘이면 눈 씻고 보라는 급수가 아니라고."

"본론에서 일탈하기 전에."

거듭 반성하는 스바루를, 팔짱 낀 람이 차가운 눈으로 바라본다.

람의 눈초리에 왠지 등줄기가 곧추서는 기분이 들어 자세 바로잡고 다시 마주서는 스바루.

"아까 정원에서의 마법 말인데……."

"아아, 꼴사나워서 미안하다. 도저히 써먹을 구석이 없어. 그건 한동안 봉인한다. 구체적으로는 능숙하게 쓰는 데 20년 걸린다나 보더라고."

"꼴사나운 것도 그렇지만, 너무 렘을 자극하지 말아줘."

"──?"

람이 하는 말의 의미를 알지 못한 스바루가 물음표를 얼굴에 띄웠다.

그 어리둥절한 얼굴에 람은 때때로 그러듯이 "핫." 하고 코웃음 쳤다.

"정원 일각에서, 에밀리아 님을 포함한 주위를 마법으로 교란──바루스는 렘을 말린 람한테 감사의 춤을 바쳐도 될 정도야."

"아…… 아─ 아─, 아─, 그러네 그렇겠어."

자신의 마법 실패가 너무 쇼크라 알아채지 못했지만, 그 상황은 옆에서 보면 '그런 상황'으로 보일 만도 했을 것이다.

그 점에는 진짜 의미로 섣부르게 굴지 않아준 람에게 감사다. 거꾸로 그걸로 섣부르게 굴려고 하는 렘의 즉단경향에는 오싹해진다.

"너무 부주의하군, 나……. 네 번 컨티뉴하고 이거냐. 앞날이 훤하다."

"뭘 중얼중얼……. 빨리 일하지 않으면, 아침 식사에도 점심 식사에도 제때 맞추지 못할걸."

"아니, 오후에 장보러 가는 일 생각했었어. 람과 렘 중에 어느 쪽이 함께일까— 하고."

지금의 정신적 피로를 생각하면 렘의 동행은 조금 마음에 부담스럽다.

그래도 마을에서의 목적을 생각하면 동행자는 렘인 편이 사정에 좋은 건 사실이다.

과거 두 번의 장보기는 양쪽 다 렘이 곁에 붙어 있었으니, 이번에도 그렇게 되겠거니 스바루는 생각했다. 하지만.

"무슨 바보 같은 소리를 하고 있어?"

"——잉?"

스바루가 갸우뚱하자 람은 그 무표정에 드물게도 웃음을 띠었다.

매우 심술궂은, 뼛속까지 시릴 듯한 마성의 웃음으로.

"람도 렘도, 둘 다 갈 거야. 양손에 꽃이라는 거지, 바루스."

——그 꽃, 독은 없었으면 좋겠네요.

교섭이 잘 풀려나갈 경우의 전개를 생각하지 않았던 스바루는 손바닥으로 얼굴을 덮으며 천장을 쳐다보고, 그저 그렇게만 속으로 중얼거렸다.

제3장 『용기의 의미』

1

──스바루에게 있어, 그 마을을 방문하는 건 통산 세 번째였다.

변경백이라는 입장에 있는 로즈월의 영지이자 저택에 바로 이웃해 있는 아람이라는 이름의 촌락. 규모는 작으며 사는 사람은 아마도 200명 안팎쯤 될 것이다.

원래 세계에 있는 고향의 초등학교보다 훨씬 적은 인원수. 한 바퀴 빙 도는 데에 20분가량도 걸리지 않을 규모의 마을에 스바루는 '양손에 꽃' 상태로 발길을 옮기고 있었다.

"그건 그렇고, 꽤나 일찍 일이 끝났군요."

"바루스가 섬뜩할 정도로 번듯해져서 그래. 무슨 일이 있었는지."

"쑥스러워 말고 칭찬해도 된다고. 내 안에 잠자던 잠재 능력이 꽃핀 것을!"

오전 중의 업무 내용이 높은 평가를 받아 꽤 신바람 난 스바루.

오후의 장보기를 위해서, 스피디한 업무를 명심한 게 잘 맞아

떨어졌다. 여태까지는 너무 기를 쓰는 바람에 실패했었지만, 이번에는 자연체로 도전한 게 좋았던 모양이다.

어깨에 들어간 힘이 빠졌던 건, 에밀리아의 무릎 감촉과 무관계하지 않을 것이다.

──굳어있던 걸, 풀어준 거겠지.

무릎베개 덕분인지, 그토록 긴장하고 있던 쌍둥이와의 대화도 원활해졌다. 다소의 긴장감은 좋은 의미로 스바루의 각오를 밀어주고 있어, 방심을 없애는 결과로 이어지고 있었다.

따라서 지금의 스바루는 떨림이 시작되지 않을 정도로는 온화하게 있을 수 있다.

요행이다. ──묘한 태도로 문제의 인물 취급받는 건 있어선 안 되는 노릇이니까.

어젯밤 베아트리스와의 질의응답에서, 주술사의 저주에는 대상과의 사전 접촉이 필요하다고 정보를 얻을 수 있었다. 그건 주술을 암살에 사용할 경우, 상당히 위험부담이 있는 조건이다.

원래 세계로 따진다면, 원거리에서 저격하면 끝인 상황인데 건드릴 수 있는 거리까지 접근할 필요가 있으니까. 그 리스크를 무릅쓰기 때문에 주술의 확실성이 있는 거겠지만.

"어쨌든, 범인의 조건은 압축한 대로. 내가 과거, 마을에 갔을 때에 조우하고 있는 상대뿐."

그리고 그 인물이 이 수일 이내에 밖에서 찾아온 존재라면 용의자는 거의 특정이 된다.

그렇지만 마을에서의 시간을 회상하는 스바루도 모든 기억을 꺼낼 수는 없다.

여태까지 저택 안에만 눈길을 쏟고 있었다. 거의 제외하고 있던 라인인 만큼, 마을에서의 사건을 반추하는 것만으로도 보통 수고가 아니었다.

"눈에 띄는 건 짝퉁 촌장인 이장이랑, 남의 엉덩이를 만져대는 회춘 할멈이랑, 깍두기 머리 청년단장이랑, 람렘 친위대의 깍두기 친위대장인가."

특히 인상 강한 면면들의 이름을 들고 스바루는 넌더리를 내고 만다.

풍격이 촌장다워서 이장이라 불리는 영감님과, 치한 행위를 저지르고는 "회춘했구먼 회춘했어."라고 웃으면서 떠나는 할머니. 청년단 대표와 친위대장은 복면의 유무만 다르지 동일인물이며, 자매와 붙어 다니는 스바루가 부러운지 곧잘 어깨를 부딪혀댄다.

"이장은 노망 시작됐는지 화장실까지 모셔가야 했던 것도 있고…… 지금 생각하니 전원이 왠지 모르게 날 건드렸군. 너무 수상하잖아……."

그러나 그들은 전원이 종래부터 마을 사람이다. 첫 조건에 해당하지 않은 인물이기도 하다.

"그렇다면 이번에도 같은 데로 뛰어들어볼 수밖에 없나."

스바루는 결론이 몸통 박치기밖에 나오질 않는 빈곤한 자기 발상에 탄식했다. 그때, 그런 스바루의 울적한 한숨에 연속해서 반응하는 목소리가 스바루 위에서 나왔다.

"왜 그러냐─, 스바루─." "배고파졌어─?" "배 아파─?"

스바루는 고개를 돌려 뒤쪽──자신의 등에 매달린, 복수의 조그만 그림자에게 눈길을 주었다.

마을에 도착하자마자 스바루에게 내가 선봉이라는 양 엉겨든 어린애들이다. 등뿐만 아니라 다리와 허리에도 들러붙어 있으며 그 숫자는 전부 해서 무려 일곱 명에 이른다.

운동한 몸에는 그리 무겁지 않은 체중을 재차 짊어진 스바루는 목뼈를 꺾어 소리를 냈다.

"너희는 시공을 넘어서도 내게 엉겨드는군……."

"무슨 소리야─?" "머리 부딪혔어─?" "배탈 났어─?"

"고집스럽게 복통에 매달리지 마. 넌 그렇게 날 설사찔찔이 취급하고 싶으냐."

스바루가 그렇게 말하자 아이들이 일제히 깔깔 웃기 시작한다. 아마 개그로서 재미있었다기보다, 무난하게 '설사찔찔이'의 부분에 반응했을 뿐이리라.

순수하게 하반신 이야기를 하는 쪽이 이 나이대의 폭소를 유발하는 건 세계를 이동해도 공통사항인 모양이다.

"그리고 괜히 꼬맹이가 들입다 엉겨드는 성질도 변함없음……이라."

등을 타고 오른 어린애에게 뺨을 잡아당겨진 스바루는 잔혹한 자기 체질에 어깨를 축 떨어뜨릴 수밖에 없었다.

"어째선지 옛날부터 꼬맹이랑 노인네에게는 비교적 반응이 좋더란 말이지. 실질적으로 난 이 세상에서 단 한 명에게 반응이 좋으면 그걸로 족한데."

　몸을 돌려서 등에 실은 어린애를 어른다.

　꺅꺅 교성이 울리고 "다음은 나야 나!"라는 목소리가 난무하는 걸 들으면서 스바루는 아이들을 질질 끌고 마을을 행진한다.

　현재, 스바루는 혼자서 자유행동 중이다.

　실제로는 혼자가 아니고 여기저기 혹이 붙어 있는 탓에 이만저만 부자유행동이 아니지만, 람 및 렘과 동행하고 있지 않다는 의미로는 자유행동 중이다.

　함께 마을에 방문한 메이드 자매는……

　"언니, 언니. 분담해서 가벼운 물건들만 모아버려요."

　"렘, 렘. 무거워서 들기 힘든 건 바루스에게 맡기자."

　……라는 불온한 발언을 남기고 장을 보러 분주히 흩어진 것이다.

　아마도 마을을 둘러보고 싶다는 말을 꺼낸 스바루에 대한 배려겠지만, 본심으로는 어느 한쪽이 남아주길 바랐다. 그랬으면 애들에게 호쾌하게 얽힐 일도 없고.

　"초 긴장하면서 용의자랑 인사하고 다니지 않아도 됐을 텐데."

　스바루는 식은땀을 흘리면서 자기 자신을 미끼로 내건 낚시작전을 속행하며 갑갑한 한숨을 내뱉었다.

　주술사를 탐색하는 데 스바루는 매우 위험부담이 큰 그 작전을 선택했다. 스스로 도마 위의 잉어가 되는 자살행위지만, 도마 위가 아니라면 요리사의 얼굴을 뵐 수 없다.

　"술식만이라면 그나마 베아코가 해주할 수 있다고 하니 말이지."

뭔가의 착오로 즉각 주술이 발동하지 않는 한, 술식이 새겨지는 것뿐이라면 생명의 위기는 없을 것이다. 저주받은 다음에 베아트리스에게 큰절이든 뭐든 해서 도움을 청하면 된다.

"스바루, 사악한 얼굴─." "무서운 얼굴─." "이상한 얼굴─."

"남 듣기 안 좋은 소리 마라. 그리고 세 번째는 아까부터 슬쩍슬쩍 발언이 열 받아."

딴죽과 함께 애들을 질질 끌고 마을을 계속 산책한다.

흔들어 떨쳐내려고 해도 떨어지질 않고, 마을의 내비게이트에는 그럭저럭 도움이 되고 있다.

무엇보다 마을에서 소동을 일으킬 수 없는 주술사가 이만큼 많은 애들을 데리고 다니는 스바루에게 위해를 가하기는 그리 쉽지 않을 터다. 총알받이로서의 역할, 그런 타산도 있다.

"나도 꽤 악랄하군. 내 발상에 내가 다 깬다."

"스바루, 왜 그래─." "왜 그러는데─." "노망났어─?"

"아녀, 별로."

양다리 부근을 잡는 아이들. 스바루는 그 머리를 쓰다듬으면서 자조적으로 웃으며 말했다.

"뭐, 내 행복을 위해서다. 조금쯤은 협력해주셔, 알았지?"

그러고 보면 원래 애들은 좋아하지 않았었지 싶다.

시끄럽고, 허물없고, 이기적이라.

──자신과 똑같다는 생각에, 그렇게 여기는 걸지도 모른다.

"슬슬 자유 시간도 끝이라고 보러 와봤더니……."

분홍색 머리카락에 손을 집어넣은 람이 어이없다는 듯 탄식했다.

스바루는 그런 람의 시선을 받으며 그 자리에서 크게 팔을 하늘로 쳐들고 소리쳤다.

"빅토리!"

"──빅토리!!"

양손을 치켜들고 외친 스바루에 이어서 많은 목소리가 드높이 겹치며 승리를 노래했다.

끝을 보자 환성이 터지고 이웃한 사람들이 무심코 서로 손을 마주친다. 스바루도 땀이 밴 이마를 닦고서, 환담하는 사람들과 하이터치하면서 숨을 고르고 람 쪽을 향했다.

람은 상쾌하게 달려오는 스바루를 차가워진 눈으로 맞이했다.

"그래서, 이건 무슨 여흥이지?"

"여흥은 무슨, 그렇게 거창한 얘기 아닌데? 심심풀이로 얼라들을 한꺼번에 달래자는 생각이었는데, 보고 있던 어른들이 괜히 심술궂게 신을 냈을 뿐이니까."

'놀자 챙겨줘 친자로 공인해라' 라고 시끄러운 애들을 한꺼번에 상대하기 위한 수단이 라디오 체조였다. 그때 보고 있던 어른들도 참가해 최종적으로는 마을의 반절 가깝게 참가하는 대

소동으로.

"하긴 생각했던 것 이상으로 호평이라 나도 쫄았지만. 역시 어린애부터 노인네까지 폭 넓게 즐길 수 있단 감각이, 이 체조가 오랫동안 지지 받아온 비결이 아닐는지요!"

"내가 알아?"

"딱 잘라버리네, 거."

야멸찬 람의 대꾸에 스바루가 과장스럽게 몸을 뒤로 젖히자 그 모습을 보고 있던 아이들도 스바루의 반응을 흉내 내어 뒤로 젖히고 떠들었다.

"라무찌, 차가워." "라무찌, 너무해." "라무찌, 무서워."

"⋯⋯이 아이들한테 그 호칭을 가르친 거야?"

"가르쳤다기보단 뭐 친밀감을 퍼뜨리려고 했다고나 할까? 왜 있잖아. 거리가 멀면 상대의 얼굴도 잘 안 보여. 그런 거 서운하다고⋯⋯ 내 생각은⋯⋯ 그래서."

"입 한번 잘 돌아가네. 람은 신경 쓰지 않지만, 렘은 그런 거 싫어할지도 몰라."

"레무링?" "레무링." "레무링링."

아이들이 저마다 그렇게 말하는 모습에, 때늦었다고 느낀 람은 포기한 듯이 어깨를 으쓱였다.

"그래서, 바라던 마을은 만끽할 수 있었어?"

"──응, 그 점에 관해선 빈틈없이."

람의 질문에 대답한 스바루는 뺨을 웃음 모양으로 일그러뜨려 보였다.

마을의 산책이란 명색뿐인 용의자들과의 접촉. 그 결과는 더할 나위 없었다.

　애초부터 눈에 띄는 멤버인 데에 더해서, 이번에는 스바루 쪽이 접촉할 기회를 마련했다. 용의자를 압축하기 위해 그다음 접촉에는 세심한 주의를 기울였지만.

　"마지막의 마지막, 라디오 체조에서 깍두기 형씨와 하이터치하고 컴플리트했지."

　주요 용의자와의 접촉을 마쳐서 한시름 놓았다. 람도 마중 나왔으니 이걸로 마을에서의 시간은 끝──즉, 아이들과도 작별이다.

　"그럼 난 일해야 하니까 떨어져라, 너희들. 아니 참 이런 유감이 없네. 시간이 더 있으면 더욱더 놀아줄 수 있었는데. 하하하, 유감이로다 유감!"

　"상쾌하게─." "웃으면서─." "그렇게 기쁘냐─."

　원통한 듯한 아이들을 흔들어 떨궈내고 불평을 터트리는 연하에게 혀를 내미는 스바루. 낮은 인간력이 돌이킬 여지가 없을 데까지 저하한 상황이지만, 달성감으로 가득 찬 스바루는 깨닫지 못하고 있다.

　어쨌든 그대로 람과 둘이서 렘과의 합류 장소로 향하려고 한 순간.

　"오?"

　갑자기 갈색 댕기머리 소녀가 얼굴을 붉히고 스바루의 옷자락을 잡아당겼다.

놀라는 스바루. 댕기머리 소녀는 좀 전까지 적극적으로 엉겨들던 멤버들로부터는 한 발짝 떨어진 곳에서 동무 사이에 끼지 않고 흘끔흘끔 이쪽을 엿보고 있던 아이였기 때문이다.

"왜 그래? 하고 싶은 말이 있다면 들어주마."

"어, 저, 응…… 이쪽."

소녀는 쭈그려서 눈높이를 맞추는 스바루의 소매를 끌어 다른 장소로 이끌었다.

스바루는 허약하게 당기는 손에 이끌리는 채로 람을 돌아보았다.

"──조금만 더 맘대로 하지그래?"

"넵. 신세 집니다, 선배님. 그럼 뭘까나."

허가가 떨어져 손이 끌리는 대로 소녀를 따라간다.

소녀를 선두로, 앞의 아이들 멤버를 끌고서 마을 안쪽으로.

"분명 놀랄걸." "분명 기뻐할걸." "분명 춤출걸."

"놀라 기뻐하며 춤추다니, 난 얼마만큼 몸 던지는 반응을 기대받고 있다냐."

키득키득 웃으며 지독한 평가를 내리는 아이들에 둘러싸여 마을의 집들을 지나치고, 해가 닿지 않는 한구석으로 들어선다. 그리고 아이들이 가리키는 방향에서 '그것'을 보았다.

"아── 아──, 그러고 보니 이 이벤트도 있었더랬지."

절로 이해의 목소리가 나온 스바루가 손뼉을 치고 몇 번씩 끄덕거렸다.

뛰어나간 댕기머리 소녀가 숨을 헐떡이며 '그것'을 안고 돌아왔다.

―― '그것'은 갈색 털이 난 '강아지' 같은 생물이었다.

아직 생후 얼마 되지 않은 갓난애로 보이는 강아지는 동글동글한 눈동자에 부드러워 보이는 체모를 갖춘, 털 고르기 장인인 스바루의 탄성을 자아내는 귀염둥이었다.

하지만 그런 강아지가 스바루에게 보이는 태도는 유감스러운 것.

"캬악―."

"역시 이렇게 되나……."

스바루가 손을 뻗으려던 순간, 온몸의 몸을 곤두세우며 으르렁댄다.

자그마한 몸으로 경계를 드러내는 모습에 아이들도 놀란 얼굴이었다.

"만날 얌전한데―." "스바루한테만 화내고 있어―." "무슨 짓 저질렀어, 스바루―."

"그건 내가 묻고 싶을 정도다. 세 번 다 이러면 궁합이 그런 거겠지."

아이들의 야유를 등에 받은 스바루는 전혀 우호관계를 맺을 수 없는 강아지에게 쓴웃음 지었다.

과거에 두 번, 즉 마을을 방문한 루프 때마다 이 강아지와의 조우가 발생했다. 그리고 매번 이렇게 맹렬한 미움을 받아 동물을 사랑하는 마음이 상처받고 있었다.

"루프할 때마다 변하지 않는 반응이란 건 어찌 보면 신선한 감각이지만…… 가능하다면 나한테 우호적인 반응이 기뻤겠는데. 진짜로."

반복하더라도 좀체 같은 전철을 밟아주지 않는 '사망귀환' 환경에서 이 강아지의 반응은 실로 루프적이다.

그때, 억지웃음을 짓는 스바루 앞에서 별안간 강아지가 경계를 푼 듯이 머리를 숙였다. 강아지가 댕기머리 소녀의 팔 안에서 몸을 웅크리자 스바루는 이건 찬스라며 손가락을 튕겼다.

"그럼, 실례해서."

팩으로 연마한 털 고르기 장인으로서의 실력을 이 강아지에게도 전력으로 발휘한다.

정수리 및 목덜미, 꼬리 밑동 등을 중점적으로 만진 스바루는 그 감촉에 코를 벌름거렸다.

"으히히, 고대하던 감촉. 좋은데, 야생치고는 훌륭하다 훌륭해. 애정이 담아 브러싱하면 더욱 성장할 자질이 있어. 오, 정수리에 동전 땜빵이 있군. 상처 났나? 어디 부딪──."

희끗한 흉터는 콤플렉스라도 됐는지 그 부분을 건드리자마자 강아지 입이 스바루의 손을 남김없이 와그작 삼켰다. 당황해서 왼손을 뺐으나 이빨자국이 선명하게 남고 말았다.

손등에 피가 번지는 날카로운 통증에 스바루는 "아코코──." 하고 상처를 쓰다듬으면서 말했다.

"이벤트 보충율 보게. 상처 위치까지 거의 똑같다니 너 타임 리프하지 않았냐?"

스바루가 분위기를 풀려고 웃음을 던졌지만 경계심이 돌아온

강아지는 계속 으르렁대고 있다.

다시 골이 깊어진 한 사람과 한 마리의 대거리에 방관 중이던 아이들이 일제히 끄덕였다.

"역시 우쭐대니까—." "그만큼 만져대면 말이지—." "이 아이 암컷이고 말야—."

"미묘하게 문제점이 점점 어긋나는 느낌이……. 그보다 아무도 걱정은 안 해주냐. 나 운다."

물가에서 가볍게 손을 씻은 다음, 손을 흔들며 강아지와 장난치는 아이들하고 헤어진다. 댕기머리 소녀가 책임을 느낀 얼굴인데, 익살맞은 행동으로 약한 웃음을 띠게 만든 다음에 귀환했다.

"미안해. 기다리게 했어."

팔짱 끼고 담벼락에 등을 기대고 있던 거만한 태도의 메이드가 돌아온 스바루를 보고 말했다.

"바로 끝나겠거니 싶어 보냈던 후배가, 돌아왔더니 머리는 엉망진창이지 옷은 구깃구깃하지. 게다가 왼손에서 피를 흘리고 있는 건에 대해서."

"정말 미안하다고! 이거저거 있었단 말이야. 보면 알잖아."

"그러네. '보고' 있었으니 대체로는 알고 있어."

람은 단정한 얼굴로 근심스러운 감정을 내비며 작게 한숨을 쉬었다.

스바루는 람답지 않은 태도와 지금 발언의 미묘한 뉘앙스에 눈살을 찡그렸지만, 람은 스바루가 그 의문을 입으로 꺼내게 놔두진 않았다. 평소처럼 "핫." 하고 코웃음 치며 먼저 말했다.

"상처고 복장이고 꼴불견이니 빨리 렘과 합류하겠어. 둘 다 렘이라면 금방 고칠 수 있으니까."

"라무찌는 치료의 마법은 쓰지 못하는 축?"

"환부를 잘라내는 과격한 치료라면 할 수 있어."

"위험하기 짝이 없는 민간요법?!"

전율을 감추지 못하는 스바루. 그때, 갑자기 람이 스바루에게 걸어와 그 소매를 끌었다.

이렇게 람 쪽이 접촉해오는 경우는 드물다.

스바루가 눈을 깜빡이고 있으려니, 고개만 돌린 람이 말했다.

"바루스, 안 오는 거야?"

"갈 건데? 너랑 같이."

그 응수에 람이 딱 한순간 입술에 웃음을 머금은 게 보였다.

그대로 람에게 소매가 끌려 걷기 시작한다.

'늘 이렇게 솔직하면 귀여운데'라고 생각하는 반면, 언제나 자기 자신에게 솔직하기에 그런 발언만 튀어나오는 걸지도 모른다는 생각도 든다.

솔직함도, 때와 경우에 따라 다르다.

그런 생각을 하면서 람과 함께 렘이 기다리는 곳으로 발길을 돌린다.

선도하는 등에서 왠지 천천히, 평소보다 느릿하게 걷고 있는 듯한 감각을 느끼면서.

3

   스바루 일행 세 명이 저택에 돌아왔을 때는 햇살도 크게 기운 저녁께 너머였다.

   노을이 쏟아진 로즈월 저택 앞에서 한 남자가 땅바닥에 쓰러졌다.

   다름 아닌 나츠키 스바루다. 옆에다 대형 나무통을 놓고 드러누운 스바루의 숨이 가쁘다.

   "도착했다, 도착했다고…… 잘했어, 나! 굿잡! 진짜 굿잡!"

   "네, 네. 수고하셨어요."

   "그래, 그래. 고생했어."

   건성으로 스바루의 노고를 위로하는 건 쓰러진 스바루 좌우에 선 쌍둥이 메이드다.

   람이 차가운 거야 평소와 변함없지만, 렘까지 가볍게 매정한 건 장보기 끝에 마을에서 합류했을 적에 람의 손에 이끌리는 스바루라는 구도에 몹시 노여워하셨기 때문일 것이다.

   "언니와 스바루 군, 꽤 사이좋네요."

   렘이 최초로 그 한마디를 꺼낸 순간, 스바루는 선택지를 잘못 골랐다고 후회했을 지경이다.

   어떻게든 만회하고자 중량급이 된 큰 나무통을 분풀이하듯 무리해서 저택까지 날랐지만, 이걸로 얼마나 인상을 회복할 수 있을는지.

   "그럼 먼저 저택으로 돌아가겠습니다. 느긋한 시간 보내시길."

그리고 정작 렘은 스바루에게 그런 말을 남기고 큰 나무통을 번쩍 들어 올려버렸다.

벤치 프레스 80킬로그램의 실적이 있는 스바루가 진짜로 매달려 어깨 위로 들어 올릴 수 있을지 없을지. 렘은 그만한 중량의 물체를 한쪽 팔에 자질구레한 물건을 안은 상태로 들어 올려보였다.

차라리 호쾌할 지경의 괴이한 장면에 스바루는 메마른 웃음이 나오고 말았다.

"나, 필요했어?"

"아니? 보는 바대로야."

스바루의 소년심을 두둔할 생각이 없는 람. 침착하게 나무통을 지고 걷는 렘을 배웅한 스바루는 본격적으로 자기가 완력 노동하는 게 무의미하단 사실을 통감한다.

"그럼 왜 시킨 거야. 진짜로 단순한 심술이냐. 이봐이봐, 후배 구박은 관둬주시죠, 선배님."

"이해 못해? 바루스. 물론, 인정을 베푼 거야."

"뭔 소리인지 모르겠군. 인정을 베풀다니, 뭐가."

"바루스는 렘이 커다란 짐을 메고 돌아오는 뒤에서, 향신료나 좀 들었을 뿐인 작은 주머니를 들고 쫄쫄 돌아오는 모습을 에밀리아 님한테 보이고도 아무렇지도 않으시다?"

"선배님께서 베푸신 인정에 말도 떠오르지 않사옵니다!"

무릎 꿇어 람의 존안에 감사의 뜻을 표한다.

자기보다 작은 몸집의 여자애더러 큼직한 짐을 들게 하고, 장

바구니만 들고서 만족스럽게 개선하는 스바루——에밀리아 이전에, 상상만 해도 자기부터 죽고 싶어질 광경이었다.

"언니, 로즈월 님께서."

그때, 먼저 저택에 들어갔던 렘이 문 앞에서 그런 대화를 주고받는 둘 쪽으로 돌아왔다. 동생이 입에 담은 주인의 이름에 고속으로 반응한 건 람이다.

평소의 나른한 태도는 어디 갔는지 한순간에 몸가짐을 정돈하고는 스바루를 내려다보며 말했다.

"뭘 하고 있어, 바루스. 로즈월 님을 기다리시게 만들 셈이야?"

"둘만 알 수 있는 말로 어쩌라고. 어, 뭐야. 사용인 집합이라 보면 돼?"

이해력이 나쁜 어린이를 보는 듯한 눈총을 받은 스바루는 허둥지둥 둘을 뒤따랐다. 중간에 람을 본받아 몸가짐을 적당히 고치면서 저택의 현관을 열었다.

"어어—이쿠, 둘 다 같이 있었구운—. 수고를 덜어서 다아—행인데 그래."

저택의 주인인 로즈월이 양손을 펼치며 세 명을 기다리고 있었다.

남색 장발에 파랗고 노란 오드아이. 갸름한 얼굴의 미남자지만 얼굴에 바른 광대풍의 분장이 그걸 망치고 있다. ——그런데 그걸 포함하더라도 평소와 다른 분위기다.

"나들이 복장……인가?"

"눈치 좋군. 이이—야, 나도 그다지 좋아하지 않지마아—는. 평소 차림새면 도오—무지 귀찮은 상대가 있는 노릇이니, 별수 우— 없이 이렇게 예복도 입는 것이지이—."

평상시부터 기발한 복장을 선호하는 로즈월이다. 기하학적인 무늬도 없고 배경에 동화하지도 않는 장난기 없는 복장은 오랜만에 보았다. 아니, 처음 보았다.

로즈월의 그 복장에 스바루는 두 가지 가능성을 떠올린다.

"손님입니까?"

"외출입니까?"

람과 렘도 스바루와 같은 생각을 동시에 입에 올리고 있었다.

사용인 일동이 던지는 질문에 로즈월은 쓴웃음을 띠며 람을 가리켰다.

"람이 정답, 외출이야. 조오—금만, 성가신 연락이 들어와아—서. 확인하러 가필 쪽이랑 잠깐 밖을 돌다 올 거야. 늦어지진 않게 할 작정이지이—만."

금시초문인 단어가 나와 그게 인명인지 토지의 이름인지도 판단할 수 없었다.

하지만 그 말만으로도 모든 것을 알아차린 기색의 쌍둥이를 본떠 스바루 역시 따로 말참견은 하지 않고 끄덕였다.

"그으—런 이유로, 오늘 밤은 돌아올 수 없다고 생각하니까—— 람, 렘, 맡기마."

"네, 명령이시라면."

"네, 목숨과 바꿔서라도."

즉각 대답하는 둘에게 눈만으로 끄덕인 로즈월. 그 뒤에 오드아이가 스바루를 바라보았다. 좌우로 색깔이 다른 광채에 압도되는 감각을 맛본 스바루는 자리가 불편해 꿈지럭거렸다.

"미안하지만, 난 목숨과 바꿀 정도의 충성은 아직 맹세하지 않았는데?"

"그으—걸로 됐다마다. 갑자기 그런 걸 맹세해도 부담스럽고 기분 나쁘니까아—. 하지만 뭐어— 네게도 맡기겠어, 스바루."

스바루의 어깨를 두드린 로즈월은 한 눈을 감고 노란색 눈에만 스바루를 비추고 말했다.

"낌새가 심상찮아. 에밀리아 님만은, 다—안단히 부탁한다고?"

"——그래, 그건 진짜로 맡았다."

말 들을 필요도 없다.

로즈월이 어디까지 상황을 내다보고 있는지는 모른다.

모르지만, 스바루는 그에게 분명히 대답했다.

——여태까지 없던 전개다.

이건 그야말로 스바루의 행동이 세계에 변화를 초래했음을 의미하고 있다.

로즈월은 끄덕이는 스바루에게 만족스럽게 웃으며 쌍둥이 충신에게 몇 가지 전언을 남기고 얘기를 마쳤다.

"그으—럼, 잠깐 다녀오지. 아무 일도 없기를 기도하고 있지이—만."

현관에서 밖으로 나오는 로즈월을 셋이서 배웅한다. 하지만 그때 스바루가 미심쩍게 느낀 건 로즈월의 외출용 마차나 그 비슷한 게 눈에 띄지 않는다는 점이었다.

설마 하니 걸어서 외출한다고 생각하기는 어렵지만——.

"그럼 자리 비운 사이 맡겼어——."

그 말과 함께 외투를 펄럭인 로즈월이 가볍게 도약했다. 그 순간, 스바루는 보았다.

도약한 로즈월의 몸이 공중에 뜬 즉시 바람을 두르고, 상공으로 단번에 고도를 높인다. 그대로 구름에 닿을 만큼 상승한 로즈월은 입 벌리고 놀라는 중인 스바루의 시야 속에서, 산 너머쪽을 향하며 점점 작아지다가 이윽고 보이지 않게 됐다.

"나, 날 수 있는 거냐……. 끝내주는데, 마법."

스바루는 간신히 방금 목격한 단독 비행에 대한 감상을 입에 담았다.

한편, 스바루와 다르게 로즈월의 비행 마법을 보는 데 익숙한 자매는 태도 전환이 빠르다.

주인이 자리를 비운 저택의 관리, 그 절차도 즉각 서로 할당해 버린다.

"로즈월 님께서 외출하셔도 렘과 언니의 업무는 변함없어요. 오히려 로즈월 님께서 계시지 않기 때문에 더욱 야무지게 하죠."

"우등생다운 의견이셔. 하지만 그래, 어디 해 보실까."

스바루는 정리하기 시작한 렘에게 고개를 끄덕이고, 의욕을 태우며 소매를 걸었다.

물론 타오르는 의욕은 일 쪽이 아니라 상황의 변화 쪽에 대해서다.

변화는 명백히 저택에 대한 습격이 짐작되는 방향으로 움직였다. 쌍둥이도 한층 더 저택의 경비에 힘을 쏟으려 하겠지만, 확실한 습격을 아는 스바루의 경계는 그 이상이다.

주술사의 정체——그것을 한 시라도 빨리 파악할 필요가 있다.

상대편의 행동이 빨라진 이유는 틀림없이 오늘 마을에 방문한 것이 방아쇠가 되었기 때문일 것이다. 즉, 스바루의 낚시 작전은 노린 바대로 성립됐다.

나머지는 스바루의 추측을 뒷받침하기 위해서, 불을 지펴 주술사를 끌어내는 것뿐이다.

4

"그런 이유로 기다리고 기다리던 베아코 타임이다."

문을 밀어젖히고 금서고로 쳐들어가 입을 연 첫마디에 그렇게 내뱉는다.

아예 당당한 난입 태도에 접사다리에 앉아 독서 중이던 베아트리스가 어깨를 축 늘어뜨리고 중얼거렸다.

"베티의 '징검문' 을 이토록 쉽사리 깨트리고……. 진짜, 어떻게 되어먹은 것이야."

"감이야, 감. 내 안의 식스한 센스가 속삭이고 있어."

베아트리스는 걸어오는 스바루에게 진심으로 싫은 티를 내지만, 그 스바루의 얼굴에 진지한 빛깔이 섞여 있는 걸 봐서 그런지 갑자기 그 눈을 가늘게 떴다.

"반나절 전과는 또 표정이 달라. 바쁜 녀석인 것이야."

"나도 조금은 느긋하고 싶다고. 하지만 그렇게 놔둬주지 않을 만큼 분주하고 성급한 게 세상이라나 봐서."

잇달아 샘솟는 문제들에 보통 사람인 스바루는 휘둘리기만 할 뿐이다.

그러나 지금에 와서는 쫓기고 있는 것만이 아니라 쫓고 있다는 자신감도 붙었다.

"네가 확인해줬으면 하는 게 있어서 말이다. 초특급으로 욕실 청소 끝내고 왔지."

"욕실 쪽이 우선도가 위라면 대단한 얘기가 아닐 것 같아."

"욕실이 우선이랄까, 렘의 호감도 관리가 우선이라고나 할까……. 아니, 그거야 됐고."

스바루도 그렇지만 오락이 적은 세계에서 입욕이란 얼마 안 되는 휴식의 시간이다. 그 휴식 장소를 건성으로 청소했다고 알려지면 렘의 반응이 생각하기만 해도 무섭다.

안 그래도 언니와 친해진 스바루에 대한 렘의 호감도는 그다지 높지 않으니까.

주술사를 찾아냈는데도 렘의 호감도가 낮아서 BAD END 루트 행이라면 스바루의 체면이 말이 아니다. 지금의 스바루에겐 두 가지 루트 공략, 양다리를 걸친 남자 같은 외줄타기 감각이 있었다.

"일이 치정 문제고 내가 어느 쪽을 고를지 고민된다—라는 거라면 대환영이건만."

"또 얘기가 어긋나고 있는 눈치인 것이야……. 그래서 베티한테 무슨 용무가 있는데."

"아, 그거 말인데……."

일단 이야기를 들어줄 자세의 베아트리스 앞에서 스바루는 말 없이 숙고.

어떤 식으로 말을 꺼내야 할지 고민하다가 한 번 끄덕였다.

"내가 좀 저주받은 것 같은데, 확인해주지 않을래?"

"……넌 무슨 말을 하고 있는 것이야."

"내가 좀 저주받은 것 같은데, 확인해주지 않을래?"

"누가 같은 말 두 번 하라고 말했어! 주술사의 자세한 설명을 하고 반나절밖에 지나지 않은 것이야! 영향받기 쉬운 데에도 한도가……."

스바루의 피해망상이라고 여겼는지 베아트리스가 거리를 좁히며 고함쳤다. 하지만 중간에 소녀는 안색을 바꾸고, 놀람과 의혹을 거쳐 확신한 표정으로 스바루를 쳐다보았다.

"저주 술식의 기척……. 너, 정말로 저주받았어."

"진짜로? 슬며시 예상했었어도 이거 실제로 들으면 꽤 쇼크로군."

저주를 받는 것 전제의 낚시 작전이지만, 실제로 저주받았다고 아니 오싹한 감각이다.

　스바루의 표정이 밝지 않은 건 그 공포심만이 아니라, 자신의 생각이――즉, 그 마음씨 좋은 마을 사람들 중에 자객이 섞여 있단 추측이 긍정됐기 때문이기도 했다.

　"어떤 종류의 저주인지도 알아?"

　"술식만 봐서는 뭐라고 할 수 없어. 단지 얘기했던 대로, 발동하면 십중팔구 목숨을 앗아갈 저주인 것이야. ――너, 죽는 걸 무섭다고 여기지 않는 것처럼 보여."

　베아트리스는 자기 발언을 차분하게 받아들이는 스바루를 보고 놀란 듯이 커다란 눈을 깜빡였다. 하지만 스바루는 그런 베아트리스의 질문에 어깨를 으쓱였다.

　"엉? 바보 아니냐? 죽는 거 완전 무섭거든? 이 세상에서 죽는 것보다 무서운 일은 좀체 없어. 죽는 편이 낫다는 소리는 꼭 한 번 죽은 다음에 말해주기를 바라는 바다."

　그것만은 스바루가 이세계에서 얻은 절대 양보할 수 없는 진실이다.

　'죽음'은 절대적이다. 그것을 망령되게 다루는 짓은 용납되지 않는다. 그리고 '죽음'을 무언가와 비교하는 것도, 간단히 주워 섬기는 것도, '죽음'을 알지 못하는 경솔한 태도나 다름없다.

　그 '죽음'을 알아버린, 몇 번씩 맛본 스바루이기에, '죽음'보다도 더 맛보고 싶지 않은 절망을 피하고자 이렇게 세계를 회귀한 것이니까.

　"그러니까 이번 차례에 뚫고 나가주마, 운명."

운명을 관장하는 신과 같은 존재가 있다면, 그 녀석에게 선전 포고해주었다.

나츠키 스바루는 맛본 고통의 시간 몫만큼, 해피엔딩을 되찾겠다고.

스바루는 그렇게 초상적인 존재에게 큰소리 뻥뻥 친 다음, 베아트리스를 다시 돌아봤다.

"그럼 후다닥 저주의 해주를 부탁한다. 시간이 없어."

"……왜, 베티가 네 목숨을 구해주지 않으면 안 되는 것이야."

그런데 최대의 협력자여야 할 소녀가 범인에게 선제공격할 기회에 불타는 스바루를 초장부터 꺾어버리려 들었다. 스바루는 머리를 긁으면서 말했다.

"그런 귀염성 없는 말을 꺼낼 줄 알고 설득 수단은 빈틈없이 준비해왔지. 내가 죽으면 틀림없이 팩이 슬퍼할걸."

"……빠냐는 네가 죽은들 그렇게까지 크게 마음이 흐트러지지 않을 것이야."

"아니아니, 내가 죽으면 에밀리아가 다소는 쇼크를 받아. 에밀리아가 쇼크를 받으면 팩에게도 대미지가 가고. 그리고 미연에 막을 수 있었을 네 입장은 어떠한가!"

"너, 목숨 구걸과 협박도 구별하지 못하다니 완전히 머리가 썩어빠졌다고!"

베아트리스는 발을 구르지만 스바루의 발언을 부정할 반론이 떠오르지 않았던 모양이다. 짜증을 한숨에 실어 본의가 아니란 의사를 표명하면서 스바루에게 손짓한다.

"사탕발림에 넘어가줄 것이야. 단, 이 이후는 베티는 결단코 관여하지 않을 거야!"

"그것도 솔직히 약속은 해줄 수 없겠군. 곤란할 때에는 반드시 힘 빌리러 온다. 너한테 빈대 붙을 대로 붙어서, 쪽쪽 빨고 거죽만 남길 거야."

"너, 도움받는 입장이란 자각 있는 것이야?"

"약자의 논리를 내세우는, 엄청 짱나고 성가신 놈이라고 자각은 해. 미안하다."

스바루가 머리 숙이며 사과하자 베아트리스는 지긋지긋하단 눈치로 고개를 내저었다.

그 뒤에 소녀는 손바닥에 하얀빛을 맺고 스바루의 몸을 가만히 만졌다.

"지금부터 주술의 술식을 파괴할 거야. 주술사가 직접 만진 곳이 술식이 새겨진 곳이니까, 될 수 있는 한 참고하는 것이야."

"오냐, 포석은 깔아놨다고. 안심하시라."

스바루는 빛이 맺힌 손바닥에서 온기가 전해지는 것을 느끼면서 자기 몸을 확인한다.

마을에서 용의자들에게 만지게 한 부위는 저마다 뿔뿔이 흩어지게 해놓았다. 회춘 할멈만은 맘대로 엉덩이를 만지고 갔지만 그 때문에 베아트리스의 손이 엉덩이로 가면 바라는 바다. 할멈이 범인이라고 확인한 다음에, 베아트리스를 성희롱으로 고소하자.

그런 스바루의 의도는———

"――엉?"

베아트리스의 손바닥이 닿은 뜻밖의 위치에 완전히 빗나갔다.

하얀빛이 소녀의 손바닥 너머로 피부에 스며들고 서서히 열기를 띠는 게 느껴진다. 근질거리는 듯한 감각이 닿은 부위로부터 몸 밖으로 번져나가듯이 흘러나온다.

"검은, 아지랑이……?"

베아트리스의 빛나는 손안에 검은 아지랑이가 된 주인(呪印)이 붙잡혀있다.

가려움은 사라졌지만 꿈틀대는 아지랑이가 체내에 있었다고 생각하니 오싹해진다. 그리고.

"불길하기 짝이 없는 것이야."

물컹. 그런 이미지로 검은 아지랑이가 뭉개지며 베아트리스의 손안에서 소실된다. 더러운 것을 만진 듯이 손을 턴 베아트리스는 침묵하는 스바루를 알아채고 코웃음 쳤다.

"끝났어. 이제 이걸로 넌 멀쩡한 것이야."

끝났다. 그 선고를 받고서야 스바루는 자신이 호흡을 멈추고 있었음을 깨달았다.

자기 자신의 소심함에 자조가 떠오르지만 그 이상으로 스바루를 조급하게 만든 건 솟구치는 의문이었다.

"이봐, 베아코."

"그 호칭은 이제 좀 작작……."

"지금 손바닥으로 만진 곳을, 주술사가 만진 곳으로 보면 되는 거지?"

불평을 가로막고 거듭 묻는 스바루에게 베아트리스는 못마땅하게 긍정.

베아트리스의 끄덕임을 보고 스바루는 일련의 주술로 이뤄진 범행의 범인이 누구인지 정체를 특정했다.

"마을에, 가야 해——!"

그리고 범인을 알아버렸기 때문에 스바루는 즉각 행동하지 않을 수 없었다.

본래 계획이라면 내일을 기다려 로즈월 및 람과 렘과 동행해 마을에 잠복한 주술사를 끌어내고 격파할 예정이었다. ——하지만 이제 그래 가지고는 안 된다.

스바루는 빠르게 뛰는 박동에 쫓긴 채 문을 열고 밖으로 뛰쳐나갔다.

베아트리스가 제지하는 목소리도 들리지 않을 만큼, 거친 숨결로 황급히 뛰기 시작했다.

"어디까지고 한도 없이…… 까불어대고!"

운명의 부조리함과, 희롱당하는 스바루와 다른 이들을 조소하는 악취미에 분노가 솟았다.

떠오르는 갖가지 욕설에 그 분노를 담고 스바루는 달린다.

계속 달린다.

5

복도를 내달리고 계단을 뛰어내려, 층계참에서 몸을 돌린 스바루는 현관 홀에 착지하자 신발 밑창을 미끄러뜨리면서 고개 들고 외쳤다.

"──람! 렘! 할 얘기가 있어!"

온 저택에 들릴 만한 소리로 외치는 것을 듣고 모습을 보인 건 람이다.

마침 바로 근처에서 작업하고 있었던 모양인 람은 숨이 거칠고 얼굴이 벌게진 스바루를 보고, 그 예의 없음을 나무라듯이 눈을 가늘게 떴다.

"무슨 일이야, 바루스. 그렇게 안절부절못하고 볼썽사납기는……."

"미안한데 지금부터 마을로 간다. 말려도 헛수고고, 말리더라도 갈 거지만, 말도 안 남기고 맘대로 갔다간 혼란스럽게 만들겠다 싶어서."

"마을로……? 뭘 하러…… 아니, 그 이전에 로즈월 님의 지시를 어길 셈이야? 오늘 밤 우리는 저택을 맡고 있어. 그 의미를 이해 못하겠다는 거야?"

스바루를 노려보는 람의 눈초리가 한층 날카로워졌다.

로즈월의 의사를 가장 우선하는 게 람의 자세다. 주인의 명령을 등한시하는 스바루의 태도, 그것이 역린을 건드리려 하고 있다.

하지만 스바루 쪽도 그걸로 물러설 만한 심정이 아니다.

"실랑이할 시간도 아까우니까, 단도직입적으로 말하마. ──

아람 마을에 나쁜 마법사가 있어. 그 녀석의 정체를 알았으니까, 가야 해."

"……애들이 꾸며낸 이야기 같은 그 이유 가지고 인정하라고?"

"따로 말할 표현이 없는데 어쩌란 말이야. 그게 사실이란 건 베아코한테라도 물어보면 알아. ……그리고."

"언니——."

더욱더 의혹이 깊어지는 람에게 항변하는 사이에, 등 뒤의 큰 문을 열고 렘이 나타났다.

렘은 현관에서 말다툼하는 둘을 보고는, 자연스러운 움직임으로 언니 옆에 섰다.

"언니, 이건……."

"마을에 있는 나쁜 마법사를 퇴치할 테니까, 밖으로 내보내달란 분부셔."

단적으로 스바루의 주장을 동생에게 전하는 람. 스바루는 순수하게 그 말만 듣자니 웬 망언으로밖에 들리지 않는다고 생각했다. 그리고 아무래도 렘 또한 같은 판단을 내린 모양이다.

"언니, 언니. 스바루 군은 퍽이나 재미없는 농담을 말하네요."

"렘, 렘. 바루스도 참 피에로로서의 재능은 초 1류라 생각해."

"람, 렘. 난 언제나 까불고 있지만 진심으로 말할 때도 있어."

동조하는 둘에 겹치는 스바루의 대사에, 둘이 동시에 말을 머뭇거렸다.

자매의 반응에 스바루는 다그치듯이 앞으로 발을 내디뎠다.

"믿지 못할 얘기란 건 인정하고, 현 상황에서 내 주장을 통째로 받아들이라는 것도 황당하단 건 이해해. 그러니 무조건적으로 내보내라고는 말 안 해."

여기부터가, 스바루에게 있어 중요한 갈림길이 된다.

입술을 혀로 적신 스바루는 잠자코 있는 둘에게 손가락을 들이대며 제안했다.

"난 지금부터 마을로 간다. 수상하다 싶으면 따라와도 상관없어. 날 보고 판단해. 단, 에밀리아를 혼자 남기고는 못 가. 따라오겠다면 한쪽만 와."

"제멋대로 정리를……. 애초에 로즈월 님의 명령을 지킨다면 렘과 언니가 스바루 군에게 어울릴 이유는……."

"그래, 없어. 저녁에 나온 로즈월의 명령을 지킨다는 것뿐이라면. 그런데 로즈월에게서 나온 나에 대한 명령은 그뿐이냐?"

"————."

아픈 데를 찔린 듯이 말을 잃은 렘.

허세에 불과했던 방금 스바루의 발언이 적중했다는 뜻이리라.

둘은 로즈월로부터 스바루를 감시하도록 명령을 받았다. 그건 지금까지 거친 루프의 단편적인 정보로도 상상이 가던 얘기다.

주저하는 눈빛의 렘은 빠져나갈 구멍을 찾고 있지만, 그보다 먼저 람이 한숨을 쉬고 말했다.

"알았어, 바루스. 네 단독행동을 인정할게."

"언니?!"

가볍게 논의의 백기를 든 언니의 태도에 렘은 아연실색.

하지만 람은 놀라는 동생을 보고, 조용히 하라는 눈짓을 보낸다.

"단, 바루스도 알고 있는 대로 혼자서 가게 할 수는 없어. 여기서 바루스를 혼자서 행동하게 두는 건 로즈월 님의 명령에 반하는 꼴이 되니까."

"그렇군. 그래서 타협점은?"

"아니꼬운 얘기지만 방금 나온 바루스의 제안을 받아들일 수밖에 없지. 렘을 동행시키겠어."

"더 바랄 것 없지."

스바루는 움켜쥔 주먹을 내밀어 람이 내놓은 조건에 합의를 표했다.

자그맣게 한숨을 내쉰 람은 대화에 살짝 뒤처지고 있는 눈치의 동생을 돌아보았다.

"렘, 그렇게 됐으니 부탁해. 람이 베아트리스 님에게 확인하고 에밀리아 님 쪽을 지키겠어. ──그쪽 상황도, 똑바로 '보고' 있을게."

"언니, 그 눈은 과하게──."

"그런 말하고 있을 상황도 아냐. 필요하다면 쓸 거야. 렘도 그렇게 하렴."

언니의 담담한 말투에 렘은 그 이상의 꼬투리를 잡지 않았다. 렘은 둘만 아는 대화를 곁눈질하는 스바루를 우호적이지 않은 눈으로 보고 말했다.

"스바루 군, 자세한 얘기가 듣고 싶은 바예요."

"가면서. 어쩌면 꽤 위험한 사태가 진행되고 있을지도 몰라."

스바루의 최악의 상상이 옳았을 경우, 과장스럽다고 웃어넘길 수 없는 피해가 나올지도 모른다. 그건 스바루 개인에 대한 것만이 아니라 더 큰 의미로서의 피해다.

가볍게 람의 어깨를 두드려 감사의 뜻을 표한 다음, 아직 납득 못한 눈치의 렘을 데리고 현관으로.

마을까지 15분. 무작정 달려서——.

"——스바루, 어디 가는 거야?"

그때, 현관 홀의 대계단 위에서 은방울소리가 홀연히 내려왔다.

무심코 돌아본 머리 위에 은발을 찰랑이고 멈춰 선 에밀리아가 있다.

아까 지른 스바루의 큰소리를 들었는지 숨을 헐떡이며 세 명을 내려다보고 있었다.

"큰 소리가 들리기에 내려와 봤더니……. 무슨 일 있었어?"

"무슨 일 있을지도, 모른다야. 뭐, 걱정은 안 해줘도 돼. 아, 그래도 조금은 걱정해주면 기쁘고."

에밀리아에게 쓸데없는 걱정을 끼치지 않도록 스바루는 일부러 경박하게 행동해 보인다.

경망스러운 평소 스바루의 태도——그러나 에밀리아는 거기서 무엇을 봤는지.

"또, 위험한 짓 하려는 얼굴이야."

바로 간파한 에밀리아는 뭐라 하고 싶은 표정을 지었다.

스바루는 가뿐히 간파당한 자신의 3류 배우 연기를 한탄하며 손바닥으로 얼굴을 가렸다.

"그쪽 언쟁은 방금 막 겨우 끝난 참이거든……."

"말려도 헛수고인 거지?"

"뭐, 그리되지. 오히려 말렸다간 여러 장면에 지장이……."

"네, 네. 알겠습니다. 말리지 않아요."

계단을 내려와 스바루 앞까지 다가와서 허리춤에 손을 얹는 에밀리아.

남보랏빛 눈으로 올곧게 바라보는 시선에, 스바루는 그 광채로부터 눈을 떼지 못했다.

에밀리아는 그렇게 움직임을 봉한 스바루의 가슴에 손을 뻗어 가볍게 건드렸다.

"무모한 짓도 무리한 짓도 하지 말라고 해도, 분명히 소용없겠지."

"경우에 따라선…… 말야. 아니, 나도 하고 싶지 않아. 그거 전부."

특히 좋지도 나쁘지도 않게, 별 탈 없는 평탄한 길을 갈 수 있다면 그게 제일 좋다.

그러는 것이 무리이고 상황을 바꿀 수 있는 게 자기 자신밖에 없다면, 스바루는 움직일 수밖에 없다. 어째서 이런 귀찮은 성격이 된 건지.

──눈앞에 있는 소녀의 영향이 큰 것이겠지. 그 생각에 쓴웃음이 터진다.

"──당신에게, 정령의 축복이 있기를."

"뭐라고?"

가슴을 만지는 에밀리아의 중얼거림에 고개를 갸우뚱한다. 에밀리아는 그런 스바루에게 소리 없는 웃음과 함께 말했다.

"송별의 말이야. 무사히 돌아와 달라는, 그런 의미."

"오오, 그렇군. 알았어, 에밀리아땅. 그러니 무사히 돌아왔을 때에는 너의 그 가슴에 나라는 작은 새를 다정하게 안아서 받아줘."

"그래그래."

포옹을 요구하는 스바루를 흘려 넘기고, 에밀리아는 램에게도 시선을 보냈다. 가만히 둘의 대화를 보고 있던 램은 그 시선에 등을 바로 했다.

"램도 조심해. 그리고 스바루가 무모한 짓 하지 않도록 감시해줘."

"네, 에밀리아 님. 알아들었습니다."

램이 치마 끝을 잡고 인사하자 에밀리아는 만족스럽게 끄덕였다.

스바루는 신발 앞부리로 바닥을 두드리고 가볍게 무릎을 굽혀 달릴 준비를 갖춘 다음 말했다.

"그럼 갔다 올게, 에밀리아땅."

"다녀와."

손을 흔드는 스바루의 등을 민 에밀리아의 목소리가 스바루를 배웅한다.

현관문을 밀어젖히고 남은 둘의 지켜보는 시선을 받으며 나란히 뛰는 램과 함께 마을로 달려갔다.

"그래서, 자세한 얘기를 듣고 싶은데요……."

"왕선을 방해하려는 주술사가 마을에 있어. 베아트리스에게 해주받았지만, 나도 저주 먹었을 정도야. ──까닥하다간 마을이 괴멸할지도 몰라."

"──진심……인가요?"

달리는 중에 숨을 삼킨 렘이 눈을 크게 뜨고 물었다.

스바루는 말없는 끄덕임으로 받으면서 오로지 마을을 향해 달린다.

주술사가 이성 있는 인간이라면 그런 수단을 상상할 필요는 없었다.

하지만 스바루의 추측이 긍정될 경우, 최악의 가능성이 일어날 수 있다.

따라서 스바루는 내달린다. 나란히 뛰는 렘 또한 일의 중대함을 알고 말없이 질주.

멀리 나무들 저편에 있는 마을을 향하는 둘의 모습이 밤의 어둠을 갈랐다.

6

두 사람이 마을에 도착했을 때, 야음 속의 마을은 화톳불로 환했다.

이 시간에 이만큼 불을 피워 밝히는 일은 본래 있을 수 없다.

평소와 다른 분위기에, 거친 숨을 쉬는 스바루 옆에서 렘도 이상을 알아챈 표정이다.

거기서 둘의 모습을 눈치챈 마을의 젊은이가 달려왔다.

"저택의 두 분이시잖습니까. 이런 시간에⋯⋯."

"마침 잘됐군요. 무슨 일이 있었죠?"

젊은이의 말을 가로막고 렘이 윗사람처럼 묻는다.

젊은이는 렘의 어조에 조금 놀란 낌새지만, 곧바로 "네, 네에." 하고 높아진 목소리로 대답했다.

"실은 마을 아이들이 몇 명 눈에 띄지 않아서요. 어두워지기 전까지 놀고 있던 건 알았는데⋯⋯ 그래서 어른들끼리 찾아다니고 있는 중이라."

"안 보인단 애들은 류카나 페트라나 밀드야?"

애매한 젊은이의 말투에 렘이 질문을 거듭하기 전에 스바루가 끼어들었다.

젊은이는 이름이 정확하게 거론된 데에 눈을 크게 떴다.

"그, 그런데요⋯⋯. 어디에 갔는지 짐작 가는 곳이 있습니까?"

불안이 긍정되는 대답을 받은 스바루는 곧장 혀를 차고 땅바닥을 걷어찼다.

그 뒤에 마을 외곽──숲으로 통하는 담장 방향을 응시했다.

"애들을 찾고 있는 건, 댁이랑?"

"청년단 전부 다랑, 그리고 이장님이."

"애들이 있는 곳은 숲이야. 마을 안만 찾아다녀봤자 안 나와."

스바루의 단언에 젊은이의 표정이 변했다. 그는 스바루에게 더 묻고 싶은 게 있는 눈치였지만, 스바루는 그 어깨를 두드리고는 숲으로 뛰기 시작했다.

"난 먼저 숲에 들어간다. 댁은 모두에게 전해줘. 애들은 숲이야!"

스바루는 뒤에서 터지는 의문성에 대답하지 않고 숲을 향해 곧게 나아간다.

당황해 따라오는 렘이 스바루의 확신 어린 태도에 의혹을 품은 눈으로 본다.

"어째서, 그런 걸……."

"알 수 있어. 아니, 난 알고 있었어. 꼬맹이들이 했던 말이 확실하다면, 이쪽에."

마을 주위를 덮는, 높은 목제 울타리. 두 명은 숲에 인접한 부분에 세워진 그 울타리를 뛰어넘고 나무들 틈새를 빠져나가 안쪽으로 들어갔다.

스바루는 듣기만 한 기억대로 미덥지 않게 따라갔지만 갑자기 옆의 렘이 고개를 쳐들었다.

"──결계가, 끊어졌어."

놀란 소리를 흘리는 렘 옆에서 스바루는 자신의 판단이 옳았다고 어금니를 깨물었다.

눈앞에 렘이 지적한 것은 거목에 박힌 결정이다. 빛을 잃고 오래되었다는 느낌의 그것은 숲의 나무들에 일정 간격으로 설치된 결계의 매개체일 것이다.

스바루의 기억에 몇 번쯤 숲을 가리키며 결계의 이야기가 나온 게 남아 있다. 산 깊은 곳에 들어가면 안 된다고 람에게 직접 경고를 받은 건 언제였을까.

"결계가 끊겨졌으면, 어떻게 되지?"

"마수(魔獸)가 경계선을 넘어 와버려요. 숲은 마수의 군생지 대니까요."

"마수……라. 그래서냐. 마수란 건 대체 뭐지?"

스바루의 질문에 렘은 눈에 동요를 머금고 더듬더듬 대답했다.

"마수는, 마력을 가진 인류의 외적입니다. 마녀가 만들어낸 생물이라고, 그렇게 전해지고 있는데."

"또 여기서도 마녀냐……."

스바루는 놓칠 수 없는 단어의 잦은 출현에 얼굴을 찌푸렸지만, 지금 렘이 한 설명으로 분명히 확신이 섰다. 주술사의 정체와, 지금도 마을을 덮치는 재앙의 전조를.

"──! 스바루 군, 무슨 짓을?!"

놀란 렘이 제지의 목소리를 지른다.

렘의 눈앞에 결계라고 불린 나무들 사이를 지나쳐 안쪽으로 들어가려 하는 스바루의 모습이 있다.

스바루는 돌아서서 멈춰 서 있는 렘에게 손을 내뻗었다.

"꼬맹이들이 안쪽에 있어. 구하러 가야지."

"확증이 있나요? 결계를 넘는 데에는 로즈월 님의 허가가……."

"내 손등의 상처 자국이 증거야!"

렘의 눈에 보이도록 치켜든 왼손에 뚜렷하게 남은 짐승의 이빨자국.

저녁의 마을에서, 아이들에게 둘러싸여 강아지와 접촉했을 때에 물린 상처 자국이다.

──베아트리스는 이 상처를 가리키며 말했던 것이다.

이 상처 자국을 만든 존재가 스바루에게 저주를 건 장본인이라고. 그 말은──.

"꼬맹이들이 귀여워하던 개야. 개 같이 생긴 '그것'이 개가 아니라, 물어뜯은 상대를 남김없이 저주하고 다니던 마수였다면 어때."

스바루는 첫 번째든 두 번째든 그 강아지에게 손이 물린 기억이 있다. 스바루가 외출하지 않았던 패턴에선 렘이 그렇게 되었더라도 이상하지 않다.

인위적인 것이 아니라 천재지변 비슷한 것이다.

쥐를 매개로 퍼진 전염병이 있듯이 마수를 통해 퍼지는 저주의 감염.

아이들은 그 마수를 쫓아 숲에 들어간 채로 안부가 불투명해졌다.

"시간이 걸리면 걸릴수록 위험해. 꼬맹이들이 저주받았는지 않았는지는 모르지만, 좌우지간 전원 데리고 저택에서 해주시켜야."

"잠깐만요. 그런 판단을 맘대로……. 애초에 상황이 너무 수상해요."

"아앙?"

조급하게 숲에 들어가려고 하는 스바루를 렘이 물고 늘어졌다.

렘은 마을 방향, 나아가서는 저택 방향을 가리켰다.

"로즈월 님께서 자리를 비우신 때에 노린 것처럼 이런 문제가 일어나다니…… 이게 저택을 노린 양동작전이 아니라고 단언할 수 있어요?"

"그럼 어쩌자고. 현재 진행형으로 위기인 꼬맹이들은 내버리고, 저택으로 돌아가 방어나 굳힐까? 다음 날에 마을 사람 전원이 죽어 있어도 상관없다면야 그것도 방법은 방법이겠지."

스바루 본인도 비겁하기 짝이 없는 말투라 알면서도 말했다.

렘은 어디까지나 본래 지켜야 할 저택 관계자의 위험부담을 회피하려는 것에 불과하다. 그건 당연한 생각이고 렘이 책망받을 까닭이라곤 전혀 없다.

하지만 입 다물고 있든 웅크리고 있든, 결단에 쫓길 시간은 반드시 찾아온다.

그리고 스바루는 결단하지 않는 결단을 했을 때의 후회가 가장 크다는 것을 알고 있다.

"렘, 가자. 우리끼리 어떻게든 해 볼 수밖에 없어."

"왜 그렇게까지…… 스바루 군하고, 이 마을이 관계가 얼마나 있다고……."

아직도 판단을 망설이고 있기 때문인지 렘이 연약하게 중얼거렸다. 스바루가 처음으로 듣는 목소리였다.

어떤 때여도 조리 있는 태도를 무너뜨리지 않던 렘이 흘린 약한 소리.

그 약한 부분에 스바루는 강한 공감을 느낀다. 그러나 동병상련에 젖는 짓은 용납되지 않는다.

속마음을 드러내면 스바루도 앞길로 나아가기가 무섭다. 다리가 떨고 있는 이유는 피로 때문은 아니다. 애써 감추고 있을 공포심이 고개를 내미는 걸 누가 책망하겠는가.

그러나 스바루는 약한 쪽으로 도망치려고 하는 자신의 마음을 뺨을 때려서 잊었다.

"──페트라는 말이다. 크면 도읍에서 옷 짓는 일을 하고 싶어 해."

"……네?"

"류카는 마을 으뜸가는 나무꾼인 아버지 뒤를 잇는다고 했고, 밀드는 꽃밭에서 모은 꽃으로 화관을 만들어서 엄마한테 선물하고 싶다더라."

"────."

스바루는 손가락을 꼽아가며 눈앞을 스치는 얼굴을 일일이 세면서 말을 이었다.

"메이나는 이제 곧 동생이 태어난다며 기뻐했었고, 다인과 카인 형제는 어느 쪽이 페트라를 신부로 삼느냐로 티격태격하더군."

무심코 작은 웃음이 새어 나왔다.

그런 다음, 입을 다물어버린 렘에게 고개를 가로저으며 단언했다.

"관계가 왜 없어. 난 그 녀석들의 얼굴도 이름도, 내일 하고 싶은 일도 안단 말이야."

스바루는 애들 따위 싫어한다.

시끄럽지 허물없이 반말해대지, 무엇보다 예의가 안 되어먹었다.

예의 없고 버릇없고 막무가내에 스스럼없어서, 마치 누군가를 거울로 보는 것 같다.

"그런데 라디오 체조, 내일 또 하자고 약속해버렸지."

소환 첫날의 루프 때도, 스바루는 같은 생각을 했었다.

못 본 척하면 편해질 수 있다. 하지만 그게 불가능하기에 달린 것이다.

렘을 보았다. 판단하는 데 망설이고 있다. 당혹해하고 있다.

나약한 모습이다. 힘이 부족한 걸 한탄하는 모습이다. 그건 스바루 자신의 모습이었다.

지금 자신보다 더 약한 그녀의 모습을 보고 각오를 다진 자기 자신에게 염증이 난다.

쫄고 겁나서 미칠 것 같은 주제에, 결국 또 다른 누구를 이용해서 자기 자신을 유지하려드는 소인배 근성이 정녕 밉살스럽다.

그런 자신의 겁쟁이 기질조차 이용할 수 있다면 이용해버려라.

"난 약속을 지키고, 지키게 하는 성격이야. ──난 그 꼬맹이들과 꼭 라디오 체조를 또 할 거다. 그러니 안으로 들어갈 거라고."

──용기가 이렇게나 무서운 것일 줄은 몰랐다.

스바루는 떨리는 손을 억제하는 데 필사적이라 떨리는 목소리를 깨닫지 못한 채로 말을 마쳤다.

렘은 그런 스바루의 등을 보고 조용히 눈을 감았다. 그리고.

"별수, 없겠어요."

"렘?"

언뜻 입술의 힘을 뺀 렘이 스바루를 올려다보았다.

렘의 표정에는 처음이라고 해도 될 만큼 확고한 감정이 떠올라 있다.

"렘이 명령받은 건 스바루 군의 감시니까요. 여기서 스바루 군을 혼자 가게 놔두면 그걸 완수할 수 없잖아요?"

놀리는 듯한 렘의 말에 잠시 스바루는 입을 딱 벌린 다음, 고개를 내저었다.

"그래, 맞아. 내가 수상한 짓 하지 않는지, 꼼꼼하게 지켜봐줘."

"네, 그러겠습니다. ──그러니까, 가 볼까요."

옆에 렘이 나란히 서는 걸 보고, 스바루는 진짜 의미로 그녀와 처음으로 나란히 섰다는 기분이 들었다.

낯간지러운 기분을 느끼면서 렘에게 감사의 말을 하려다가 문득 알아챘다.

──옆에 걷는 렘의 손에 어느새 철구가 쥐여져 있다. 쇠로 된 손잡이와 사슬로 이어진 그것은 렘의 손안에서 중량감에 어울리지 않는 경쾌한 금속성을 내고 있었다.

"저, 렘 씨. 그건."

"호신용입니다."

"아니 하지만 그거."

"호신용입니다."

렘과 함께 그런 대화를 나누면서 미답의 숲으로 발을 놀린다.

모처럼 쥐어짜냈을 터인 용기가 다시 쪼그라들려는 것을 필사의 각오로 겨우겨우 도로 일으키면서.

7

'호신용' 철구를 한 손에 들고 임전태세인 렘을 동반한 밤의 숲의 수색이 이어지고 있다.

달빛이 나무들에 차단되어 칠흑이 깔린 숲의 어둠은 깊다. 앞길을 막아서는 나무들을 피해 나뭇가지와 잎을 가르며 나아가는 중에, 몸 이곳저곳에 피가 번지는 찰과상이 생긴다.

희미하게 새어 들어오는 달빛만이 광원인 세계에서, 스바루와 렘의 수색에서 요점이 되는 건 하나뿐.

"―――――."

발을 멈추고 주위를 빙글 둘러보면서 자그맣게 콧소리를 내는 렘.

마치 경찰견 같은 그 몸짓이 뜻하는 바와 같이 렘의 후각에 의지한 숲의 수색이다.

집중을 흐트러뜨리지 않도록 말을 걸지 않고 있지만 불안감은 크다. 앞서 가는 조그만 등을 쫓으면서 시시각각 지나가는 시간이 스바루의 정신력을 갉아먹는다. ――그때.

"──근처에, 생물의 냄새가 납니다."

날카로운 시선을 왼쪽으로 돌린 렘이 중얼거리고, 스바루도 따라서 같은 방향을 본다. 하지만 펼쳐진 건 일절 변함없는 암흑뿐이다. 답답한 느낌과 함께 렘의 어깨를 건드리고 물었다.

"애들이야?"

"알 수 없지만, 짐승 냄새는 아녜요."

그것만 알면 충분하다며 렘은 서두를 것을 재촉하고, 뛰기 시작하는 소녀에 이어 스바루도 달리기 시작한다.

기분 탓인지 단서를 잡은 렘의 표정에도 밝은 조짐이 있었다. 글자 그대로 암흑 속에 비친 광명이다. 발걸음은 무의식중에 조급해지고 있다.

다만 기대와 불안은 표리일체다.

포착한 냄새가 아이들이라고 렘이 단언하지 않았던 이유도 그와 무관계할 리가 없다.

땅을 박차고 나무들을 밀어내어 길을 만드는 렘을 쫓는다. 숨이 차고 다리가 무거워지기 시작한다. 그러나 의식은 또렷하다. 암흑에도 눈이 익기 시작해, 차츰 스바루에게도 숲의 윤곽이 선명하게 드러나고── 그 직후, 숲이 트이고 높직한 언덕이 두 명을 맞이했다.

숲이 입을 쩍 벌린 언덕. 월광이 녹음 속의 언덕을 환상적으로 비추어내고 있다. 그곳에──

"애들이다!"

녹색의 지면에 힘없이 팔다리를 뻗고 드러누운 아이들의 모습이 있었다.

허둥지둥 뛰어가 렘과 함께 아이들의 안부를 확인한다.

쓰러져 있는 아이는 전부 해서 여섯 명. 의식은 없지만, 만진 몸은 따뜻하고 호흡도 붙어 있다.

"살아있어. ──살아있다고!"

때를 맞췄다고 쾌재를 올리는 스바루. 하지만 그 곁에서 렘은 엄중한 표정이다.

"아뇨. 지금은 아직 숨이 붙어 있지만, 쇠약이 심각해요. 이대로 두면……."

"쇠약…… 저주인가!"

다시 보자 아이들의 얼굴은 창백한데다 짧고 거친 호흡을 필사적으로 반복하고 있다. 이마에는 차가운 땀이 맺혔고 악몽에 시달리는 듯한 괴로운 표정으로 자고 있었다.

"모처럼 찾아냈는데…… 렘, 해주는 할 수 없어?"

"렘의 실력으로는 도저히. 하다못해 언니가 이 자리를 '보고' 있어주고 계시면……. 아무튼 일시적인 위안이라도 치유 마법을 걸겠습니다. 안정된 다음에 옮기기 시작하죠."

"알았어. 난…… 제길, 무용지물이군. 주위 경계를 하고 있지."

아무것도 못하는 자신의 무능함에 염증이 난다. 렘은 그런 스바루에게는 아무 말도 하지 않고, 대신에 푸르스름한 빛──치유의 마나를 손바닥에 맺어 아이들을 치료하기 시작했다.

주위에 눈길을 돌리면서, 치유의 파동에 잠든 아이들의 얼굴이 편안해지기 시작하는 걸 지켜본다. 이대로 안정되면 저택으로 데리고 돌아가 베아트리스에게 해주를 부탁해서——.

"스바, 루……?"

그때, 실눈을 뜬 소녀가 행동 예정을 머릿속에 짜 맞추고 있던 스바루를 불렀다.

스바루는 의식이 몽롱한지 시선이 불안정한 소녀의 손을 잡고서 말했다.

"일어났냐, 페트라. 좋아. 우리 페트라 착하구나, 강하구나. 하지만 무리는 마. 바로 데리고 돌아가서 괴로운 이유랑 바이바이 시켜줄게. 지금은 얌전히 쉬고……."

"한 명, 안쪽…… 아직, 안쪽에……."

"——어이, 뭐라고?"

토막토막 뭔가를 전하려고 하는 페트라.

그 단편적인 정보에 꺼림칙한 예감을 느낀 스바루는 다시 한 번 페트라를 불렀다. 하지만 도로 눈꺼풀을 감고 의식을 잃은 페트라에게 그 목소리는 닿지 않았다.

스바루는 잠든 페트라의 이마를 어루만지고 초조감에 쫓겨 아이들을 보았다. 그리고.

"아, 제길……. 진짜군. 댕기머리 아이가 안 보여."

이 자리에 자고 있는 여섯 명은 각자 낮에 엉겨 들어와 얼굴을 익혔던 아이들이다. 이 자리에 빠진 건 스바루와 강아지를 서로 소개시켜준 숫기 없는 여자애였다.

"썩을."

욕설을 뱉은 스바루가 머리를 쥐어뜯고는 일어섰다.

페트라와의 대화를 똑같이 보고 들었던 렘은 일어선 스바루의 태도에 초조하게 눈을 크게 뜨며 말했다.

"자, 잠깐만요. 너무 위험해요. 그리고 마수에게 끌려갔다면, 이미⋯⋯."

"네가 하고 싶은 말은 이해해. 이해한다고. 지나치게 이해할 정도야. 하지만 말이다, 렘. 너도 들었잖아. 페트라는 제일 먼저 또 한 명 끌려갔다고 말했어."

숨도 헐떡일 만큼 쇠약하고, 울고 싶을 만큼 괴로웠을 페트라. 그런데도 소녀는 "살려줘."라는 말을 하기보다 먼저 친구의 안부를 걱정한 것이다.

어리고 약한 여자애가 자기 몸보다도 친구를 우선한 것이다.

"⋯⋯난 페트라의 의기를 참작해주고 싶어. 구할 거면 전부 다 거둘 노력을 해야 마땅하지."

"욕심을 너무 부리다가 구해서 돌아올 수 있었을 것까지 놓쳐 버릴지도 몰라요."

"그러니까, 그렇게 되지 않기 위해서 렘이 있잖아?"

물고 늘어지던 렘이 머쓱해진다. 스바루는 놀라는 렘에게 보이도록 두 팔을 벌렸다.

"내가 이 자리에 있어봤자 아무것도 못해. 회복 마법은 못 쓰고, 애들을 한 번에 짊어지고 데려가는 것도 무리야. 그렇다면 나는 나 자신을 유효 활용해야 하지 않겠어?"

"그것하고, 렘이 무슨 관계가⋯⋯."

"애들의 체력을 유지하는 데 렘의 힘이 필요해. 아마 곧⋯⋯

마을의 청년단이 숲에 들어간 우리를 쫓아올 거야. 그러면 애들을 맡기고 날 쫓아와주면 돼."

숲에 마수가 있는 건 마을 사람도 알고 있을 터다. 따라서 장비와 조명은 충분히 준비하고 쳐들어올 터. 아이들을 그들에게 인도하고 저택으로 돌려보내면 된다.

"그사이에 나는 숲 안쪽을 보고 온다. 안쪽의 아이가…… 그 뭐냐, 최악의 상황이라면 나도 돌아올 거야. 하지만 만약 아직 희망이 있으면 나라도 시간 벌기 정도는 할 수 있어."

"상대가 얼마나 위험한지도 가늠하지 못했어요. 마을 사람이 언제 합류할지 알 수 없고, 최악의 경우 렘이 스바루 군을 발견하지 못할 가능성도."

스바루의 판단이 받아들이기 어려운지 렘은 스바루의 소매를 잡고 말이 차차 격해진다.

스바루의 몸을 걱정해주고 있는지, 불확실한 제안을 수락하고 싶지 않은 성격인지.

스바루는 전자라면 기쁘겠다고 생각하면서 렘의 손가락을 소매에서 떼어내고 손에 잡았다.

"괜찮아. 넌 나를 놓치지 않아."

"뭘 근거로……."

"근거라면 있고 말고."

웃은 스바루는 자신의 코를 손가락으로 만진 다음, 렘의 얼굴을 가리켰다.

"다른 누구도 알아채지 못하더라도, 너만은 내 냄새를 알아채

않아. 내 몸을 둘러싼 악취를, 죄인의 잔향을———. 그렇지?"

렘이 놀라서 눈을 번쩍 뜬다. 통쾌했다.

언젠가의 렘에게, 눈앞의 렘이 모르는 렘에게 앙갚음하듯이 웃어 보였다.

"스바루 군은…… 어디까지, 알고……?"

"글쎄다. 순 모르는 일뿐이라고. 모르는 일투성이라, 어제도 오늘도 내일도, 몇 번 반복해도 바라는 대답에 좀체 다다를 수 없어."

너무 반복하는 바람에 닳아 없어졌다고 생각할 정도였던 나날을 돌아본다.

그리고 그 나날을 웃어넘길 추억으로 삼을 수 있는 자신의 변화가 지금은 꽤 자랑스러웠다.

"네가 나한테 묻고 싶은 게 있는 것처럼, 나도 너한테 묻고 싶은 게 잔뜩 있어. 그러니까 전부 정리하면 얘기하자. 목이 마를 때까지. 약속이다."

그리고 억지로 손에 잡은 상태였던 렘의 손가락과 자신의 손가락을 얽었다.

서로의 새끼손가락이 얽힌 모습에 렘이 곤혹해하는 중에, 스바루는 그 얽은 손가락을 아래위로 흔들고 말했다.

"손가락 걸었다."

"지, 지금 건……?"

"내 고향의 약속 의식이야. *어기면 바늘을 천 개 먹이는, 지

---

* 어기면 바늘을 천 개 먹인다 : 일본에서 새끼손가락 걸고 약속할 때의 풍습. '손가락 걸고 약속. 거짓말하면 바늘 천 개 먹기.' 라는 문구를 읊는다.

옥의 의식이라고.”

정신없이 몰아치는 스바루 공간은 이미 렘의 이해를 넘고 있었다.

곤혹에 곤혹을 거듭해 말도 못하는 렘. 스바루는 손가락을 튕기고 이를 빛내며 고했다.

“난 렘을 믿고 있어. 그러니까 렘이 믿어줄 수 있도록 행동하고 싶어. 그러기 위한 약속을, 지금 하자.”

“ ＿＿＿＿.”

“말했지? 난 약속을 지키고, 지키게 하는 성격이라고. 에밀리아의 축복도 있지. 걱정하지 않아도 너끈하거들랑.”

“들랑이라니…….”

마침내 버티지 못한 렘이 어이가 없다는 한숨을 흘리면서 힘없이 웃었다.

스바루도 웃고 있는 렘을 따라 소리 죽이며 웃었다. 그리고.

“약속한 거예요. ＿＿정말, 여러 가지로 물어볼 테니까요.”

“오냐. 나한테도 너와는 제대로 주고받아야 하는 약속이 있으니. 머리카락 같은 것도 그렇지.”

“머리카락……?”

“네가 나를 여러 장면에서 빠안히 쳐다봐주던 이유 말야.”

스바루의 지적에 렘이 말을 잃고 눈을 크게 떴다. 그대로 그녀가 파란 눈에 죄책감을 머금고 입을 열었다.

“스바루 군. 렘은…….”

“괜찮아. 아무 착각도 안 했다고. 넌 문외한이 손대어서 너무 꼴사나운 내 머리가 마음에 걸렸고, 그 때문에 항상 날 보고 있었잖아. ……그렇지?"

루프가 시작되기 전 최초의 세계에서, 스바루와 렘은 한 가지 약속을 주고받았다. 람의 말이 계기로, 꼴사나운 스바루의 머리털을 렘이 가지런히 깎아준다는 약속이다.

지금의 스바루는 그때 한 말의 참뜻을 이해한다.

렘은 그때, 끝까지 숨기지 못한 스바루에 대한 불신감을 품고 있었던 것이다. 그 때문에 시선에 힘이 들어갔고, 람이 순간적으로 그것을 얼버무리려고 했다.

그 약속은, 거짓말을 발단으로 만들어진 것이었다. 지금은 그 사실을 알고 있다.

그러니까 스바루는, 거짓에서 시작된 약속을 참으로 만들어버리자고 웃었다.

"무사히 돌아가면 네 손으로 날 프로듀스해주라. 에밀리아가 무심코 나한테 홀랑 넘어가버릴 만큼 멋있게 부탁하마."

"……렘은 원래 소재 수준에 관여할 수 없는데요?"

"그런 사실은 좀 더 은근하게 말해주길 부탁합니다요!"

어디엔가 놔두고 왔었던 렘과의 대화.

스바루의 의도를 알아챈 렘이 그에 어울려준 것이 지금은 기뻤다.

바라던 행복한 나날을 재현한 스바루는 만족스럽게 끄덕였다.

"애들을 맡기면 곧바로 합류하겠습니다. 절대로 무모한 짓은 말아주세요."

"안심하라니까. 누가 뭐래도 오늘의 난 꽤 오니들렸으니까."

"오니, 들리다……?"

"신들린다의 오니 버전! 요즘의 내 마이 페이버릿!"

머리 위에 손가락을 두 개 세워 뿔을 흉내 내는 스바루의 포즈.

그 스바루의 경박한 허세를 어떻게 여겼는지, 렘은 포즈에는 아무 코멘트도 하지 않고 입을 열었다.

"조심해, 주세요."

렘의 배웅을 등에 받은 스바루는 숲 안쪽──페트라가 의식을 잃기 직전, 시선으로 가리킨 방향을 보고 높직한 언덕을 내려갔다.

"그럼 한 판 뛰어보실까요, 나츠키 스바루 님아."

자기 자신을 북돋우듯 말하고 약속을 나눈 새끼손가락을 세게 깨문 다음 뛰기 시작했다.

──앞에 기다리는 건 절망인가, 희망인가. 아니면.

몇 번이나 도달했었을 4일째 아침이, 지금은 멀다.

8

마음은 급하게, 그러나 발걸음은 신중히.

입안이 바싹 마르고 목이 얼얼한 긴장감. 숨을 죽이고 발소리를 죽이며 흑암 같은 숲을 경계하면서 나아간다. 그 발걸음에 망설임이야 있지만 앞으로 나서는 데에 대한 두려움이나 약한 마음은 눈에 띄지 않는다.

"렘에게 큰소리쳤으니 그렇단 것도 있다마는…….."

위험한 단독행동이지만 스바루는 이를 결코 승산 없는 도박이라고는 여기고 있지 않았다.

애당초 소인배인 스바루는 성격상 도박에 나서는 일 자체가 거의 없는 것이다. 그런데도 도전한 이상, 딴에는 근거와 승산을 찾아냈기 때문이 분명하다.

"말썽꾸러기들에게 저주를 걸었다는 놈이, 그냥 낮의 그 강아지라면."

'마수' 라는 무서워 보이는 글자와 반대로 강아지 본체의 전투력이 높을 리는 없다. 저주라는 위협에만 주목이 쏠리지만 실제로 이빨을 주고받는 장면이 된다면.

"아무리 그래도 지진 않지. 그렇겠지……?"

승산을 상대의 작은 덩치에 기대해서 찾는 한심스러운 방법이긴 했지만.

속 편한, 낙관적인 사고라고도 여겨지지만, 긍정적인 사고를 바라는 것이 잘못이라고는 생각지 않는다. 하여튼 이 세계는 스바루에게 팍팍하게 흘러가기 십상이다. 나쁜 상상을 거듭하고 있는데 의기양양하게 그 상상을 더 웃도는 절망을 던져오는 게 눈에 선하다.

세계의 일그러진 친애 표시에 스바루는 탄식을 참으면서 어깨를 축 늘어뜨린다. 그때.

"——큭!"

스바루는 갑자기 발생한 위화감에 숨을 죽이고 발길을 멈추었다.

분위기가 바뀐다는 감각이 여실하게 피부로 전해져 이마에 흐르는 땀의 온도가 급격하게 저하한다.

떨리는 콧구멍에 바람이 날아 온 것은 진행 방향에 맴도는 농밀한 짐승 냄새다. 울창한 풀과 흙의 냄새뿐이던 공간에 지금은 생물 특유의 비릿함이 만연해 있었다.

꺼림칙한 예감이 자극받는 것을 막지 못한 채로 스바루는 숨을 죽이고 앞으로.

나무들 틈새로 살그머니 얼굴을 내밀어 맴도는 냄새의 원인쪽을 보고──숨을 삼켰다.

"─────."

시선 앞에 아주 약간 나무들이 트인 공간이 있고, 바람과 부식이 원인으로 쓰러진 나무가 눈에 들어왔다. 그 쓰러진 나무 옆에 작고 가는 하얀 다리가 널브러져 있는 것이다.

목을 길게 빼고 들여다본 스바루는 그 다리의 주인이 넝마가된 의복을 두르고 풀어져버린 갈색의 댕기머리를 한 소녀임을확인한다. ──찾았다.

"─────."

스바루는 숨을 멈추고 생각에 잠긴다.

예의 소녀임에 틀림없다. 단지 엎드린 몸은 꿈쩍도 하지 않아의식이 없는 건 물론, 숨이 붙어 있는지도 확인할 수 없다. 소녀의 주위에도 가볍게 눈길을 주지만 아무래도 소녀를 끌고 간 마수의 모습은 근처에 없는 모양이다.

사냥감을 데리고 돌아가 그것을 방치해놓고 간다. 그 부분에 위화감은 있다. 있지만.

"천재일우의 찬스라면 어쩌지……."

여기서 꽁무니 빼는 사이에 소녀를 구해낼 절호의 기회를 눈 뜨고 놓칠 위험성이 있었다. 더구나 마수가 돌아오면 스바루가 대적할 수 있을 상대일지 아닐지 가능성은 반반이다.

——어째서 이 자리에 있는 게 나츠키 스바루인 걸까.

예를 들어 로즈월. 예를 들어 베아트리스. 예를 들어 라인하르 트.

영웅에 걸맞은 힘을 가진 그들이라면 이런 상황도 쉽사리 돌 파했을 것이다.

하지만 이 자리에 있는 건 나츠키 스바루다.

나츠키 스바루는 기적을 원하는 쪽이다. 스스로 기적이 되는 것이 가능할 리 없다.

렘을 기다려 확실함을 꾀해야 한다고 정상적인 사고가 호소한 다. 그런데도 생각해버린다.

——에밀리아라면, 분명히 망설이지 않겠지.

그렇게 생각한 순간 떨리던 스바루의 다리가 가라앉았다. 임 박한 선택에 빨라지던 고동이, 거칠던 숨이 평정을 되찾는다.

스바루는 초목을 헤치며 눈앞의 공간에 뛰어들고는 곧바로 소 녀 쪽으로 간다. 쓰러진 나무 그늘에 옆으로 쓰러져 있는 조그 만 몸을 안아 일으켜 가벼운 몸의 고동을 확인한다.

──가냘픈 숨이 있었다. 희미하지만 확연한 고동이 뛰고 있었다.

"⋯⋯다행이다."

이 여자애를 못 본 체 내버리는 선택을 하지 않고 끝나서, 정말로 다행이다.

가느다란 호흡과 맥은 소녀 또한 저주의 영향을 받고 있기 때문인가. 그렇다면 한시라도 빨리 치료 마법과 해주가 필요하다.

체력에는 자신감이 없지만 소녀 한 명 정도라면 메고 숲을 걸어 나가는 것쯤은── 스바루가 그렇게 결단해 일어서려고 했을 때다.

"────."

갑자기 등줄기에 한기가 들어 스바루는 퍼뜩 뒤를 돌아보았다.

──덤불을 버스럭거리고 초목을 넘어, 흙이 드러난 땅바닥을 밟은 네 발 짐승이 있었다.

검고 짧은 체모의 짐승이다. 외견은 원래 세계의 도베르만에 가깝지만, 체구는 스바루가 아는 그것보다 두 아름은 더 크다. 발끝은 갈고리 발톱처럼 날카롭다. 입을 다물어도 완전히 갈무리되지 않는 이빨에서 침을 뚝뚝 흘리고, 낮게 으르렁대면서 핏발 선 눈이 스바루를 노려보고 있었다.

마견(魔犬), 혹은 마수. 그 호칭에 걸맞은, 흉흉한 모습이다.

"⋯⋯얘기가, 다르다고, 어이."

저도 모르게 푸들거리는 뺨이 메마른 웃음을 띠려 한다.

눈앞에 모습을 보인 마수는 스바루가 예상하고 있던 소형견 사이즈의 개체와 명백히 달랐다. 덧붙여서 이 타이밍에 모습을 보였단 뜻은.

"이 아이를 미끼로 삼아, 내가 낚이기를 대기하고 있으셨다……?"

야생의 본능인지, 짐승이라고는 여겨지지 않는 지능 회전에 전율을 느끼지만, 다소 납득 가지 않는 점도 눈에 띈다. 하지만 지금의 스바루에겐 그쪽에 생각의 비중을 둘 여유가 없다.

시선으로만 주위 낌새를 살피지만, 렘이 합류해줄 기척도, 마수를 그냥 지나쳐 도망칠 만한 곳도 없다. 무엇보다 마수가 머리를 낮추고 다리를 굽히는 자세를 시작했다.

주저할 시간은 없었다.

"쳇……. 제길, 올 테면 오라고!"

내뱉으면서 상의를 벗어 재봉 잘된 그것을 왼팔에 빙글빙글 감는다.

맹수와 대치할 때 가장 주의해야 할 흉기는 이빨이다. 두툼한 천을 팔에 감고 그곳을 물게 해 부상을 막는 건, 네 발 짐승과 맞서는 데 있어 최저한의 대비라고 할 수 있다.

일전에 원래 세계의 TV에서 경찰견의 훈련을 방송했었던 기억을 떠올려, 창졸간에 그것을 흉내 낸 것이다. 왼팔을 내밀고 덮쳐들 틈을 재고 있는 마수를 노려본다.

마수가 자세를 낮춘 채 움직이지 않자, 스바루는 속이 타는 느낌에 재차 외쳤다.

"뭘 여유 부리고 자빠졌어! 자! 덤벼! 덤……."

사라졌다.

훅. 눈앞에 있었을 마수의 모습이 어둠에 녹아들듯이 사라졌다.

경악으로 목이 얼어붙는다. 스바루는 되는 대로 내밀었던 왼팔을 어디 돌릴지 망설이다가——다음 순간, 두툼한 옷감을 날카로운 이빨이 찢더니 마수는 안의 살점 깊숙한 곳까지 물어뜯어왔다.

"악——!"

찰나, 시야가 새빨갛게 물들 정도의 격통. 찌르는 통증이 직접 신경을 두드려 팬다.

그러나.

"——프지 않아!!"

왼팔에 힘을 담아 근육을 조인다. 자연히 틀어박힌 이빨이 빠지지 않게 되고, 동여맨 상의의 효과와 어우러져서 마수의 움직임이 완전히 제지된다.

붉은 두 눈과 스바루의 시선이 뒤얽힌다. 짐승의 압도적인 적의에 삼켜지는 듯한 기분으로 외친다.

"물었구나. 이, 덜떨어진 바보가아——!"

스바루는 왼팔째 마수의 몸을 부둥켜안고 힘껏 몸을 돌렸다. 원심력으로 마수의 체구가 떠오르고, 선회하는 기세로 그 등을 배후의 쓰러진 나무——튀어나온 나뭇가지에 내리쳤다.

"————으."

날카로운 나뭇가지가 가죽을 찢고 살을 꿰는 둔탁한 소리. 그리고 짐승의 단말마가 밤의 숲에 울려 퍼진다.

등 쪽으로 꼬치가 된 마수는 찍어 누르는 스바루의 팔 안에서 잠시 동안 버둥거렸지만, 그러다가 축 힘이 빠지더니 움직이지 않았다. 스바루도 그 자리에 무릎을 꿇었다.

"이겼……나?"

생기 없는 마수의 눈을 본 스바루는 중얼거린 다음 마수의 이빨을 팔에서 뽑았다. 피와 침으로 더럽혀진 상의 아래 왼팔은 지독한 몰골이었다.

상처를 직시하는 바람에 통증이 신경을 침식하기 시작해 스바루는 말로 할 수 없는 소리를 질렀다. 그래도 얼굴을 찌푸리면서 안도감에 깊은 한숨을 뱉었다.

렘의 힘이 없이도 어떻게든 궁지는 벗어날 수 있었다. 풀린 상의를 시간을 들여가며 왼팔에 도로 감아 이번엔 지혈대로서 이용한다.

무사히 팔이 움직이는 걸 확인하고, 이번에야말로 소녀를 안아 든다.

"아파……. 그래도 살아 있단 증거지. 제길. 좌우지간 마을로 돌아가서……."

거기까지 말하다가 끊겼다. 알아채고 말았기 때문이다.

──물씬 풍기는, 숨이 턱 막힐 듯한 짐승의 낌새가 다시 맴돌기 시작하는 걸 온몸이 포착했다.

돌아본다. 바스락거리는 풀숲. 그리고 스바루는 중얼거렸다.

"어이어이, 거짓말이지……."

밤의 숲을 형형히 가르는 붉은 두 눈── 그 광점이 세지도 못할 숫자로 정면 나무들의 군집 너머에서 엿보고 있는 게 보였다.

세는 것도 징그러운 그것들은 필시 손가락 발가락을 다 합쳐도 모자랄 것이다.

정신 들고 보니 스바루는 두 팔을 벌리며 우뚝 서 있었다.

무수한 광점에 항복한 것이 아니다. ──등 뒤의 소녀만은 감싸려 하고 있었다.

"────."

말없는 각오에도 짐승들은 아무런 감정을 갖지 않는다.

붉은 광점은 스바루의 의사 따위 무시하고 일제히 덮쳐들어왔다.

"으오오──!"

깨닫고 보니 스바루의 목이 부르짖고 있었다. 체념을 받아들이지 못하겠다고 포효한다.

그것만은 눈앞의 광점 어느 것에도 지지 않겠다고 기백만은 굽히지 않는다. 글자 그대로 엄포고 속 빈 강정 같은 허세. 마수의 이빨이 부르짖는 스바루의 숨통을 물어뜯──

"────."

──눈앞에서 마수의 머리가 과일처럼 터지는 것을 보았다.

지척에서 벌어진 박살(撲殺)에 피보라가 날려 바로 정면에 있던 스바루도 머리부터 그 선혈을 뒤집어쓴다.

그 직후 머리를 잃은 마수의 몸이 기세만은 그대로 스바루에게 격돌. 뒤로 날려가 구른 스바루가 통증과 피의 불쾌감에 머리를 흔들고 일어섰다.

──대체 무슨 일이 벌어진 것인가.

"아이들은 무사히 마을로 돌려보냈습니다. ──시간 벌기, 수고했어요."

우아하게 펄럭이는 치맛자락. 파란 머리의 소녀가 하얀 에이프런 드레스를 한 손으로 가볍게 잡고 반대쪽 손으로 흉악한 철구를 이끌며 숲의 전장에 내려섰다.

"렘, 위험──!"

고대하던 원군의 도착에 기뻐한 것도 순간. 사슬 소리를 울리는 렘을 향해 집단의 선두로 나선 마수 두 마리가 그 호리호리한 몸에 덮쳐든다.

창졸간에 소리를 지르는 스바루 앞에서 렘은 완만하게 보이는 스텝으로 몸을 돌린다.

"──쉭!"

쇠로 된 손잡이를 잡은 오른팔을 옆으로 후리고, 그 선회운동에 사슬이, 철구가 뒤따른다.

둔중할 터인 파괴병기가 무시무시한 기세로 회전해 휘두른 팔의 궤도상에 있는 모든 것을 산산조각 내며 후려친다. 나무들이 옆으로 쓰러지고 나무줄기를 부러뜨리는 위력이 마수의 몸통을 직격. 그대로 몸통이 두 동강 날 만큼 날아가 숲의 비료로 돌변한다.

그리고 일순간에 파트너가 살해당한 남은 한쪽은, 분노를 이빨에 담아 텅 빈 렘의 왼쪽 반신에 일격을 주기── 직전, 렘의 왼쪽 주먹이 마수의 콧등을 바로 위에서 격추.

주먹의 위력이 짐승의 두개골을 함몰시키고, 머리가 땅바닥에 파묻힐 정도의 권타로 즉사시킨다.

산뜻하기까지 한 솜씨였다. 렘의 파괴력은 몸으로 알고 있다고 생각했었지만, 그게 그야말로 '생각'에 불과했음을 통감한다.

"세, 세다아아아아아아!"

"여자애한테 그런 말은 어떨까 싶어요, 스바루 군."

"어휘력 딸리는 난 이 말밖에 못 한다고! 진짜, 너 쩐다!"

상상을 초월하도록 렘이 믿음직해서 스바루는 몸을 튕겨 일으키고 소녀를 팔로 안았다. 그대로 렘의 배후로 뛰어들어 슬금슬금 주위를 에워싸는 마수의 무리를 살폈다.

무리 중 두 마리를 잃은 마수들의 움직임은 굼뜨다. 이쪽이, 나아가서는 렘이 어떻게 나올지를 살피듯이 몸을 낮추고, 눈에 강한 적의와 경계심을 품은 걸 알 수 있다.

"……덧붙여서 렘, 실은 혼자서 전멸 노릴 수 있다거나 해?"

"숫자에는 장사 없음. 숫자로 밀리면 막힐 뿐이에요."

"아무래도 그렇겠죠──. 그렇다면……."

마수 무리가 기다리다 지쳐서 덮쳐들기 전에, 스바루와 렘은 호흡을 맞춘다.

동시에 시선을 향하는 위치는 동일──빠진 세 마리 몫만큼,

포위망의 그물이 성긴 부분.

"저곳!"

스바루의 외침에 렘의 일격이 호응한다.

대기를 뚫고 살육에 갈채를 보내는 철구가 으르렁댄다. 철구는 마수 무리가 밀집한 곳 바로 코앞의 대지를 폭쇄해 흙덩어리와 분진을 피워 올린다. 흙모래의 폭포에 짐승이 동요하는 기척.

"지금——!"

잇따른 렘의 외침에 스바루의 몸은 발로 걷어차인 듯 뛰기 시작한다.

목적은 지금 일격으로 포위망이 억지로 벌어진 밀집 지대의 일점돌파——.

틈새로 뛰어드는 스바루를 쫓아 길을 양보한 마수들이 포효를 지른다. 하지만 따라 붙으려는 마수는 족족 뒤에서 꿈틀대며 덮치는 쇠뱀의 먹이가 될 뿐이다.

"으어어어, 트라우마 사운드——!"

난무하는 사슬 소리에 왼쪽 절반이 날아간 기억을 회상하면서 스바루는 전력질주.

뒤쪽에선 철구가 맹위를 떨치며 밤의 숲에 피꽃을 여러 송이 활짝 피운다.

선혈을 방치하고 어정쩡한 발판을 짓밟으며, 방대한 적의에 노출되면서도 숲 안으로 뛰어든다. 나무뿌리를 뛰어넘고 나뭇가지에 뺨을 얻어맞아가며 소리친다.

"렘, 길을 모르겠어!"

"똑바로 정면이에요. 결계를 빠져나가면 승부가 나요. 마을의 화톳불을 목표로 해요!"

'똑바로'라고 해도 말이 나온 그 정면이 위태롭다.

아주 조금 앞밖에 보이지 않는 암흑이 이만큼 방향감각을 뒤틀리게 할 줄은 몰랐다. 손으로 더듬거리며 앞을 나아가려 해도 양손은 소녀의 무게로 막혀 있다.

숨이 가쁘다. 길을 잃지 않았을까, 따라잡히지는 않을까. 불안만이 치밀어 오른다.

왼팔의 감각이 무디고 상의의 천에서 핏방울이 끊임없이 뚝뚝 떨어진다. 땅에 떨어지는 물방울은 스스로 추적자에게 이정표를 남기는 듯한 착각마저 느끼게 한다.

비슷한 경치가 이어져 자신이 마치 한 발짝도 나아가지 못한 듯한 감각에 빠진다. 초조감이 가슴을 태우고, 약한 마음에 무릎이 스러질 것만 같다. 하지만 그때마다.

──배후에서, 사슬이 치렁대는 소리가 스바루를 독려하는 것이다.

그 소리를 들을 때마다 스바루는 어금니를 깨물고 앞을 바라본다.

"아아, 제길! 옆구리가 땡겨──!"

엉뚱하게 화풀이하는 외침으로 자기 자신을 고무하며 발을 놀린다. 계속 달린다.

앞으로, 앞으로──!

그리고 갑자기 스바루의 눈앞에서 어둠이 트인다.

시야가 넓어지고 갑작스러운 일에 무심코 눈을 가늘게 뜬 눈앞. 멀찍하게 인공의 등불이 켜져 있는 것이 보였다.

"렘! 등불이야! 마을 누군가의…… 결계에 도착한다!"

글자 그대로 광명의 출현에, 스바루는 고개를 뒤로 돌려 환희를 전했다.

하지만 스바루는 직후에 꼼짝 않고 그 눈을 부릅뜨게 되었다.

배후에서 스바루의 등을 지키면서 싸우던 렘의 모습은 장절하다고밖에 말할 수 없었다.

풀을 먹이고 곱게 맞춘 메이드복은 이곳저곳 발톱과 이빨로 찢기고 그 안의 하얀 살갗에도 참혹한 열상(裂傷)이 새겨져 있다. 화사하던 파란 머리는 흐트러질 대로 흐트러지고, 뒤집어쓴 피의 양이 너무 많아 원래 색깔을 판별할 수 없을 정도다.

격전을 설명하는 렘의 모습. 그리고 그 렘이 지금 숨이 닿을 거리로 접근해 스바루 쪽으로 손을 뻗었다.

"렘——?!"

뻗은 렘의 손이 스바루의 등을 밀었다. 달리는 기세 이상의 속도가 더해지는 바람에 앞으로 고꾸라지면서 나가떨어졌다. 순간적으로 팔 안의 소녀를 껴안아 충격에서 지켰지만, 대신에 앞 구르기하듯이 지면에 처박힌 스바루는 낙법도 취하지 못하고 온몸을 찧었다.

통증과 입안에 모래의 맛을 느끼면서, 스바루는 지금 순간의 폭거에 대해 렘에게 캐물으려고 하다가—— 할 말을 놓쳤다.

"거짓말이지……."

중얼거리는 스바루의 눈앞에 어마어마한 기세의 토사류(土沙流)가 오른쪽에서 왼쪽으로 떠내려간다.

바람이 흙을 휘감아 모래와 진흙을 감아올리고, 나무들을 뿌리부터 뽑아내어 숲의 지형이 바뀐다. 폭력적인 광경 앞에서 스바루는 토사류의 출발점 쪽으로 눈길을 주고 숨을 집어삼켰다.

——노르스름한 인광을 두르고 마력을 전개하는 조그만 마수의 모습이 거기 있었다.

숲에 들어가기 전에 렘이 스바루에게 한 말이 떠오른다.

——마수는, 마력을 가진 인류의 외적이라고.

저주를 쓸 수 있다고 하지 않았다. 마력을 가졌다고 말했다. 즉, 마법을 쓸 수 있는 것이다.

"——레, 렘?!"

너무 늦은 이해에 도달했을 때, 스바루는 뒤쪽에 있었을 렘의 모습이 없는 걸 깨달았다. 렘이 스바루를 떠민 것이 토사류로부터 지키기 위해서였다는 사실도.

그리고 그 대신.

"————."

모래와 돌의 향연이 밤하늘 높이 급사복을 입은 소녀의 몸을 쏘아올리고 있었다.

흙모래의 난폭한 환영을 받은 렘의 조그만 몸이 나뭇잎처럼 가볍게 날았다. 피보라를 흩뿌리며 무방비하게 나는 모습은 명백히 허용량을 넘은 대미지를 받은 증거다.

그대로 렘의 몸은 낙법도 취하지 못하고 지면 위에 화려하게 낙하한다. 유일한 요행은 토사류가 뒤집어엎은 대지가 낙하한 소녀의 머리를 깨부수지 않았단 점뿐이다.

"레…… 바보 자식! 너, 이런…… 난, 이래선……!"

'뭘 위해서'라고, 그렇게 외치려던 순간 스바루의 등줄기가 얼어붙었다.

아마도 같은 감각을 맛본 것이리라. 토사류를 쏜 소형의 마수도, 그리고 쫓아온 추적자 무리도 일제히 그 움직임을 멈추었다.

예상이 있었다. 확신이 있었다. 농밀한 '죽음'의 기척만이 감돌고 있었다.

──천천히, 쓰러져 있던 렘의 몸이 일어서고 있었다.

그토록 화려한 공격을 받았는데도 일어서는 렘의 거동에는 부상의 기척이 눈에 띄지 않는다. 그러기는커녕 받은 상처가 잠깐 보는 사이에 아물어버린다.

무시무시한 회복력이 고열을 일으켜 피가 증발하며 붉은 증기가 피어올랐다.

빙글. 렘이 주위를 오시한다. 그 눈에서 이성이 사라져 있었다.

적의 피로 범벅된 얼굴이 황홀한 웃음으로 일그러진다.

그리고 스바루는 보았다.

"──오니(鬼)다."

──머리장식을 잃어버린 이마로부터, 하얀 뿔이 돋아난 렘

의 모습을.

"아하, 하하하———."

마치 앳된 소녀 같은 웃음소리. 그것은, 노골적인 잔혹성 때문에 넘쳐 나온 홍소였다.

몸을 휘돌리며 바람에 올라탄 렘의 몸이 마수 무리로 돌진. 발을 멈추고 있던 선두의 마수가 반응하기보다 먼저 렘의 뒤꿈치가 짓뭉갠다. 렘은 밟아 죽인 짐승의 몸을 앞으로 걷어차 다른 마수를 견제하며 철구를 치켜들고——— 피의 꽃과 마수의 주검을 양산하기 시작한다.

"마수! 마수! 마수! ———마녀!"

외침과 함께 압도적인 힘을 휘두르면서 잇달아 마수를 매장하는 렘.

피가 터지며 두개골이 바수어지고 내장과 뇌장이 무시무시한 기세로 숲에 뿌려진다.

스바루는 무릎을 꿇고 아픔도 잊고서 그 광경을 바라보았다.

지금 목소리를 낼 용기가 없다. 그럴 리가 없는데, 지금의 렘의 의식 속에 끼어들어갔다간, 스바루여도 살해당해버릴 느낌이 든다.

그게 착각이라고 생각할 수 없을 만큼, 지금의 렘은 상궤를 벗어난 듯 비쳤다.

광란하는 렘에, 상황에 삼켜진 스바루.

하지만 마수들도 앉아서 죽음을 기다리지만은 않았다.

처음의 충격에서 해방된 뒤, 마수들도 포위망을 변형시키면서 렘의 빈틈을 엿보고 있다. 일격마다 송장 숫자를 쌓아올리면서 발톱과 이빨을 조금씩 렘에게 새겨간다.

원래부터 숫자에는 장사가 없는 것이다. 이미 처음 마수 무리의 숫자 정도는 뭉개졌을 테지만, 이동 중에 무리 숫자를 늘린 붉은 광점은 끊임없이 잇달아 솟아나오고 있었다.

"아무리 최강 모드라도 무한 리젠을 상대해서 한없이 버틸 리가⋯⋯."

정신없는 상황의 변화. 그러나 여전히 스바루와 렘이 불리한 것은 변하지 않는다.

그 사실을 객관적으로 이해한 스바루는 재차 마력이 높아지는 기척을 피부로 느끼고 돌아봤다.

렘과 마수 무리의 전장으로부터 살짝 거리를 둔 강아지 마수가 마법진을 전개. 대기 중의 마나를 모조리 빨아들여 세계를 일그러뜨리는 간섭을 다시 발사하려는 중이었다.

마력의 소용돌이를 감지한 렘이 튕기듯 얼굴을 들어 그 위협에 대처하고자 철구를 치켜들어 힘을 모은다. ──그러나.

움직이기를 멈춘 렘을 놓치지 않고 마수 무리가 일제히 그 등에 덮쳐든다.

"────윽!"

창졸지간이었다. 뭔가를 생각하기보다 먼저 렘의 등에 손을 뻗고 있었다.

떠밀려나간 충격에 숨을 삼킨 렘의 표정이 동요와 경악으로 굳는 것을 보았다.

이성이 사라져 있던 눈에 감정이 돌아오고, 흉소(凶笑)가 무너지며, 여자애다운 표정이 흘러나온다.

──아아, 그런 얼굴도 할 수 있구나. 의식 한구석으로 그런 생각을 했다.

"──꺼어어어어!!"

그 직후──렘을 밀쳐낸 스바루의 팔, 그 손목 부근이 으스러지도록 물렸다.

절규. 오른발이, 왼쪽 옆구리가, 등이 동시에 이빨이 박히는 감촉을 느낀다. 시야가 새빨갛게 물들었다. 아픔, 그것을 인식할 수 없다. 발목이 으스러진다. 배의 살점이 떨어져나간다. 피가, 내용물이 새어 나온다. 흘러나온다. 아깝다. 혈육이.

"스바루 군──!!"

비명 같은 목소리가 들린다.

들린 쪽으로 고개를 쳐들려고 해도 이미 몸이 자유롭게 움직이질 않는다. 균형이 무너졌다. 으스러진 것과 반대쪽 발목도 절반쯤 뜯겨나가는 바람에 상처의 균형이 적절해진다. 지면에 쓰러졌다. 바로 눈앞에 이빨이 줄지은 구강이 짓쳐든다. 숨통에 다가드는 이빨. 그것이 눈앞에서 철구와 땅바닥 사이에 끼어 찌부러진다. 피가 튄다. 자신의 피일까, 아니면.

의식이 날아가려 한다. 사라졌을 때, 어떻게 될지 알 수 없다.

목숨이 빠져나간다. 스스로도 미련한 짓을 했다고 생각한다. 재시도한 의미가 없어진다고, 그 생각에 너무 구애된 끝에 이래서는 본말전도다.

아프다. 괴롭다. 아프다. 보이지 않는다. 들리지 않는다. 목숨
이 줄어간다.

구멍이 뚫린 옆구리로부터 모래시계의 모래처럼 목숨이 흘러
내린다.

사라진다. 끝난다. 전부 다——. 나는.

"죽지 마요, 죽지 마요, 죽지 마요——!"

울 것 같은 목소리.

울음소리.

나는——.

제4장 『오니들린 행동』

1

의식은 아득하니 파도 사이를 떠돌고 있다.

출렁이는 파문. 선잠 속. 꿈과 현실의 틈바구니에서 의식은 부침(浮沈)을 반복한다.

"――할 방법은, 그밖에는."

"――뿐인 것이야. 나머지는 너 좋을 대로 하도록 해."

멀리서, 아니 가까이서, 저편과 이편의 경계선에서 누군가의 대화하는 목소리가 들린다.

매달리는 목소리, 내치는 목소리, 울먹이는 목소리, 감정을 얼린 목소리. 목소리.

별안간 손바닥이 부드러운 감촉에 감싸인다.

그것이 누구 손의 감촉이라고, 이미 몇 번쯤 닿은 기억으로부터 떠오른다.

이 온기를 원해서, 되찾고 싶어서, 꿈을 꾸지 않았던가.

손바닥의 감촉이 갑자기 멀어졌다.

이쪽의 손에서 떨어져, 멀리, 멀리. 건드리지 못할 만큼 높이,

높이.

그리고.

"──반드시, 구하겠습니다."

그런 강한 결의만이 남고, 버려졌다.

전부 다 사라진다. 두고 간다. 가버린다. 멀리, 멀리.

그리고──.

2

강제적으로 의식을 차단당하고 이렇게 깨어나는 건 벌써 몇 번째 경험일까.

스바루는 낯선 천장의 무늬를 보면서 멍하니 그렇게 생각했다.

"어어으, 아프다…….."

의식이 각성해 드러눕고 있던 상반신을 일으키려 한 순간, 옆구리가 당겼다.

아픈 배를 만지려다가 움직인 왼팔에 위화감이 폭발. 느낀 위화감을 그대로 남기며 왼손을 얼굴 앞으로 옮겨서 그 몰골을 목도하고 이해가 갔다.

하얀 상처 자국이 왼팔의 손끝부터 손목에 이르기까지 가득 메우고 있었다.

위화감이 있는 건 팔뿐만이 아니다.

옷자락을 걷자 당기는 옆구리에도 똑같은 상처 자국. 나아가 선 양쪽 발목, 오른팔의 상박과 어깨 주변, 겸사겸사 엉덩이까지 일일이 꼽을 수가 없다.

이 전부가 마수의 이빨이 박히고 으스러져 생긴 부상의 기념이라면.

"분명히 죽은 줄, 알았는데 말야······."

덮쳐진 렘을 감싸며 온몸에 마수의 이빨을 맞은 것이다.

맹수의 턱은 스바루의 육체를 넝마조각처럼 찢어발겼다.

피와 내장, 목숨이 빠져나가는 것을 실감해 끝났다고 반은 확신했었다.

"가까스로 목숨을 건지고, 치료받은 다음이란 건가······."

스바루는 손끝 움직임을 확인하면서 휘적휘적 주위에 눈길을 돌렸다.

낯선 천장에 허술한 침상. 로즈월 저택의 방이라고는 여겨지지 않는 좁은 방이다. 그리고 입구의 바로 옆——목제 의자에 앉아서 고개를 숙이며 자고 있는 소녀의 존재를 눈치챘다.

"——에밀리아."

부름에 답할 기색은 없다.

괭이잠을 자는 에밀리아의 잠은 깊은지 숨소리의 심도는 상당했다. 아름다운 은발이 드물게도 흐트러졌고, 무엇보다 입은 옷 이곳저곳에는 피와 진흙 자국이 진득하게 남아 있다.

부상당한 자신. 침대에서 아침을 맞이한 것. 바로 옆에서 자는 에밀리아. 그리고 에밀리아의 몰골로부터 머리가 둔한 스바루라도 금세 상황을 파악할 수 있었다.

"난 또, 이 애한테 빚을 지고 말았나……."

"글쎄. 이번 경우, 넌 노력에 걸맞은 성과를 올렸다고 생각하니 리아도 빚졌니 마니 생각은 안 할걸."

중얼거리는 쉰 목소리에 답하는 말소리가 있어 스바루가 그쪽으로 고개를 돌렸다. 그러자 잠자는 에밀리아의 머리털에서 기어 나와서 이쪽으로 부유해 다가오는 팩의 모습이 있었다.

"여, 잘 잤어? 스바루. 불편한 곳은 없고?"

"글쎄다. 상처가 좀 죄는 감각은 있지만, 목숨 건지고서 불평은 안 해. 몸에 흠집 남은 것도 남자니까 빽빽거릴 맘은 없고."

전투에서 입은 부상은 명예로운 부상이란 소리를 떠들 작정이야 없지만, 온몸에 사라지지 않고 남을 하얀 상처 자국에 대한 감개는 그뿐이다.

스바루에게는 그보다도 상처 자국의 원인 쪽이 더 마음에 걸리는 내용이었다.

"걸맞은 성과라고 하는데—— 실제로 그 후엔 어떻게 됐어? 솔직히 난 숲에서 개들한테 와작와작 당한 때부터 기억이 없다만."

"와작와작이라니 귀여운 표현인걸. 후송됐을 때의 널 보고 있던 입장으로선, 좀 더 뭐랄까 '콰작뿌직꾸드득으득뿌득뻐걱푸악—' 한 느낌이었어."

"그 효과음이라면 틀림없이 죽었다고. 팔 대여섯 개는 부족한 패턴이지."

"응. 그래서 뭐, 잉여 대미지 만큼 파란 머리 메이드 아이도 지독한 꼬락서니였지."

가볍게 느긋한 투로 한 말에 스바루의 목이 무심코 얼어붙었다.

그런 스바루의 반응에 팩은 "다만." 하고 운을 떼며 덧붙였다.

"그 아이의 경우에는 오니화의 영향으로 상처가 떵떵 나으니까. 마을까지 스바루를 메고 돌아온 시점에서 두드러진 외상은 없었어. 치유 마법을 걸 필요도 없을 정도지."

"괜히 쫄게 만들지 마라. ……아무튼 렘도 마을에 돌아온 거군. 그리고 또 한 명, 나랑 함께 옮겨진 아이는."

"있었으니까 안심해도 돼. 아이들은 전부 해서 일곱 명. 스바루의 판단은 틀림없는 정답이었어."

팩이 입으로 짝짝 소리를 내면서 소리 나지 않는 손바닥을 마주쳤다. 부드러운 볼살 때문에 박수도 칠 수 없는 모습에 입가에 미소가 맺히려 하지만, 스바루는 머리를 흔들어 잡념을 쫓았다.

"팩, 마을에 돌아온 아이들의 해주는 어떻게 됐지?"

"그것도 안심. 마법으로 체력도 대략 회복되었고, 해주도 나랑 베티가 잘 했으니까 문제없어. 아이들의 저주는 확실하게 해주되었어."

단단히 보증한다는 양 가슴을 두드리는 팩. 그 모습에 스바루는 깊게 숨을 몰아쉬고 자신의 행동이 무의미해지지 않았단 사실에 안도했다.

그 뒤에 스바루는 가슴에 손을 얹으면서 자는 에밀리아 쪽으로 운을 떼어본다.

"그래서 에밀리아는…… 하룻밤 내내, 여기에?"

"얌전히 기다리자고 말했지만 들어주질 않아서 말이야. 스바루를 치료하느라 오드까지 축내서 소모했으니, 자도록 놔둬줄래?"

"오드……라면?"

들은 적 없는 단어에 스바루가 고개를 모로 꼬자 팩은 수염을 튕겼다.

"대기 중에 가득 찬 마력이 마나. 오드는 반대로 생물이 본래 몸 안에 축적하는 마력이지. 개인차는 있지만 총량은 정해져 있고 글자 그대로 몸을 축내는 꼴이 되니까, 리아에게는 가능한 한 쓰는 걸 삼가도록 말했었는데……."

말을 우물거리는 팩의 태도에 스바루는 에밀리아가 어떻게 행동했는지 쉽게 상상이 갔다.

애당초 한밤에 팩을 불러내는 건 계약 외인 것이다. 그러나 해주하기 위해서는 팩과 베아트리스의 손을 빌리는 것이 필수고, 에밀리아라면 그것을 주저하지 않을 것이다.

타인을 위해서 상처 입는 것도, 손해 보는 것도 마다 않는다. 그렇기 때문에 사랑스러운 것이다.

"여긴, 마을 누군가의 집이지? 밖에 나가봐도 괜찮아?"

에밀리아를 깨우지 않을 생각이면 팩과 작은 소리로 대화하는 것도 슬슬 접을 때다.

침대에서 반신을 내리고 물어보는 스바루에게 팩이 긍정의 끄덕임으로 받았다.

"몸을 좀 움직여서 잘 나았는지 경과를 확인해 보는 편이 좋으니."

팩의 허가를 받은 스바루는 방 밖으로 발길을 옮겼다.

도중에 에밀리아 옆을 지나치기 전, 은발 소녀에게 정중하게 고개를 숙인다. 숙이다가 에밀리아의 자는 얼굴이 보여 장난치고 싶은 기분을 필사적으로 참은 다음, 밖으로 나갔다.

"아아, 뭐, 당연하다면야 당연한가."

방을 나와 정면에 있던 현관을 나가 건물 밖에 얼굴을 내민 시점에서, 어수선해진 마을의 기색에 스바루는 그런 말을 흘렸다.

시각은 아직 아침 해가 떠오르기 시작해 얼마 되지 않았을 즈음이지만, 마을 중앙에 있는 광장에는 벌써 많은 사람들이 모여 있다.

작은 촌락이다. 소동이 있으면 금방 온 마을에 내용이 퍼진다. 불안한 얼굴의 노인 및 여성, 아이들을 건장한 청년 중심의 무리가 격려하면서 둘러싸고 있다.

어젯밤 스바루 일행을 쫓아 숲에 들어간 청년단일 것이다. 붕대를 감은 인사가 몇 명 있는 걸 보건대, 아무래도 그들에게도 부상자가 있었던 모양이었다.

스바루는 대강 그것들을 둘러보고, 찾는 얼굴이 발견되지 않아 고개를 갸우뚱거렸다. 그때.

"——바루스, 일어났구나."

뒤에서 들린 말에 스바루는 발을 멈추고 돌아보았다.

호칭 때문에 짐작은 갔지만, 막상 본인의 얼굴을 보니 자연히 안도가 솟아올랐다.

등 뒤에 선 사람은 분홍 머리 메이드――람이다.

람은 낯익은 급사복의 소매를 걷고, 그 손에 소쿠리 같은 것을 안고 있었다. 안에 있는 건 아무래도 대량의 찐 감자 같은데, 그걸 한창 옮기던 중인 모양이었다.

희미하게 김이 나는 감자로부터 아릿한 소금 향을 느낀 스바루의 위장이 기대와 고양감으로 쪼그라들며 신음한다. 새삼스럽게 공복감을 의식했다.

"그토록 중상으로 걱정 끼쳐놓고, 눈을 뜨니 곧장 식사를 조르다니 상스럽긴. 개한테 물려서 개가 옮은 거 아니야?"

"개가 옮다니 뭔 상태냐. 그런데 흐웅~ 헤에~ 그으래, 걱정해줬구나?"

"먹기나 해."

"소프호스!"

좌우로 오락가락하며 람의 실언을 놀리는 스바루. 그 입에 찐 감자가 처박혔다.

작열하는 감자에 목이 막힌 스바루는 위를 보면서 "하후! 하후!" 하고 짐승의 호흡.

"죽는 줄 알았수다! 맛있었지만!"

"맛있었지? 갓 구운…… 아니, 갓 찐 거야."

"뭐야, 그 멋진 얼굴, 열 뻗쳐―. 맛있었지만!"

"그래그래, 또 한 개 줄 테니까 얌전히 먹어."

건네주는 감자를 아이처럼 떠들며 받는다.

람은 그런 스바루를 잠시 얕잡아 보는 눈으로 보다가 말했다.

"뭐, 어젯밤 건에 관해서는 순순히 감사의 말을 전해둘게. 수고했어."

"수고했다니 철저히 위쪽 입장이로군. ……네가 감사의 말을 할 만한 일인가?"

"영지 백성에게 뭔가 불이익이 있으면 영주의 책임을 추궁받아. 저대로 울가름 무리에게 아이들이 위협받았더라면 어떻게 됐을까…… 생각하면, 바루스의 행동은 정답이었어."

"울가름……이라."

그게 그 검은 마수의 명칭이리라.

울가름. 스바루가 아는 바에 따르면 신화에 나오는 마수 중에 그런 이름이 있었을 것이다. 이름 한번 대단한 게 붙었다고 생각한다.

들으면 한 방에 조우하기만 해도 목숨이 위험한 부류의 존재라고 알 수 있단 점이 특히.

스바루의 끄덕임에 람은 숲 쪽으로 시선을 보낸다.

"어젯밤, 풀려 있던 모양인 결계는 다시 맺었어. 그 뒤에도 하룻밤 들여 결계에 문제는 없는지 보고 다녔으니까 경계를 넘어올 울가름은 없을 거야."

"이쪽에서 빠져나가지 않는 한, 말이냐? 꼬맹이들이 결계 넘어 저쪽까지 가서, 새끼강아지 데리고 돌아오면 의미 없다고?"

"귀가 따가워라. ——마을 사람에겐, 타일러 둘 테니까."

왜인지 모르게 불온한 울림은, 무표정한 람의 심정이 온화하지 못하기 때문일 것이다.

　듣자니 결계의 유지와 확인, 보고는 마을 사람의 책무였던 모양이라, 그걸 게을리 한 이유로 로즈월에게 불이익이 생길지도 몰랐던 게 마음에 드시지 않는 모양이다.

　그 뒤, 스바루는 람으로부터 두 개쯤 더 찐 감자를 강탈한 다음 헤어졌다.

　헤어진 람이 간 쪽은 지금도 불안하게 몸을 기대고 있는 마을 사람의 무리다. 람 나름대로 촌민을 배려한 까닭의 행동인 것이리라. 그 의사 표시가 찐 감자라는 게 람답다.

　"근데 찐 감자 맛있다. 진짜 소금 절묘하게 쳤군."

　받은 찐 감자를 깨물면서 그 뒤에도 스바루는 마을을 산책.

　몸 상태를 점검하며 숲에서 회수해온 아이들의 안부도 확인해 간다.

　아이들은 피로와 해주로 인한 체력 소모 때문에 자고 있던 상태였지만, 아이들의 부모와 친족들로부터는 과도하리만큼 감사를 받았다.

　솔직히 감사받고 싶어서 한 까닭이 아닌 스바루는 그 자리가 죽도록 불편했다. 결국 이 이상 없을 만큼 낭패한 끝에 너스레 한 번 못 떨고 쑥스러움 때문에 쌩하니 달아났다.

　그렇게 마을을 한 바퀴 돈 스바루는 깨어난 집으로 돌아가 에밀리아의 기상을 기다리자는 둥 생각하다가──── 아직 파란 머리 소녀와 얼굴을 마주하지 않은 데에 생각이 미쳤다.

　"────."

문득 뇌리를 스친 건 적의 피를 뒤집어쓰고 홍소를 지르는 오니의 모습이다.

장절하고 처참한 모습. 하지만 떠올리는 스바루의 몸을 떨리게 한 건 공포의 감정이 아니다.

이마에 뻗은 순백의 뿔—— 인간 아닌 모습에 스바루는 무엇을 느꼈는가.

그렇다. 그때 스바루는——.

"——마침 좋을 때에 있었어."

속내가 뚜렷한 말이 되기 전에 스바루를 불러 세우는 목소리가 있었다.

덤불을 부스럭거리며 드레스 자락을 대담하게 땅바닥에 스치게 하면서 걷는 것은 베아트리스다.

"너, 밖에서 그렇게 옷자락 긴 복장 입고 있으면 호쾌하게 더러워지지 않나?"

"마력으로 진흙이든 모래든, 더러워질 원인은 튕겨내고 있는 것이야. ——그보다 할 얘기가 있어."

시시한 스바루의 질문에 의리 있게 응한 베아트리스가 스바루를 손짓해 부른다.

장소를 옮기자는 건 여기서는 할 수 없는 얘기를 하자는 뜻인가.

꽤 납득 가지 않았지만 스바루 쪽에서 베아트리스에게 따르지 않을 맘은 없다. 스바루는 은인인 소녀의 등을 따르면서 문득 손뼉을 쳤다.

"그러고 보니 네가 이렇게 저택 밖까지 나왔다는 말은, 아이들의 해주를 도와준 거지. 고맙다."

"……별로. 베티는 그냥 빠냐에게 부탁 받았기에 했을 뿐인 것이야."

그 팩이 베아트리스에게 부탁한 건 당연히 에밀리아에게 부탁 받았기 때문일 것이다.

베아트리스 역시 그쯤은 알고 있을 터다.

그런데도 구태여 팩을 이유로 든다. 여기에도 솔직하지 않은 소녀가 있었다.

무심코 히죽거려버리는 것을 참지 못하는 스바루를 데리고 베아트리스가 향한 곳은 마을의 한구석, 밭이 바로 옆에 있는 길이다. 마수 소동으로 촌민은 마을 중심에 모여 있기에, 마을 외곽인 이 장소를 무의미하게 어슬렁거리는 사람은 눈에 띄지 않는다.

"그래서, 일부러 이런 곳에 데려오고 무슨 용건이셔?"

"재미없는 농담을 꺼내지 않는 걸 보니, 분위기는 짐작한 모양이야."

두 팔을 벌리는 스바루에 응수하는 베아트리스는 어딘가 불분명한 태도다. 자꾸만 시선이 흐트러지고, 주저하듯이 자신의 치맛자락을 손가락으로 이리저리 만지작거리고 있다.

뭔가, 말하기 어려운 얘기가 있다는 태도다.

스바루에게는 뭐든지 솔직하게 발산해오는 베아트리스답지 않은 태도라고 생각한다. 혹은 소녀의 표정이, 부모에게 혼나는 것을 무서워하는 아이 같은 분위기로도 여겨졌다.

베아트리스의 그 표정을 보고 있으려니, 스바루는 신기하게도 억지로 뒷말을 재촉할 마음이 들지 않았다. 팔짱을 낀 채 밭을 지키는 나무 울타리에 등을 기대고 말이 재개되기를 기다린다.

그 스바루의 기다리는 자세가 되레 베아트리스의 결단을 떠민 모양이었다.

베아트리스는 눈을 감고, 그 뒤에 천천히 그 눈으로 스바루를 바라보았다.

그리고, 말했다.

"──앞으로 반나절도 지나지 않는 새에, 넌 죽어."

3

선고받은 말을 삼키고, 바수어서, 곱씹는다.

목으로 넘기고 위장에 담아 혈육이 되어 뇌까지 도는 데 불과 몇 초. 스바루는 멈춘다.

"생각했던 것보다 동요하지 않는 것이야. 더 빽빽 울며 아우성치리라고 생각했어."

스바루의 반응이 생각 외로 차분한 것이라 베아트리스는 눈썹을 치켜들고 놀란 얼굴이었다.

그런 베아트리스에게 스바루는 오른손을 들어 올리고 손가락을 두 개 세워 보였다.

"가능성은 두 가지 정도 생각할 수 있군."

조용히 있는 베아트리스 앞에서 스바루는 세운 손가락을 한 개 접는다.

"우선, 블랙 조크. 질 나쁜 농담의 부류지. 솔직히 웃지 못 할 얘기지만…… 서프라이즈 대성공으로 현수막이 나온다면 웃어주마. 나올 거면 지금밖에 없다?"

한쪽 눈을 감고 농과 함께 요구하지만 베아트리스의 표정은 변함이 없다.

침묵을 지키는 베아트리스 앞에서 스바루는 남은 손가락을 접었다.

"농담이 아니라면 가능성은 하나뿐이지. ——저주, 아직 해주 못한 거군."

"숲에서 마수 무리에게 당했을 때, 추가로 뭉텅 심어졌어."

스바루의 추측을 뒷받침하듯이 베아트리스가 팔짱을 끼면서 그렇게 응답했다.

몸 곳곳에 하얗게 남은 상처 자국——마수의 발톱과 이빨을 온몸에 받은 결과다.

스바루는 옥죄는 감촉이 남는 그것들을 지긋지긋하게 보고 나서 물었다.

"노파심에 묻겠는데, 해주 못하는 거야? 괜히 재고 있는 건 아니지?"

베아트리스가 "부탁받지 않았으니 안 한 거야." 라는 말을 꺼내리라고는 여기지 않았지만, 약간의 희망적인 관측에 기댄 질문이었다.

당연히 베아트리스는 스바루의 질문에 고개를 가로저었다.

"해주할 수 있는 부류라면, 네게 갚지도 못할 크나큰 은혜를 지워뒀을 것이야."

"이봐이봐, 좀 봐줘. 이미 갚기도 어려울 만큼 쌓여있단 말야."

받기만 했지 아무것도 갚지 못 했다. 전 회도 전전 회도, 이번 회도. 이 세계만이 아니라.

스바루의 술회에 베아트리스는 뭔가 묻고 싶은 얼굴이었지만, 스바루는 손사래 치며 얼버무렸다.

"무슨 이유로 풀 수 없는 저주인지 물어도 될까?"

"……자기가 왜 죽는지 정도야 알아둬도 돼. 간단한 얘기인 것이야. ──걸린 저주가 너무 중첩되어서, 풀기에는 너무 복잡해져서 그래."

"저주가, 중첩됐다?"

이미지가 떠오르지 않은 스바루가 고개를 꼬자, 베아트리스가 두 손을 벌렸다.

그리고 베아트리스의 두 손 사이에 갑자기 붉은 실이 맺어졌다.

"저주가, 이 붉은 실이라고 치는 것이야."

베아트리스가 손과 손 사이에 드리워진 실로 매듭을 지어 보인다.

"이 매듭이 저주의 술식이라 쳐. 해주는 단순하게 얘기하면,

이 매듭을 풀어주는 게 되는 것이야. 하지만."

재주 좋게 손가락을 움직인 베아트리스의 두 손 사이를 잇는 실의 숫자가 늘어난다. 파랑, 노랑, 초록, 분홍, 검정, 하양으로 잇달아 느는 실. 각각 매듭을 낳은 실은, 더욱더 서로서로 얽혀 든다.

"하나의 저주라면 더듬어서 풀 수도 있어. 하지만 이렇게 형클어져버리면."

스바루는 두 손을 내민 베아트리스로부터 실뜨기 요령으로 실을 받아들었다. 손가락과 손가락 사이를 묶은 실은, 당겨도 슬슬 빼내도 풀릴 기척이 없다.

"저주도 이 상태라고 하면……. 아아, 제길. 확실히 이건 난이도가 높군."

하나하나 순서대로 풀려고 해도 어디서부터 손을 대야 할지 알 수 없다.

물론 시간을 들이면 이걸 푸는 것도 무리는 아니라고 생각하지만.

"반나절 이내란 조건 딸렸었지. 그건 어떻게 된 예상이지?"

"그거야말로 단순한 얘기인 것이야. 반나절만 지나면 마수가 마나를 찾아 술식을 발동해."

베아트리스는 손가락을 세우고 그 세운 손가락을 스바루에게 들이대며 말을 잇는다.

"그 마수의 저주는 '대상으로부터 마나를 빼앗는다.' 라는 저주인 것이야. 목적은 순수하게 육체를 유지하기 위한 마나의 흡

수…… 요컨대, 넌 마수의 먹이가 된 거야."

"배가 비었으니까 사람을 덮친다라. 과연 야생동물, 심플하군. 그놈들의 배가 지금까지 꺼지지 않은 데에 감사해야 하겠어."

초조한 심정을 어딘가에 발산하고 싶지만, 공교롭게도 손안은 실로 메워져 있다. 스바루는 말로 하기 어려운 감정을 실의 매듭 쪽에 돌리고, 어떻게든 풀고자 버둥거린다. 베아트리스가 말했다.

"──너, 무섭지 않은 것이야?"

"뭐?"

"베티의 이 말은, 네게 있어선 여명 선고야. 그리고 베티와 빠냐는 널 구할 수 있는 수단이 있는데, 시간이 없는 걸 이유로 그걸 하지 않는 것이야."

스바루에게 남은 시간, 그것은 낙관적인 판단으로 반나절이다.

마수의 공복 여부에 따라서는 지금 이 순간에 빼앗겨도 이상하지 않다.

베아트리스는 그 사실을 선고하고, 구할 수 없다고 들이대며 그 말을 들은 스바루의 반응을 기다리고 있다. 스바루는 문득 베아트리스가 무엇을 바라고 있는지 떠올렸다.

"뭐야, 너. ──나한테 책망당하고 싶으냐?"

"_____."

베아트리스는 부정하지 않았다. 다만 긍정도 하지 않았다.

침묵을 고른 베아트리스의 속마음은 짐작할 수 없지만, 스바루는 쓰게 웃었다.

"너랑 팩의 판단은, 인정 문제로 보면 매정하단 느낌이지만, 합리성으로 따지자면 당연한 판단이야. 리스크와 노력이 맞아떨어지지 않잖아. 너희는 옳아. 매정하다고는 생각하지 않는다."

본심이다. 결코 자신의 목숨에 달관한 것은 아니다. 그렇기에.

"──묻고 싶은 게 따로 또 생겼는데, 물어도 돼?"

"……무엇인 것이야."

"에밀리아도, 내게 걸린 저주에 대해 알아?"

스바루가 치료받고 있던 방에서 지금도 간병의 피로를 떠안은 채로 잠자는 에밀리아.

팩과 베아트리스가 포기해버린 사태에, 에밀리아는 어떻게 마주하고 있었던가.

에밀리아마저 내던진 것인가. 그것만은 걸렸다.

"그 혼혈 아이는 몰라. 빠냐가 네 저주에 손을 대지 못하는 것도, 그 아이에게 저주의 존재가 탄로 나지 않도록 하기 위한 것이야."

"……아아, 옳거니. 팩이 해주 시작하면 에밀리아에게도 그게 전해지지. 내가 저주받고 있는 것도, 살 가망이 희박하단 것도 알아버릴 테고."

팩이 염려하는 건 스바루가 살 수 없었을 때의 에밀리아의 마음이다.

저주의 발동까지 잠자코 넘어가면, 에밀리아가 받는 마음의 상처는 스바루의 '죽음' 하나로 끝난다.

에밀리아를 최우선하는 팩이라면 의당 고를 판단이다.

외견에 반해 만만찮은 팩의 의도, 스바루는 그에 수긍한 다음.

"그래서, 말이지."

이야기에 일단락을 짓듯이 말하고 베아트리스에게 손가락을 들이댔다.

그 손가락 앞부분을 보면서 미간을 찡그리는 베아트리스에게 말을 뱉었다.

"난 네가 일부러 죽음의 선고만 하러 올 만큼 심술궂지 않다고 본다만?"

"……네가 베티의 뭘 알고 있다는 것이야."

"적어도 네 생각보다 네 배는 더 오래 알고 지낸 사이라는 느낌이지."

스바루는 미간의 주름이 깊어지는 소녀를 보면서 길고도 짧게 내달린 2주일의 나날을 떠올렸다.

람이랑 렘과의 관계는 첫 회 이래로 양호. 에밀리아와의 관계도 무릎베개 한 건을 예외로 치면 좋음. 제약의 근원인 주술사의 정체는 파악했고 아이들의 목숨 또한 구출해냈다.

계속 반복해온 루프를 돌아보면 이번 회의 채점은 만점에 가깝다.

나머지는 중요한 스바루 본인의 목숨이 셈에 들어가 있으면 베스트다.

"상처 치료한 건 너랑 렘이랑 에밀리아지? 저주 운운 때문에 살 수 없는 놈이라고 단념했다면 이렇게 야무지게 처리하진 않는 법이라고."

베아트리스가 동요하는 기척. 너무나도 솔직하지 못한 소녀에 스바루는 작게 웃는다.

"거짓말이 너무 서툴러, 너."

"……살 가망이 상당히 낮은 건 사실이야. 빠냐가 그 아이를, 그 방법에 관여되지 않도록 하는 이유도 그 때문이야."

"그래서 악역인 체하며 내 화를 전부 받겠다 이거냐. 어린 여아가 뭔 배려를 해대. ──들려줘봐라. 그 극히 적은 가망이란 걸."

엄지와 검지로 작은 고리를 만들어 베아트리스에게 보이고 대답을 요구한다.

베아트리스는 잠시 주저하다가 체념한 듯이 한숨지었다.

"주술 설명을 했을 때의 일, 기억하고 있는 것이야? 발동한 저주를 막을 방법은 없다고, 그렇게 말했어."

"아아, 그랬지. 그러니까 해주받았을 때도 발동 전에……아니, 기다려. 그러면 전제가 이상해. 그게 확실하다면…… 꼬맹이들이 산 건 어찌 된 노릇이지?"

베아트리스의 말에 위화감을 느낀 스바루가 사실과 지식끼리 다른 결과에 고개를 갸웃거렸다.

베아트리스의 얘기로는 해주가 성립하는 건 발동 전의 저주 술식에 대해서 뿐이다. 일단 발동한 술식은 막을 수단이 없다. 그렇기에 저주는 무시무시한 것이라고.

숲의 안쪽에서 발견한 아이들은 쇠약해져 있었다. 그건 마수의 저주가 발동했었기 때문이 틀림없을 터다. 그렇다면 아이들의 목숨을 구할 수 있던 이유는——.

추론을 세우던 사이에, 전격적으로 가능성이 떠올랐다.

스바루는 고개를 들어 베아트리스를 다시 마주하며 물었다.

"술자 본체가 죽었을 경우, 저주의 효과는 어떻게 돼?"

"일반적인 저주라면 그대로 효과가 이어져. 다만 이건 술식을 매개한 식사인 것이야. 먹는 쪽이 목숨을 잃었다면 식사는 중단되는 게 도리지."

베아트리스의 긍정에 스바루는 내심으로 납득을 얻었다.

아이들의 저주——그 진행이 멈춘 건 저주를 건 본체인 마수가 사망했기 때문. 술자가 사망한 저주는 단순한 술식이 되고, 그건 베아트리스의 손으로 해주할 수 있다.

어젯밤, 그 숲에서 목숨이 사라진 마수의 숫자는 상당한 수에 이를 터다.

그중에 아이들에게 저주를 건 개체가 있었다면, 추론은 긍정된다.

그리고 그 확신은 동시에 하나의 답 또한 도출하고 있었다.

"그렇게 된 건가. ——내 몸에 저주를 건 놈은, 숫자가 너무 많아서 압축할 수 없군."

돌아선 스바루는 마수가 사는 숲을 바라보았다.

스바루는 쫓아오는 무수한 마수의 이빨을 온몸에 받은 것이다.

상처 하나하나에 저주의 효과가 있다고 친다면, 스바루를 저주한 마수의 숫자는 헤아릴 수 없다. 더군다나 모든 개체를 반나절 이내에 구축하는 것 따위, 현실적으로 불가능하다.

팩과 베아트리스가 주저하며 에밀리아에게 진실을 전하지 못한 이유가 그것이다.

"빠냐는……."

"말 안 해도 알아. 에밀리아가 그걸 알면 그 애니까 뻔히 무리하겠지. 그건 무진장 기쁘지만…… 무지 무서워."

주저 없이 남을 위해서 손해를 보는 에밀리아다. 그렇기 때문에 스바루는 에밀리아에게만은 도움을 청하려는 생각을 하지 않는다. 생각하고 싶지 않다.

행여, 만에 하나라도 에밀리아를 눈앞에서 잃는 일이 있으면, 스바루는 자기 몸이 백 번 찢겨도 부족할 괴로움을 맛볼 게 뻔하기 때문에.

"난이도가 레알 오니들리셨어. 도저히 이건 무리야. 포기——."

『그러니까, 포기하는 건가요.』

말하려던 스바루의 뇌리에 그런 목소리가 소생했다.

잡음에 섞인 그 소리는 아련하여 마치 무의식 바닥에 울리는 듯한 가느다란 목소리였다.

퍼뜩 고개를 들어 주위를 둘러본다.

스바루와 베아트리스 외에는 이곳에 아무도 없다. 그런데도 불구하고 지금 그 목소리는——

『구할 수 있는 방법은, 그밖에는.』

매달리는 듯한 애원의 목소리. 하지만 그 목소리는 어딘가 비장한 결의를 숨기고 있으며.

"머리라도 아파진 것이야? 그것도 무리가 아니지."

『그뿐인 것이야. 나머지는 너 좋을 대로 하도록 해.』

눈앞의 베아트리스의 목소리에, 같은 베아트리스의 다른 말이 겹친다.

어디서 들었는지는 알 수 없다. 하지만 어디선가 들은 대화가 머릿속에 뒤섞인다.

시야가 명멸하고 경종처럼 이명이 울린다. 무심코 무릎을 굽히려다가——

『——반드시, 구하겠습니다.』

울려 퍼진 결심과 각오의 목소리에, 굽히려던 무릎을 도로 세운다.

스바루는 그렇게 고한 목소리를, 그렇게 고하는 목소리에 들은 기억이 있다.

그리고 깨달았다. 꼭 물어야 하는 사항을.

"——렘은, 어디야?"

이 아침이 되고서 스바루는 아직 한 번도 파란 머리 소녀의 모습을 목격하지 못했다.

마을에 함께 돌아왔다고, 그렇게 들었다. 무사히 숲에서 귀환했다고, 그렇게 들었다.

"베아코……. 베아트리스. 렘은, 어디 있어?"

스바루는 입 다물고 있던 베아트리스에게 다그쳐 물었다.

"네가 같은 입장이라면, 어떻게 하는 것이야?"

"그게 무슨 대답이야!"

젠 체하는 표현에 부르짖고 덤비려들던 몸이 크게 기울었다. 피가 부족한 몸이 비틀 넘어지려다가 스바루는 자기 행동을 돌아보았다.

화풀이에 불과한 감정이다. 그리고 베아트리스는 바로 스바루의 그 감정을 받기 위해서 이곳에 서 있다. 그 배려에 고스란히 의존하려고 하는, 자신의 치사한 근성에 부아가 치밀 따름이었다.

그때──

"──지금 이야기는, 들어 넘길 수 없습니다."

차분하게 감정을 죽인 목소리가 스바루와 베아트리스 사이에 끼어들어오고 있었다.

눈길을 돌리자 광장 방향에서 이쪽으로 걸어오는 분홍 머리 소녀가 있다.

"람……."

이름이 불려 스바루를 보는 람의 시선──그 냉랭함에 스바루는 숨을 삼켰다.

그 모습에 스바루가 상기한 건, 렘을 잃은 세계에서 증오를 외친 람의 모습이다. 가장 사랑하는 동생의 위기에, 람은 그때처럼 모든 것을 미워해──

"────."

거기까지 생각한 시점에서 스바루는 간신히 눈치챘다.

앞에 모아 쥔 람의 손이 가늘게 떨고 있었다. 무표정을 유지하는 입술도, 사실은 꼭 깨물어 표정이 바뀌지 않도록 필사적이라는 것을.

"천리안에 렘이 비치지 않아요. 베아트리스 님……. 렘은, 어디에."

"가능성의 제시는 했다, 그뿐이야. 빠냐도 베티도 움직일 이유로는 부족해. 선택지는 한정되어 있었던 것이야."

"그런 얘기가 아니잖아……. 그럼 역시 렘은."

──마수가 사는 숲 안에, 단신으로, 마수 무리를 소탕할 작정으로 들어간 것이다.

모든 것은 나츠키 스바루를 구하기 위해서.

"왜냐고……. 왜 렘이 날 위해서 그렇게까지 해줘……?!"

렘에 의해서 목숨을 빼앗긴 적마저 있는 스바루다. 이전과 비교해 관계가 양호하다고는 해도, 목숨을 걸어서까지 구하고 싶다고 여길 정도의 관계성을 구축했었다고는 생각할 수 없다.

렘의 결단을 받아들이기 어려운 스바루. 그 옆에서 람이 극적인 반응을 보였다.

순간, 비탄이 퍼진 표정을 결의로 전환하고는 동생의 뒤를 쫓아 망설임 없이 숲으로 뛰어들기 위해서 달리려고 한다.

"───기다려!"

그 정면에 양손을 벌리고 뛰쳐나와 창졸간에 람의 앞길을 가로막는 스바루.

람은 그런 스바루의 태도에 날카로운 눈으로 말했다.

"비켜, 바루스. 지금의 람은 여유가 없으니까 부드럽게 대해주지 못해."

"무턱대고 가지 말라는 게 아냐! 몇 가지 묻고 싶은 게 있으니까 그에 대답해. 정직하게."

"그런 짓 하고 있을 시간은……."

"렘을 구하고 싶으면. 하는 김에 나를 조금은 동료라고 생각해주고 있다면 들어줘. 조금이라도 가능성은 올려두고 싶어."

렘을 구할 수단이란 말을 듣고 람의 고집스럽던 자세가 슬쩍 흔들린다.

스바루는 람의 태도에 망설임이 솟은 것을 보더니, 손가락을 하나 세우고서 물었다.

"묻고 싶은 건 두 가지뿐이야. 네 천리안이란 힘이면 렘이 있는 곳을 알 수 있어?"

"……그래, 알 수 있어. 숲의 결계에 들어가면 천리안의 범위 내. 천리안은 '람과 파장이 맞는 존재'와 시야를 공유하는 눈이니 범위 내에 있으면 반드시 찾아낼 수 있어."

"멀리 내다보는 눈이라기보단 복수의 시야……. 감시 카메라를 모니터 룸에서 확인하는 것 같은 힘인가. 어쨌든 그걸로 렘과 합류할 수 있다면 더할 나위 없군."

제1조건의 클리어에 끄덕인 스바루는 이어서 두 번째 손가락을 세우고 물었다.

"그럼 두 번째. ──람, 넌 전투할 수 있는 타입의 메이드이긴 해?"

"……그건 무슨 의미로 하는 질문?"

눈을 가늘게 뜬 람에게 스바루는 "그거야 뭐." 하고 어깨를 으쓰였다.

"렘과 합류하기 전까지, 어디서 마수와 격돌할지 알 수 없거든. 자기방어할 수 없으면 얘기도 안 돼. 말해두지만 난 전투가 되면 겁나게 다리 잡아끈다."

"기, 기다려. 애초에 바루스도 따라올 작정이야?"

스바루가 자신만만하게 실력부족을 설명하지만 람은 별나게 초조한 어조다.

"동요하는 건 알겠지만, 필수조건이거든? 아니 솔직히 렘의 무사만이 목적이라면 난 필요 없긴 없는데······."

스바루의 말 후반부가 갈수록 작아지자 람이 의혹의 표정을 띠었다.

람의 표정에 스바루가 허둥지둥 손사래를 쳤다.

"이렇게 되면 전원이서 5일째를 돌파하고 싶잖냐. 그럴 수 있어야지 이렇게까지 몇 번이나 도전한 보람이 있지. 그러니까 부탁 좀 받아줘."

스바루가 양손을 맞대며 빌자 람은 무슨 말을 해야 할지 망설이듯이 입술을 달싹거렸다.

그러나 결국 그 달싹임은 말이 되지 않고 한숨이 되어 사라졌다.

"──오니화한 렘과 비슷하게 전투할 수 있기를 기대하고 있다면, 무리야."

"라고 하면?"

"렘과 다르게 람은 '뿔꺾이' 라서. 좀 과격하게 바람 계통 마법을 쓸 수 있을 뿐이야."

그렇게 대답하고 가볍게 손가락을 흔드는 람에 맞추어 강한 바람이 스바루의 머리카락을 흔들었다.

자연에 간섭한 지금의 마법이 흉악해지면, 스바루의 오른발이나 목을 칠 만한 위력으로 바뀔 것이다. 그 생각을 하면 지금의 산들바람에도 등줄기가 얼어붙을 기분이다.

하지만 아군 전력으로 헤아린다면 믿음직스럽기 짝이 없다.

"베아트리스! 난 지금부터 람이랑 같이 숲에 들어간다. 만약 돌아오기 전에 에밀리아가 깨면 적당히 얼버무리고 있어줘."

"……자매의 언니를 데리고 숲에 돌아간다는 말은, 자신의 목숨을 포기한다는 뜻이야. 넌 그걸 이해하고 있는 것이야?"

"좀 다른데. 정정하겠다고."

낮은 소리로 각오를 캐묻는 베아트리스에게 스바루는 세운 손가락을 좌우로 저으며 단언했다.

"죽음에 익숙해졌다고 포기하는 버릇이라니 같잖긴. 목숨은 소중해. 하나밖에 없다고. 너희가 죽을 둥 살 둥 부지시켜줬으니까 그걸 알았어. 그러니까 꼴사납게 발버둥 쳐주마."

더는 글렀다고 한 번은 내던진 목숨을 부지시켜준 것이다.

많은 사람들이 스바루에게 손을 뻗어주었기에 지금 이렇게 있을 수 있다.

그렇게까지 해서 부여해준 연장전의 시간이니까.

"역전극을 일으키자고. 저만큼 끔찍한 상태에서 여기까지 회복했어. 욕심 많은 난 나답게, 나 포함한 후일담이 보고 싶어서 못 살겠거든."

어처구니없는 논리에, 정신 나간 설명.

베아트리스의 의도에 완전히 들어맞지 않는 대답. 그러나 스바루는 가슴을 폈다.

"무슨, 생각을 하고 있는지 못 알아먹겠어. ……맘대로 하지 그러는 것이야. 선택지는 제시해줬어. 거기서 뭘 고를지는 네가 맘대로 정하면 되는 것이야."

"그렇게 렘도 내보냈다 이거군. 뭐, 감사한다, 베아코."

숲을 돌아보고 그 깊은 어둠 속에서 지금도 싸우고 있을 렘을 생각한다.

참견장이에 지레짐작에, 상담도 하지 않고 남의 마음을 맘대로 상상해서, 맘대로 성급한 결론을 내리고, 맘대로 하기만 한다. 골 때리는 여자애다.

"네가 나한테 뭔가를 해주려고 생각하는 만큼은, 나도 너한테 뭔가 해주고 싶다고 생각하고 있단 말이다."

주먹을 뚜둑거려 결의를 떠밀고 마수의 숲을 향해 선언한다.

그 내부에 사는 검은 짐승의 무리에, 그리고 스바루를 이 운명에 끌어들인 초상적인 존재에 대해——일찍이 터트리고 잊을 뻔했던 선전포고를.

"자, 마지막 대승부를 해 보자고. ——덤비시지, 운명님!"

4

"——꽤나 멋 부린 큰소리를 치긴 했는데."

운명의 선전포고로부터 대략 15분. 어스름한 숲에서 람이 나직이 중얼거렸다.

발붙일 곳이 안 좋아 고생하고 있는 스바루. 옆의 람은 그쪽을 쳐다보면서 뒤이었다.

"실제론 짐덩이밖에 안 되는 모습을 목격하니, 실망을 감추는 게 보통 고생이 아냐."

"감춘다는 말의 의미나 알고 있어? 감추고 있는 내용을 상대방이 깨달으면 실패란다?"

스바루는 아예 당당히 헐뜯어대는 람의 발언에 헤살을 놓으며 한숨을 쉬었다.

——현재, 스바루와 람 두 명은 마수의 숲 안에서 렘을 찾아 헤매고 있다.

의식적으로 결계를 지나쳐 숲 깊은 곳으로 나아가는 건 마수의 성질을 아는 람의 제안이다. 평소부터 결계에 아픈 꼴을 보고 있는 마수들은 마을 부근에는 기본적으로 접근하지 않고, 산속에 무리의 주거지를 형성하고 있다고 한다.

자연히 마수의 소탕을 노리는 렘이 갈 곳도 그쪽 방향이 될 것이다.

"그런데 이렇게나 짐승길뿐이어선 도통……."

"익숙하지 않은 건 별개라 해도, 너무 전진이 안 되어서 얘기도 안 돼. ……정말로."

"기다려, 단념하려는 게 일러. 심정은 알지만, 조금만 더!"

메이드복은 산길을 가는 데에는 전혀 적합하지 않을 차림새일 텐데, 그런데도 발걸음이 익숙한 람의 행군은 스바루의 곱절은 더 빠르다. 동생의 안부가 걱정되는 람이 보기에는 느린 스바루에게 발을 맞추는 건 백해무익한 짓이다.

적어도 이대로 발을 계속 잡는다면 그 오명은 모면할 수 없다.

"이쪽은 막 깬 환자에다 체력 낭비 상태에 피도 부족해⋯⋯. 그러고 보니 에밀리아땅에게 다녀오란 말 듣는 걸 놓쳤다!"

"아직 '어서 와.'를 하지 않았으면, 어젯밤의 '다녀와.'가 유효해."

"그, 그런 셈인가⋯⋯?"

람의 궤변에 갸우뚱한 스바루는 지팡이 대신 손에 든 검으로 지면을 짚고, 흠칫흠칫 발밑을 확인하면서 람의 뒤를 쫓고 있다.

──지팡이 삼은 검은 아람 마을의 청년단으로부터 빌린 것이다.

마수의 숲에 들어간다고 스바루가 전했을 때의, 청년단 대표인 젊은이의 얼굴은 잊기 어렵다.

놀라서 말리는 소리를 뿌리치고 사정 일부를 설명한 스바루에게 검을 빌려주었다.

말로는 마을에서 으뜸가는 명검이라지만, 지극히 정통적인 한손검. 문외한이나 다름없는 스바루라도 가까스로 휘두를 수 있는 그것을 받고 두 명은 마을을 나섰다.

단, 마을에서 받은 것은 그뿐만이 아니다.

"주머니 안에⋯⋯ 과자랑, 예쁜 돌이랑⋯⋯ 으아아아! 요게

벌레 넣었어!"

스바루가 이것저것 담겨 있던 주머니 안을 뒤지다가 꺼림칙한 감촉에 비명을 질렀다.

갑갑한 곳으로부터 해방된 날벌레가 스바루 손을 벗어나 숲 안으로 날아갔다.

"바쁜 와중에 어처구니없는 악동들이군. 나중에 설교해줌마."

"따르고 있단 증거겠지. ……이런 남자 어디가 좋은 거람."

"애들의 순진한 눈에는 나라는 남자의 본질이 반짝거리며 보이는 거야. 그리고 좋아하는 건 나만이 아냐. 람도 알게 됐잖아?"

"……그러네."

동의를 구하는 스바루에게 답하는 람. 스바루는 그에 만족스러운 얼굴로 몇 번씩 끄덕였다.

마을을 나오기 전에 스바루와 아이들이 나눈 대화를 람도 보고 있었다. 스바루의 심금을 울린 사건으로, 람도 그랬으면 좋겠다고 생각 중이다.

청년단의 배웅을 받은 다음, 스바루와 람은 깨어난 아이들에게 잡혀버렸다.

스바루와 렘에게 직접 감사의 말을 하려던 아이들은 스바루를 찾아내자 감사의 마음이라 칭하며 다양한 것을 스바루의 주머니에 쑤셔 넣은 것이다.

과자도, 예쁜 돌도, 그 날벌레조차 아이들에게는 감사의 마음을 형태로 표현한 것이다. 함부로 내칠 수 있을 턱이 없다. 날벌레는 도망쳤지만.

그렇게 비교적 불필요한 감사의 형태를 떠맡고 동요하는 스바루에게 아이들이 웃음을 띠며 말한 것이다.

"레무링에게도 감사의 말을 하고 싶으니까, 나중에 데려와 줘⋯⋯라."

렘이 지금 얼마나 위험한 곳에서 무엇을 위해 목숨 걸고 싸우고 있는지.

아이들은 그것을 모른다. 그리고 알 필요도 없다.

왜냐하면——.

"안심하고 있으셔, 망할 꼬마들아. 밤중에 어두운 숲 안에 들어가는 악동들은, 상담도 하지 않고 성급한 짓 하는 누나랑 같이 설교해줄 테니까."

겸사겸사 거기에다 무작정 숲 안에 들어가서 개에게 온몸 물어뜯기고, 주위에 다대한 폐를 끼쳐댄 미련한 남자를 덧붙여도 된다.

하룻밤 내내 무릎 꿇고 앉아 이장의 설교를 받는다는 것도 통쾌하지 않은가.

머리에 그린 미래 예상도에 자연히 입가가 미소를 머금는다.

미묘하게 뺨을 히죽거리는 스바루. 그때.

"바루스, 천리안을 쓸 거야. 잠깐 기다려."

전방에서 발을 멈춘 람이 돌아보지도 않고 명령조로 말하고 조용히 고개 숙인다.

숲의 공기가 쥐 죽은 듯이 고요해졌다. 스바루는 소리가 사라지는 감각을 맛보며 멈춰 선 람의 옆으로 반달음질해 검을 칼집에서 뽑고 주위를 경계했다.

긴장을 풀 수는 없다. ──천리안의 사용 중에 람은 무방비가 되니까.

"─────."

하얀 얼굴을 숙이고 말없이 집중하는 람의 '천리안'.

사람에만 한하지 않고 다른 생물과 시야를 공유하는 힘이라고 설명을 받았다. 파장이 맞는 생물의 시야를 빌리고 다시 또 다른 생물의 시야를 빌려서 거리를 늘림으로써 글자 그대로 '천리'를 내다보는 것도 가능하다고 한다.

람의 그 힘에 의지해 숲에 들어와서 벌써 몇 번쯤 천리안을 사용했지만, 아직도 렘은 발견하지 못했다. 생물이 너무 많아서 되레 어렵다는 것 같다.

다만──.

"바루스──. 또, 람과 바루스를 보고 있는 시야가 있어."

"왔나……. 앞으로 나서면 되겠어?"

눈을 감은 람이 끄덕이는 것을 본 스바루는 작게 숨을 들이켜고 들뜨는 고동을 의식한다.

천천히 앞으로 발을 내디딘다. 무방비한 람을 두고 홀로 초목을 밟으며 이끼투성이 바위 위로. 거기서 멈춰 서서 심호흡. 그 뒤에 손에 들고 있던 한손검을 놓는다.

철로 뽑은 칼집이 바위 표면을 때리는 딱딱한 소리가 울리고,

직후에 숲이 술렁거렸다.

"————큭!"

고요함을 깨트리고 으르렁대는 소리와 경쾌하게 땅을 박차는 소리가 스바루의 고막을 때렸다.

순간적으로 돌아보는 머리 위. 나무들 틈새를 누비며 덮쳐드는 검은 네 발 짐승. 훤히 드러낸 이빨이 스바루의 목을 노리고 반응이 늦은 이쪽을 물어뜯으러 닥쳐든다.

무심코 두 팔을 가드로 돌리지만 야생의 속도는 그보다 빠르다. 이빨 끝부분이 인체를 쉽사리 뚫고 분출하는 선혈은 잃어버린 스바루의 목숨 그 자체——가 되기 직전.

"어째서 어느 개체나, 바루스를 보자마자 냉정함을 잃는 거람. 납득이 안 가."

"으와악!"

기가 차다는 한숨이 궁지에 있던 스바루에게 닿고, 눈앞에서 큰 입을 벌리고 닥쳐들던 마수의 몸통이 옆에서 날아온 바람의 칼날에 분단된다. 몸 앞뒤가 절단당한 마수는 한순간에 절명한다. 기세가 그대로인 상반신이 스바루에게 격돌해 날려버린다.

튕겨 날아간 스바루는 운 나쁘게 경사면으로 굴러떨어져 진흙과 생채기투성이가 된다. 일어선 스바루가 비탈 위에서 내려다보는 람에게 항의의 눈길을 보냈다.

"너! 조금 더 방법 가릴 수도 있잖냐!"

"괴롭지 않도록 죽이는 데에 너무 배려하는 바람에, 바루스에게 돌릴 배려가 부족해."

천연덕스레 제 할 말만 하는 람에게 입술을 뒤튼 스바루는 곁에 떨어진 마수의 주검을 보았다.

이미 목숨을 잃은 육신──위험한 생물이라고 알고는 있어도, 이렇게 생물이 시체로 나뒹구는 상황에는 느끼는 바가 있다. 슬며시 합장하고 마는 스바루.

"그런 식으로 한 마리마다 속을 끓였다간 도저히 못 버텨. 하물며 놈들을 섬멸하지 않으면 바루스는 살 수 없어. ……방금 사냥법도, 바루스가 고안한 거잖아."

"위선 떠는 감상이란 것쯤은 안다구. 자기만족이란 것도 당연히."

감성의 차이라기보다 살아온 세계의 차이 문제일 것이다.

스바루도 신심 깊은 성격이라고는 도저히 말 못하지만, 목숨에 대한 경의는 원래부터 있었다.

그것이 지금 '사망귀환'이라는 현상을 거쳐, 조금 강해졌다는 자각은 하고 있다.

"그래서, 아까의 천리안으로 램은 발견했어?"

"아니. 유감이지만 아직 더 숲 안쪽인가 봐. 아까부터 확인하려고 해도 바루스를 노리는 울가름이 산발적으로 다가와서 집중을 못 하겠는데."

람이 입에 담는, 스바루를 노리는 마수의 습성──이상하다는 듯 뺨에 손을 대고 있는 람의 의문에 대한 답이, 스바루에게는 어렴풋이 상상이 갔다.

그 답을 분명하게 말로 뱉지 못하는 까닭은 단순히 스바루가 약하기 때문이다.

　스바루는 입을 다물었지만, 람은 그런 스바루와 마수를 번갈아 쳐다보다가 답을 내놓았다.

　"역시 약해 보여서."

　"고민하다가 나온 결론이 그거냐, 실례되게."

　"그럼 식은 죽 먹기 같아서."

　"근본적인 부분이 똑같아, 언니분."

　어깨를 으쓱이는 람에 반해, 어깨를 떨어뜨리는 스바루.

　람의 언동이 진심인지 떠보는 건지 알기 어렵다. 아마도 후자일 거라고 생각한다.

　숲에 들어가고 나서 마수는 여러 차례 스바루 일행에게 단독으로 습격을 시도했다. 어느 것이나 방금과 비슷하게, 스바루를 노리는 마수를 람이 마법으로 처리하는 모양새로 격파해왔다.

　사냥법이 확립된 건 스바루가 그렇게 제안했기 때문이다. 천리안을 사용하는 동안, 무방비해지는 람보다 스바루 쪽을 노린다. 처음에는 반신반의하던 람도 지금은 의심하지 않는다.

　──람은 스바루가 얘기할 타이밍을 기다리고 있다. 미적지근한 태도의 스바루는 그렇게 생각했다.

　"뽈꺾이란 뭔지, 물어도 될까?"

　뜬금없이 입을 비집고 나온 말은 숲에 들어가기 전에 들은 단어에 대한 의문이었다.

　왠지 모르게 상상이 가는 단어. 그 말을 들은 람은 머리 위에서 스바루를 내려다본 채로 대답했다.

"들은 그대로, 오니 주제에 뿔을 잃은 못난 것에게 주어지는 멸칭이야."

'오니'라는 단어의 출현에 스바루의 뇌리에 어젯밤에 본 람의 모습이 되살아났다.

적의 피를 뒤집어쓰고 홍소를 터트리는 렘의 이마. 하얀 뿔이 희미하게 빛나고 있던 건 잊을 수 없다.

그야말로 동화로 배운 '오니'의 모습 그 자체였다.

그리고 자기 자신을 뿔꺾이라고 부른 람의 말. 즉 람의 이마에는──.

"대수롭잖은 말썽으로 하나밖에 없었던 뿔을 잃어버린 거야. 그 이래 무슨 일이나 렘한테 기대고 있어."

"⋯⋯역시, 괜한 소리 물은 거지?"

"왜?"

뺨을 긁는 스바루에게 람이 정말로 이상하다는 얼굴로 갸우뚱한다.

"아니, 오니란 종족에게 뿔이 어떤 의미인지는 모르지만, 예상한 바로는 꽤 큰 문제겠지. 그래서 꽤 무신경하게 건드렸나 싶어서."

"그렇다면 헤집어 놓고서 새삼스러운 얘기지. ──뭐, 안심해."

람은 약간 소리 낮추어 스바루를 으른 다음, 살짝 표정을 풀었다.

"당시엔 어쨌든 지금은 낙착이 났어. 뿔을 잃은 걸로 얻은 것도, 건진 목숨도 있어. ──렘은, 그렇게 생각하진 못하겠지만."

안타깝게 울리는 목소리로 일단락 지은 람이 스바루 쪽에 손을 돌린다. 람의 신호──천리안에 들어가는 것이다.

스바루가 경사면을 다 올라갔을 즈음에 람의 의식은 이미 타자의 시각에 개입하고 있었다.

눈을 감은 람의 숨결은 거칠고 이마와 뒷목에는 대량의 식은 땀이 맺혀 있었다. 두 다리가 하루 종일 혹사당한 것처럼 가늘게 떨고, 이동 중에는 현기증을 일으킨 듯이 몇 번이나 휘청거렸다.

타자의 시야를 빌리는 천리안. 그것이 소녀의 몸에 가하는 부담은 그만큼 큰 것이다.

힘들든 괴롭든 람은 결코 약한 소리를 입에 담으려고 하지 않는다.

본질적인 부분에서 결국 람과 렘은 똑 닮은 쌍둥이인 것이다.

자신이 무리하는 쪽이라면 주저 없이 무리해버리는 기질.

에밀리아와 베아트리스도 포함해 그 저택의 여성진은 조금 과하게 타인을 우선한다.

"약해빠진 내가 너무 꼴사나워서, 자기 자신이 싫어지잖냐."

발밑의 풀을 걷어찬다. 흩어지는 풀이 입에, 튀어 오른 흙이 눈에 들어가는 대오산.

흙냄새 나는 침을 뱉으면서 폼 하나도 못 잡는 자기 자신이 대단히 무안했다.

하지만 자신은 그렇게 얼빠진 게 딱 어울린다고, 어깨 힘이 슬쩍 빠졌다.

"람. ──렘이 소중하고, 걱정돼?"

천리안에 집중하는 람의 의식을 어지럽히는 건 좋지 않다고 알면서 하는 질문.

타인의 시야와 동조해 의식의 초점이 이곳을 떠난 람은 한 박자 늦게 대답했다.

"당연하잖아. 그 애 쪽이 확실히 람보다 더 강해. 하지만 그게 걱정하지 않을 이유는 되지 못해."

"……응."

"뭘 시켜도 저 애 쪽이 훨씬 위지만, 람은 그 아이의 언니인걸. 그 입장만은 절대 변함없어."

확고한 결의하에 람은 언니라는 입장을 행사한다.

여태까지 스바루는 그저 람이 편해지기 위해서 언니라는 입장을 이용하고 있는 거라고, 람을 크게 얕보고 있었다. 그건 너무나도 어리석은 착각이었다.

람은 스바루가 생각하는 것보다 훨씬 더 자기 입장을 이해하고 있다. 렘에게 항상 자랑스러운 언니여야만 한다는 책임을 자신에게 부과하고 있다.

그리고 그것을 인정해버린 이상, 스바루도 각오를 다질 수밖에 없다.

"사실은 렘과 합류한 다음인 게 이상적이었다만."

스바루는 뺨을 긁고 굽혀펴기 운동을 하면서 중얼거렸다.

스바루의 태도에 미심쩍은 낌새를 느꼈는지, 성과를 얻지 못한 람이 천리안을 중단하고 의식을 이곳으로 되돌렸다.

　람은 땀으로 흠씬 젖은 앞머리를 고치면서 스바루를 의아한 눈으로 보았다.

　"바루스, 뭘 할 생각이야?"

　"현 상황이면 네가 말한 대로 완전 짐덩이니까. 숲에 들어가기 전에 내가 말했을 텐데. 렘을 구하는 데 내가 꼭 보탬이 될 거라고."

　확신을 가지지 못하고 있던 추측이었지만, 지금까지의 이벤트로 승산은 7대3 정도까지 회복되었다. 물론 나머지 3을 뽑아 버릴 리얼 럭의 불안은 있지만……

　"승산이 있는 내기에 나서지 않을 수 있겠느냐고. 람, 좀 위험한 다리를 건널 각오는?"

　"마수의 숲에서 젊은 남자와 단둘──소녀로서 이보다 더 위험한 상황은 별로 없겠지."

　"말 봐라, 이 언니."

　스바루는 웃은 다음, 크게 숨을 들이켜고 눈을 부릅떴다.

　스바루의 생각이 옳으면 이걸로 상황은 바뀔 것이다.

　그것이 필요한 일이라 알아도 마음이 겁먹고 움츠러드는 걸 막을 수 없다.

　──겁 많고 소심한 건 다 알아. 그래도 도망칠 수 없는 장면이 있잖냐.

　스바루가 옳으면 그건 찾아올 것이다.

"람, 나는 사실——"

—— '사망귀환'을 하고 있다고 입으로 말하려 했다.

스바루는 말로 표현하는 것이 금지된 그것을 전하고자, 금기를 깨트리고자 행동했다.

눈앞에서 스바루가 무슨 말을 꺼낼지 대비하고 있던 람의 표정이 얼어붙었다.

아니—— 시간이 정지한 것이다.

세계가 색깔을 잃고 소리가 소멸하고 시간의 개념이 깡그리 날아간다.

모든 것이 동등하게 정체된 세계. 유일하게 그 제약에서 벗어난 존재가 느닷없이 출현했다.

"——왔냐."

그 중얼거림은 실제로는 소리가 되지 못 했다.

하지만 눈앞의 그것에 닿으라고 소망과 있는 독기를 모조리 담아 내뱉었다. 마음이 조금이나마 전달되면 십년 묵은 체증이 내려가 매우 속 시원하리라.

——시간이 멈춘 세계에서, 단 하나 그 영향을 받지 않는 검은 아지랑이.

갑자기 출현한 아지랑이는 허세를 부리는 스바루 앞에서 팔의 윤곽을 구성한다.

손가락과 손목이 생기고, 팔꿈치가 돋으며 팔 위쪽이 생겨나 사람의 오른팔 모양을 구성했다.

그것도 이전에는 팔꿈치까지였을 터인 팔이 어깨까지 분명하게 구현화시켜서.

"_____."

처음 봤을 때보다 뚜렷한 상(像)을 맺은 아지랑이는 숨을 삼킨 스바루의 가슴속에 그 검은 손끝을 미끄러지듯 집어넣는다. 가슴의 얇은 살점을 넘어 늑골을 어루만지고, 심장으로 똑바로.

통증이란 온다고 알아도 한도를 넘으면 견딜 수 없는 법이다.

심장을 직접 움켜쥐는 그 통증은, 미친 듯이 몸부림치며 절규하지 않고는 설명할 수 없는 영역에 있었다.

──길고 괴로운, 참기 어려운 고통의 시간이 이어진다.

리듬이 흐트러진 심장이 무지막지하게 혈류를 뿜어내어 온몸이 비명을 지른다. 통증에 피눈물이 터지고 짓씹은 어금니가 견디다 못해 깨지고 부스러진다.

그만한 일이 일어나도 이상하지 않은 고통. 정지된 세계에서 통각만이 살아 있는 스바루는 몸부림치는 것마저 용납되지 않아 감수하고 있을 수밖에 없다.

이윽고 고통의 시간은 멀어지며, 시야가 새하얗게 물들고──

"──바루스?"

부르는 말을 들은 스바루는 자신이 무릎을 꿇고 있음을 깨달았다.

고개 숙인 입가에서는 침이 흐르고 있어 허겁지겁 그것을 소매로 닦으며 일어섰다.

"위험해 위험해, 백일몽."

"병석에서 막 일어난 게 무리하려드니까 그렇지. 힘들면 마을로 돌아가. 렘을 찾아낼 수단이 있다면, 그것만 가르치고…….”

말하던 람이 퍼뜩 표정을 바꾸더니 주위를 둘러보았다.

정적이 내려앉은 숲 속. 바람에 나뭇가지가 흔들리고 나뭇잎이 스치는 희미한 소음만이 울리고 있다. 그 소리에 귀를 곤두세운 람은 스바루를 보고 물었다.

“뭘 한 거야, 바루스.”

“……아주 살짝, 아픔이 따르는 내기에 나서봤지.”

그만한 고통에도 불구하고 지금은 그 자취조차 몸 어디에도 남아 있지 않다.

철저하게 정신에만 상처를 아로새기는 수법을 추악하게 여기면서도, 거동할 수 있는 체력을 현실에 남겨준 데에만은 감사를.

어쨌든――.

“바람이 흐트러지고…… 짐승 냄새가 접근해와. 그것도, 엄청난 숫자.”

술렁이는 바람에 고요함을 잃기 시작하는 심록 속. 람의 얼굴이 갑자기 오른쪽 방향으로 고정된다.

덩달아 그쪽을 보자 복수의 붉은 광점이 숲 안쪽에서 접근해오는 게 보였다.

그 숫자, 대략 다섯 개체――달려오는 마수를 본 람이 작게 혀를 찼다.

“렘은 아직 발견하지 못했는데……!”

"뭐, 안심해라. 아마 그리 머잖은 새에 합류할 수 있으니까."

"어째서 그렇게 단언할 수 있는데."

날카로운 시선으로 을러대는 람에게 어깨를 으쓱인다.

"렘의 목적은 숲 속의 마수를 모조리 사냥하는 거잖아. ── 내가 있는 한, 놈들은 나란 사냥감을 노리고 달려들어. 그러니까 조만간 렘도 내가 있는 데로 오지 않을 수 없지."

줄곧 생각하고 있었다. 줄곧 의문으로 여기고 있었던 것이다.

마수가 루프할 때마다 스바루를 저주의 표적으로 고르는 그 이유를.

반복하는 나날 중, 마을에서 만난 마수는 반드시 스바루에게 저주를 걸어왔다. 그건 피할 수 없는 운명이라기보다 더 다른 강제력이 작용했기 때문이다.

마수는 스바루의 존재에 과잉하게 반응한다. 그 이유의 답은 비슷하게 스바루에게 과잉 반응하고 있던 다른 인물의 발언에서 이끌어 낼 수 있다.

"요컨대── 마녀의 잔향이지."

마수란 마녀가 만들어냈다고 일컬어지는 인류의 외적.

그리고 마수는 마녀의 냄새를 풍기는 스바루에 대해 항상 과잉 반응을 보이고 있었다. 숲에 들어와서 람이 아니라 스바루만 족족 노리는 것도 같은 이유일 것이다.

희미하게 풍기는 마녀의 향기, 그에 유혹되어 마수가 나타난다면 그걸 이용해주겠다.

온 숲의 마수가, 스바루의 몸에 저주를 건 모든 마수가 모이고, 이를 쫓아 렘마저도 합류해올 만큼 호쾌하고 성대하게.

──이름하야, '나츠키 스바루 미끼 대작전'이다.

이전에 한 번 '사망귀환'을 에밀리아에게 전하려다가 아지랑이가 나타났을 때, 베아트리스가 나직하게 흘렸던 말이 작전의 힌트가 되었다.

아지랑이의 출현과 함께 스바루에게 들러붙은 마녀의 잔향은 짙어진다.

──필시 그 아지랑이는 마녀와 무슨 관계가 있는 것이다.

'사망귀환'시키는 힘과, 스바루에 들러붙은 마녀의 향기──거기에 어떤 인과관계가 있는지 고찰할 시간은 지금 없다.

그러나 아무에게도 전할 수 없다는 괴로움과 아무에게도 호소할 수 없는 격통.

그것들을 준비한 운명을 역으로 이용해 반격해주었다는 상쾌감에, 스바루는 눈앞에 닥쳐오는 위협마저 내팽개치고 입 끝을 일그러뜨리며 흉악하게 웃었다.

──아아, 나는 겨우 이 루프를 꾸민 운명에게 한 방 먹여줬어!

마음속으로 갈채하고 한손검을 고쳐 쥐고는 닥쳐오는 마수를 대비한다.

그리고 옆에 나란히 선 람에게 소리 높여 고했다.

"그럼 전투에 관해서는 무진장 너한테 기대고 있으니, 그쪽 잘 부탁한다!"

"나중에 객관적으로 자기가 무슨 말 했는지 돌아보고 죽고 싶어지기나 해."

한숨 섞인 람의 목소리를 뒤따라 바람의 칼날이 정면으로 닥쳐오는 무리에 부딪친다.

──마수와의 전투가, 캐스트를 바꾸어 재차 막이 올라가고 있다.

5

대지를 박차며 앞으로 뛴다.

발밑에 굽이치는 굵은 뿌리를, 발바닥을 내리찍듯이 단번에 짓밟아 한꺼번에 뛰어넘는다.

숲과 산, 포장되지 않은 길을 갈 때, 발밑이 불안하다고 신중해지는 건 사실 착오다. 자연의 짐승길을 달릴 때 옳은 방법은 발밑에 무엇이 있든지 주저하지 않고 결단하는 것.

신발의 튼튼함을 믿고 내딛는 것이 길을 열어젖히는 결과가 되는 것이다.

숨이 가쁘다. 이마를 흐르는 땀이 눈에 들어갈 뻔해 힘들게 눈을 깜빡이며 땀이 빠질 곳을 만든다.

몸을 앞으로 기울여 바람 받는 면적을 조금이라도 더 줄이면서 전력 질주.

하지만 추적자의 발소리는 뿌리칠 수 없다. 정신없이 도망치는 스바루를 비웃듯이 바로 옆에 따라붙고 있다. 끝까지 달아날 수 있을 가능성 따위 전무나 마찬가지였다.

폐가 아프고 허덕이듯이 산소를 요구한다. 볼썽사납게 입을 뻐끔거리는 스바루. 그리고.

"어쩜 이렇게 비루한 얼굴일까……. 출신을 알만 해."

"너 인마, 나중에 두고 봐라?!"

스바루는 쓸데없는 산소의 이용을 후회하면서 가슴 속의 람을 고쳐 안고 계속 달렸다.

마녀의 잔향을 이용한 '나츠키 스바루 미끼 대작전' 이 발동하고 약 10분. 스바루의 계획대로 모이기 시작한 마수 무리. 그것들과의 전투는 극도로 가혹하기 짝이 없었고, 마침내—— 두 명은 하릴없이 패주를 선택해 숲을 내달리고 있었다.

"싸울 수 있다기에 신뢰했더니 이 꼴이야!"

"싸울 수 있었잖아, 실제로. 생각했던 것보다 람의 체력이 못 버텼을 뿐이지."

"위험한 다리 멋지게 건너겠다는 식의 발언했었지?!"

"람의 상상을 초월하게 위험했던 거야. 건너기 전에 떨어질 뻔했어."

꽥꽥거리는 스바루에게 응수하는 람은 한마디 한마디가 뻔뻔스럽다.

거듭된 전투로 마나를 소모하는 바람에 손발도 멀쩡히 움직이지 못하는 상태라는 생각이 들지 않는 태도다.

스바루가 풍기는 마녀의 잔향에 이끌려 마수는 순조롭게 불려 나오고 있다.

그 숫자는 너무 순조로워서, 까놓고 말해 손에 부칠 지경이 되어서 후회 말고 할 말이 없다.

바람의 마법을 구사해 람이 처리한 마수의 숫자는 열일곱 마리에까지 이르렀다.

거기까지를 척척 정리한 끝에 난데없이 람이 힘을 잃고 쓰러진 것이다. 바로 옆에 있던 스바루는 기겁해서 허둥지둥 람을 메고 도주를 개시해서——.

"지금에 이른다. ……막무가내도 오죽하지."

"옮겨지고 있는 입장이 시끄럽다! 그리고 너무 떠들게 하지 마! 혀를 깨물 것 같고…… 애초에, 체력이, 못, 버티니……!"

스바루는 온갖 운동에서 비범한 성적을 거둔 쓸데없는 운동 능력을 가진 인물이지만, 밖에 나가지 않는 인도어파인 만큼 스태미나 부족만은 심각하다. 장거리 달리기라면 학내 꼴찌도 꿈이 아니다.

그런 빈약한 스태미나라도 목숨 건 상황이라면 쥐어짜내기도 한다. 하기야 체력의 샘이 메마르는 것도 시간문제라고 할 상황이지만.

따라붙는 마수들도 도망치는 스바루가 이제 곧 힘이 다할 걸 아는 것이리라.

사냥감이 약해지는 과정을 즐기는 것처럼 스바루의 발놀림이 굼떠질 때마다 발밑에 입질하며 견제해서, 시들려는 도주 본능에 불을 붙여댄다.

"이제 좀 작작, 숨겨진 내 힘이 해방될 시기——아얏!"

약한 소리를 내뱉으려던 순간, 스바루의 오른쪽 어깨에 마수의 이빨이 박힌다.

희롱하는 데 질렸는지 한 마리가 동료를 제치고 나섰다. 날카로운 감촉이 어깨에 파묻히고 통증이 뇌를 찔러 머리가 폭발할 것만 같다. 필사적으로 몸을 뒤틀어 매달리는 마수를 뿌리치고——

"——바루스!"

"아뿔——!"

팔 안에서 터진 람의 목소리. 그리고 갑자기 숲이 트인 순간, 스바루의 다리가 허공을 갈랐다.

다리가 허공을 허우적대고 내장이 통째로 위로 뽑혀나가는 듯한 부유감이 덮쳐든다. 직후에 발꿈치가 경사면을 긁어내린다. 스바루와 람은 무너진 자세로 미끄러졌다.

"당했다……!"

마수를 단순한 짐승이라고 얕잡아봐서는 안 되었다.

거듭된 접촉으로 스바루는 놈들에게 지성 같은 것이 있음을 감지했음에도 불구하고, 절박한 형세와 짐승의 외견 때문에 그 사실을 강하게 의식하지 못 했었다.

그 결과가, 입맛 맞는 길로 몰아세워진 끝에 낭떠러지로 꾀여 들어간 지금 상황이다.

"썩어빠질!!"

미끄러져 내려가는 비탈의 각도가 높아지자 스바루는 목울대를 떨며 외쳤다. 람을 안은 팔에 힘을 단단히 주고 왼팔은 한 손으로 뽑아낸 검을 낭떠러지에 박았다.

"아파파파파파아야아파아파!"

왼쪽 반신으로 지면을 파헤치고, 꽂은 검을 뒤틀어 박아 넣어 떨어지는 기세를 제어. 눈을 돌리니 조금 밑에는 낭떠러지의 끝이 임박해 있어 판단이 1초 늦었으면 추락사는 모면할 수 없었을 것이다.

"으와악!"

낭떠러지 위를 쳐다보자마자 추적해온 마수 몇 마리가 스바루와 람 옆을 굴러 떨어진다.

기세가 과해 멈추지 못한 마수가 마치 실내견 같은 비명을 지르며 낭떠러지 밑으로 사라진다. 날카로운 바위 표면 바닥에 잇달아 가차 없이 내동댕이쳐지고 뼈가 으스러지는 소리가 스바루의 고막에까지 닿았다.

"하, 하마터면 이쪽도 삼가 애통하신 노릇이 될 뻔했지만……."

"팔이, 너무 답답해……."

무심코 힘이 들어간 스바루의 팔 안에서 람이 갑갑한 듯 불평을 주워섬겼다.

가벼운 소녀의 몸이지만 스바루 자신의 무게와 합쳐져 팔에 얹히는 부담은 100킬로그램 가깝다. 낭떠러지에 꽂은 검을 쥔 스바루의 팔도 조짐상 한계가 그리 멀지 않았다.

"낭떠러지 밑으로 떨어지면 아무리 그래도 둘 다 위험해. 바루스, 올라갈 수 있어?"

"근성으로 어떻게든 하고 싶지만…… 위에서 대기하고 있는 마수가 문제……."

될 거라고 말하면서 왼팔에 힘을 넣는다. 비스듬히 꽂힌 칼날에 체중을 실어 어떻게든 편한 자세를 잡으려 했는데.

"——아."

둘의 목소리가 겹치고, 동시에 강철이 부러지는 새된 소리가 울려 퍼졌다.

벼랑에 박은 한손검의 검신이 끝부분 3분의 1가량을 비탈에 남긴 채로 부러졌다. 찌그러진 검신을 허겁지겁 경사면에 도로 꽂지만, 끝부분이 평평해진 만큼 단단히 꽂히질 않는다.

살점이 떨어질 걸 각오하고 온몸으로 경사면에 달라붙지만, 2인분의 체중을 지탱할 만한 마찰은 얻지 못하고 노력한 보람 없이 검신이 빠졌다. 낙하가 재개된다.

"뜨아아아아, 아뿔싸——!!"

"——이건 비싸게 먹힐 거야, 바루스!!"

머리부터 확 뒤집혀 낙하하는 감각에 스바루는 언젠가 시도한 투신을 떠올리고 온몸의 털을 곤두세운다.

그런데도 하다못해 낙하의 충격으로부터 지키기 위해서, 팔 안의 람을 무의식중에 껴안고 있는 걸 보니 남자이길 포기하진 않은 모양이다.

그 힘에만 기댄 포옹을 받으면서 람은 꿈지럭거리며 팔을 지면에 뻗고 외쳤다.

"——엘 후라!"

영창과 동시에 마나가 부풀어 오르고, 둘의 착탄 예상 지점의 지면이 폭풍을 일으킨다.

수직 아래에서 일어난 풍압은 낙하 도중이던 스바루의 몸을

상승기류에 실어 머리부터 추락하려는 것을 반전시킨다. 뿐만
아니라 낙하속도가 다소나마 느릿해진다.

　이거라면 되겠다고 시야가 반회전하는 세계 속에서 판단. 두
다리에 혼신의 힘을 담아, 착지의 충격을 어금니가 깨질 정도로
악물어서 견딘다.

　"흐그어어어어어어업, 아아아아아———— 버텼다아아아!!"

　——견뎌냈다.

　스바루는 어마어마하게 저리다고 호소하는 두 다리를 바로 번
쩍 쳐들어 위로한다. 그리고 자신들이 떨어진 낭떠러지를 쳐다
보고 그 높이에 기겁한다.

　10미터 이상의 높이는 대강 학교 등지의 4층 가까운 높이에
상당한다. 거기서 딱딱한 땅바닥 위에 내던져지고서 용케도 구
사일생했다.

　"진짜로 람 님 부처님의 타이밍. 그 바람의 마법이 없었으면
지금쯤……."

　구사일생했다는 감사를 읊으려던 스바루는 팔 안의 람이 움직
이지 않는 것을 알아챘다.

　고개 숙인 람의 콧구멍으로 피가 한 줄기 흐르고 있다. 눈을 감
고 있는 그녀는 얕은 호흡을 반복하며 괴롭게 신음할 뿐이다.

　"어라, 어이, 람? 어쩌냐, 이거, 어이."

　가볍게 몸을 흔들어 부르지만 람에게서는 대답이 일절 나오지
않는다.

　애당초 마수와의 전투와 천리안으로 완전히 지친 몸이다. 거

기서 지금의 마법이 마지막 한 짐이 되고 말아 람의 정신을 갉아 먹었을 것이다.

"아아, 제길. 타이밍이 더럽게 나쁘다고, 나."

스바루는 자신의 실태를 저주하면서 껴안은 람을 더욱 소중하게 고쳐 안았다. 옆에 떨어져 있던 부러진 검도 주워 칼집에 어정쩡하게 넣고 위를 쳐다본다.

제아무리 마수라도 단애절벽이라고 해야 할 벼랑을 뛰어넘지는 못 한다. 이쪽을 쫓는다고 해도 우회해올 터. 그사이에 그나마 어드밴티지를 얻자고, 그렇게 생각했었다.

"어이어이, 그건 아니지."

올려다본 머리 위. 스바루가 지금 막 목숨 걸고 미끄러져 내려온 경사면으로 대량의 토석류(土石流)가 흘러온다. ——그 위에 마나를 전개하는 강아지 마수와 무리를 싣고서.

본 적 있는 강아지 마수는 마을에서 스바루에게 최초의 저주를 걸고, 아이들을 쫓아간 어젯밤에 렘에게 대 타격을 준 그 한 마리가 틀림없다.

저 크기로 무리를 통솔하는 입장이라도 되는 건지 다른 마수를 따르게 하는 자세가 잡혀 있었다. 스바루는 메마른 웃음이 비어져 나오는 것을 차마 참을 수 없었다.

"마녀님, 나 원망한다……. 향수가 너무 진하잖아."

원망의 말을 남긴 스바루는 다리를 돌려 저리지 않는지 확인하고, 재차 이어질 도주 준비에 들어간다.

마수들이 둘을 얕잡아봐 즉시 덤벼오지 않기를 빌면서 뛰기

시작하려다가──

"엇, 어라?"

뛰기 직전에 스바루는 위화감을 알아채고 고개를 모로 꼬았다.

미끄러져온 마수들의 낌새가 이상한 것이다. 마수들은 토사류 위에서 몸을 웅크리다가 지면에 도달한 순간, 삼삼오오 뿔뿔이 벼랑 아래를 달리기 시작했다.

"어라, 어이, 난 여긴데요?"

마치 거미새끼가 흩어지는 듯한 모습에 스바루는 상황을 이해하지 못했다.

무슨 일이 일어나고 있는가. ──그 의문은 직후에 벼랑 위에서 폭발해 스바루의 몸에 쏟아져 내렸다.

"──엉."

또다시 올려다본 머리 위. 벼랑 위의 변화에 스바루는 놀랐다가 바로 납득했다.

──까마득히 머리 위에 있는 벼랑 위에, 한 그림자가 출현했다.

피에 젖은 철구를 늘어뜨리고, 정신이 온전치 못한 눈으로 벼랑 아래를 노려보는 급사복 차림의 소녀가.

살의로 도배된 시선과 눈이 맞은 순간, 스바루는 더 없이 꺼림칙한 예감에 등을 축축하게 식은땀으로 적셨다.

순간, 높디높은 벼랑에서 도약한 '오니'가 눈 아래의 대지에 내려섰다.

깊은 숲에서 마수에게 둘러싸여서 '오니'와 대치. 부러진 검을 든 스바루는 지켜야만 하는 소녀를 안은 채 최종 국면에 도달했다고 숨을 들이켰다.

"그건 그렇고 내 쪽이 너무 궁색하지 않답니까?"

호소는 아무에게도 전해지지 않고 숲에 불어 닥치는 바람에 묵살당했다.

자, 이 순간이 소위 말하는 중대 국면──.

6

──스바루와 람은 마수의 숲에 위험을 양지하고 들어섰으나, 덮쳐드는 마수를 협력해서 격퇴하며 숲의 심부에 무난히 도착. 마수 무리와 몇 번씩 반복해 접촉했음에도 기적적으로 부상 입지 않은 렘을 발견. 독단적인 행동을 꾸중하면서도 서로의 무사를 기뻐하며 화해.

그리고 마수를 끌어들이는 스바루의 체질을 이용해 람과 렘의 자매의 힘으로 마수를 잇달아 격파해 스바루를 마수의 주박에서 해방하고, 대단원.

"이렇게 되는 게 이상적이었는데 말야."

처량한 목소리로 말한 스바루는 머릿속에 그리던 순조롭기 짝이 없는 망상을 내버렸다.

정면. 스바루를 보는 렘의 눈은 우호적인 감정 없이 칠흑의 살

의뿐이었다.

도저히 대화가 성립할 정신 상태에 있는 걸로 보이진 않는다.

눈 깜빡이는 것마저 주저할 만한 압박감. 눈앞의 위협에 한순간이라도 눈을 뗀다면 무슨 일이 일어날지 모를 상황이다.

──그런 발상이 나온 시점에서, 스바루는 눈앞의 렘을 적 취급하고 있는 자기 자신을 깨닫고 쓰게 웃었다. 자신은 도대체 뭘 하러 이런 곳까지 왔느냐 말인가.

"레─무─링, 네 친구인, 스바루 군이랍니다─."

저도 모르게 표정이 굳어버릴 것 같아, 스바루는 일부러 활달하게 행동하며 말을 걸었다.

행여 호소에 렘이 제정신을 되찾아주지 않을까 했지만.

"그렇게 뜨거운 시선 보내지 마라. 나 화상 입어버린다."

소리가 날 만큼 날카롭게 목을 돌린 렘이 이쪽을 록 온.

경계의 창끝이 스바루에게 전적으로 쏠리는 것이 느껴진다. 실수했을지도 모른다.

그런 생각이 들 만큼 지금 렘의 모습에서 뿜어지는 귀기는 무시무시하다.

낯익은 급사복의 온몸을 적의 피로, 그것도 한 번 마른 피 위에 새롭게 축축한 피를 뒤집어쓴 바람에 거무칙칙한 적색과 선명한 적색의 투 톤 컬러가 처참함을 강조하고 있었다.

오니화의 영향인지 두 손의 손톱은 마수에게 손색이 없을 만큼 날카롭게 늘어났고, 오른팔에 치켜든 '호신용' 철구와 함께 피와 들러붙은 살점으로 흉흉함의 극에 달해 있었다.

단언해도 좋다.

램의 상태에 대해 어느 정도 각오를 했기 때문에 평상심 비슷한 걸 유지하고 있지만, 밤길 등지에서 기습적으로 지금의 램과 조우했다간 백 퍼센트 실금한다.

그만한 귀기와 광기를 둘렀는데도 램의 이마에 자란 하얀 뿔——그것만이 참상을 모른다, 아는 바 없다는 양 순백의 아름다움을 유지하고 있었다.

램을 흉악한 '오니' 이게 하는 가장 상징적인 부품이면서도, 그 뿔만은 어딘가 잘못 섞인 듯한 인상을 스바루에게 주고 있었다.

하지만 상황은 그런 스바루의 심정을 감안해주지 않는다.

눈을 돌리니 뿔뿔이 흩어진 마수들도 바위 그늘이나 숲의 나무들 안쪽에서 이쪽 상황을 엿보고 있다. 스바루와 램의 동향을 지켜보고 있는 것이리라.

틈을 보이면 그 한순간에 놈들이 달려들 건 쉽게 상상할 수 있다.

앞문의 램에, 뒷문의 마수——그야말로 위기일발의 절체절명.

움직이지 못하는 스바루와 움직이지 않는 마수. 램의 다음 행동이 상황을 움직이는 결정타가 된다.

숨을 들이켜고 딱 한 번 눈을 감았다가, 다시 램의 시선을 정면으로 마주 바라본다.

램의 눈동자가 어떻게 일렁일지, 그 한 조각이라도 놓치지 않겠다고 온 정신을 쏟아서.

그리고,

"언니……."

쉬고 기진맥진한 목소리이긴 했다.

그러나 그건 확실한 소리와 의미를 띠고 스바루의 고막을 울렸다.

입술을 달싹인 렘의 눈은 당혹한 듯 옆을 보인 람의 얼굴만을 응시하고 있다.

제정신을 잃을 정도로 광기의 소용돌이에 삼켜졌으면서도 렘의 의식은 자신의 반신을, 경애해 마지않는 언니의 모습을 지각했다. 그 사실에 스바루는 감탄의 한숨을 흘렸다.

"너야말로 정녕 시스터 콤플렉스의 귀감. 제정신으로 돌아왔으면 다행으로……."

"──놔."

말끝이 가로막힌 것과 철구가 센 바람을 두르며 날아온 것은 동시였다.

창졸간에 몸을 왼쪽으로 기울인 건 기적에 가깝다.

착지의 충격에서 아직 회복되지 않은 무릎이 스바루의 자세를 살짝 무너뜨린 게 천행이었다.

지나쳐간 철구의 가시가 오른쪽 어깨를 얕게 도려내고, 살점이 나가는 격통에 뇌가 끓어오른다.

스바루는 통증에 솟는 절규를 꾹 참으면서 비스듬히 앞으로 발을 내디디고 외쳤다.

"아프다고오!"

도려나간 어깨부터 몸을 돌린 스바루는 끝까지 쭉 뻗은 사슬 밑을 빠져나가듯이 사이드스텝. 직후, 후려친 사슬이 스바루가 있던 지점을 세차게 두들기고 대지에 쇠뱀의 무늬가 새겨졌다.

회피가 늦었더라면 스바루의 등이 같은 모양으로 터져나갔을 것이다.

살갗이 찢기는 통증을 상상하고 오싹해진 스바루가 매달리듯이 렘을 본다. 하지만 스바루를 보는 렘의 자세에 변화는 없다. 두 눈은 적의에 젖은 채, 제정신을 잃은 채다.

"오니화한 건 좋지만, 제어 못하는 설정이냐……."

렘의 현재 행동거지를 본 스바루는 그렇게 짐작했다.

그렇다면 문제는 제정신으로 되돌리는 방법이다. 어젯밤의 오니화 때에는 광란 상태이기야 했지만, 스바루가 의식을 잃기 직전의 정신은 오니보다 렘 쪽에 가까웠다고 기억한다.

눈앞에서 스바루가 중상을 입은 게 제정신으로 복귀할 만큼 충격을 주었던 것일까.

"철구 한 방 맞아볼까? 곧바로 다진 고기지만……."

어젯밤과 같은 조건으로 충분하다면 분명히 렘은 정신을 차려 줄 것이리라.

단, 스바루가 다진 고기가 되어 있지만.

"_____."

팔 안의, 사정을 알 법한 람의 의식은 아직도 까마득하다. 아까부터 눈을 떠주지 않으려나 흔들고는 있지만, 결과가 나올 때까지 시간이 걸릴 것 같다.

그리고 눈앞의 렘도 주위의 마수도, 얌전히 기다려 줄 것 같지는 않다.

스바루는 볼에 흐르는 땀을 핥아내어 입술을 적시고 입을 매끄럽게 만든다.

수단이 떠오르지 않는다면 떠오르는 족족 선택지를 다 시험해본다.

돌파구가 하나밖에 없다면, 그 하나를 하는 게 스바루 방식이다.

"어이, 렘! 팔 안의 언니분만 아니라 내 모습도 잘 뜯어봐라! 내 이름은 나츠키 스바루! 천지무용(天地無用)의 견습 잡부! 로즈월 저택의 기대의 머슴! 너랑 람에게는 순 폐만 끼쳤지만, 그런데도 때론 사이좋게 때론 엇나가며…… 으와와악!"

정과 기억에 호소하는 작전 중에 성질 급한 렘의 간섭이 들어와 즉각 중단.

선회하는 철구가 진로상의 나무들을 꺾으며 깨부수고 나뭇조각을 흩뿌리면서 짓쳐든다. 뛰어 앞구르기로 간신히 피하고 이어지는 공격을 홉 스텝 점프로 화려하게 회피. 돌아서서 다시 입을 연다.

"이야기 도중에 때려죽이기라니 버릇이 덜 들었군! 가족이 누군지 보고 싶다…… 아, 여기 있었지!"

"언니를, 돌려……!"

외치는 스바루에게 렘이 앞으로 기운 자세로 중얼거린다. 그런 줄 알았더니 렘은 갑자기 팔만 휘둘러 내던진 철구를 회수하며 그 팔 휘두르기의 반동으로 날카롭게 몸을 돌렸다.

"——!"

배후에서 덮쳐들려던 마수의 몸통에 렘의 뒤돌려차기가 직격——폭격 같은 굉음이 작렬하고, 멀리서 봐도 날아가는 마수의 내장이 뭉그러진 걸 알 수 있었다.

어부지리를 얻으려고 한 약은 행동의 결과가 저것이다.

선봉의 접근에 맞춰 파상 공격을 걸려던 마수들이 그 처참한 죽음을 목도하고 무심코 발을 멈추고 만다.

그건 즉, 사냥꾼 앞에서 벌렁 드러누워 배를 드러낸 거나 다름없는 미련한 짓이다.

옆으로 후려친 일격이 나란히 선 두 마리의 배와 머리를 한꺼번에 때려 부순다. 렘은 튀는 혈육을 개의치 않고 그 일격의 기세 그대로 전진. 내디디는 발로 몸을 움츠린 마수의 앞다리를 밟아 으깨고, 움직임이 멈춘 콧등을 반대쪽 다리로 차올려 목뼈를 부러뜨렸다.

치켜든 발꿈치가 옆의 마수의 몸통을 으깨고, 동포의 원수를 갚으려고 덤벼든 한 마리가 턱을 크게 벌린 채 렘에게 목을 붙잡혀 상공으로 드높이 내던져졌다.

포물선을 그리며 마수의 가냘픈 비명이 꼬리를 끌며 울린다. 그것은 멀어지고 멀어지다가, 그 뒤에 가까워지고 가까워지다가, 마지막에는 딱딱한 지면에 과일이라도 내던진 것 같은 소리가 나고 끊어졌다.

학살에 이은 학살. 참살을 위한 참살. 살육 중의 살육.

강대한 개체로서 군림하는 '오니'의 파괴력은 마수의 그것과는 이미 비교가 되지 않는다.

다만 그런데도———.

"물량이란 건 역시 흉악하기 그지없는 무기야."

잇달아 동포가 죽음을 맞는 것을 목격하면서도 마수들은 한 번 올라간 전투의 막을 내릴 심산은 없는 듯했다. 이를 드러내며 발톱을 세우고 함성을 지르면서 맹위를 떨치는 렘에게 덤벼든다.

맞아 날아가고, 으깨지고, 밟혀 으스러지고, 잡아 찢겨지면서도 마수들은 주검을 쌓아 올려가며 확실하게 렘의 몸에 얕지 않은 상처를 새겨간다.

적의 피로 물든 메이드복에, 뒤집어쓴 것만이 아니라 안에서 흐르는 피의 색이 섞이기 시작한다. 그 모습을 본 스바루는 형세가 기울기 시작했다고 느꼈다.

눈앞에서 벌어지는 오니와 마수의 전투는 치열하기 그지없어 이미 저들의 의식에 스바루와 람의 존재는 없다. 지금은 위협도가 낮은 상대를 뒷전으로 돌리고, 확실한 외적을 각자 없애고자 날뛰고 있다.

만약 렘이 압도적인 우세였다면, 스바루는 매정하긴 해도 이대로 마수가 모조리 사냥될 때까지 지켜봤을 것이다. 그러나 상황은 서서히 악화되어가고 있다.

"————."

휘둘러댄 팔로 마수의 몸통을 후리고 괴롭게 신음하는 렘의 몸에 마수의 발톱이 몇 번이나 닿는다.

피가 튀고 하얀 살갗에 열상이 새겨진다. 더 이상 보고 있을 수는 없다.

수단은 있다. 요는 저 전투 안에 끼어들면 되는 것이다. 끼어든다고 해도 그냥 쳐들어가봤자 폭풍에 휘말려 찢겨 날아갈 뿐이다. 끼어든다는 건, 오니와 마수의 서로만 바라보는 의식에 대한 개입. ——렘을, 구해야만 한다.

각오를 하고, 다리를 벌리며 숨을 들이키면서 렘을 응시한다.

——결단해라, 나. 남자는 배짱, 여자는 애교야.

"그러니까 무서운 얼굴 하지 말라고, 웃어, 렘. ——난 '사망…….'"

금일 두 번째 세계의 정지. 거기서 피어 올라오는 검은 아지랑이에 의한 절규의 잔치.

일어날 격통을 각오했어도 통증은 참을 수 없는 법이다. 더구나 그게 한 팔만이 아니라 왼손의 출현도 수반하고 있다면 더욱 그렇다.

움직이지 않는 눈꺼풀을 부릅뜨는 스바루 앞. 오른팔의 완성에 맛을 들였는지 가슴뼈를 빠져나가 내장을 어루만지는 감촉은 손바닥 두 개 분으로 변화해 있었다.

한쪽이 심장을, 그리고 남은 한쪽의 손바닥이 마치 사랑스럽다고도 하듯 스바루의 뺨에 살그머니 닿는다. ——공포심이 솟구친 직후, 통증이 신경을 모조리 들쑤셨다.

세계가 뒤집히고, 배의 내용물도 전부가 반죽당하는 듯한 장절한 불쾌감.

자기가 자기 자신이 아니게 되고 머리부터 발끝까지 다른 뭔가로 돌변하듯이 참기 어려운 위화감과 혐오감. 어두운 감정의 폭풍우로 뇌가 끓어오르고 의식이 차츰 혼탁해진다.

그런데도 뺨에 닿는 부드러운 손바닥의 감촉만이 따뜻해 마음이나 몸이나 녹아버릴 듯한 안도감이 있고. 하지만 스바루는 그것을 넘는 감각을 알고 있었기에——.

"돌아…… 왔다아."

시야가 흔들린다. 영혼이 닳아 없어진다. 아픔도 괴로움도, 현실에는 아무것도 가지고 돌아오지 않았다.

시간의 경과도 없다. 눈앞에선 마수와 렘이 변함없이 눈싸움을 지속하고 있다.

——하지만 스바루가 현실로 회귀한 순간, 전장에 커다란 변화가 생겼다.

마치 이곳에 간과하기 불가능한 '이상'이 출현한 것처럼, 렘과 마수 무리의 주의가 일제히 스바루에게 돌아간 것이다.

노린 바대로 스바루를 에워싼 마녀의 악취가 폭발적으로 진해진 게 원인일 것이다.

"————큭!"

렘이 포효하고, 마수들이 겹겹이 높은 울음소리를 내지른다. 스바루 또한 소리 높여 고함친다.

덮쳐드는 마수의 발톱을, 내리꽂히는 철구를 종이 한 장 차 타이밍으로 회피하고, 자신의 목숨에, 영혼에 불을 붙이기를 바라듯이.

──난전이 시작된다.

7

오니와 마수와 일반인. 곰곰이 생각할 필요도 없이 생뚱맞은 한 축을 맡은 스바루는 난전 속에 섞여 세심한 주의를 기울이면서 뛰어다닌다.

스바루의 행동은 일관적으로 심플하다.

전투가 격화하는 위치에서 접근하지도 않고 떨어지지도 않는 거리를 유지하며, 날아오는 불똥만 전력으로 회피──이상이었다.

"_____."

또 눈앞에서 철구에 맞은 마수가 암벽의 얼룩으로 모습이 바뀌었다. 마수는 동포의 죽음을 아랑곳하지 않고 세 마리끼리 한 조의 연계를 짜서 렘에게 깊은 상처를 입히고자 공격을 거듭했다.

하지만 그 얕은꾀도 허무하게 끝난다. 뿌리치는 듯한 손 움직임에 도약이 요격되고, 움직임이 멎은 쪽부터 내리치는 흉기의 먹잇감이 되어간다.

스바루는 참상을 곁눈질하면서 흘러 떨어지려는 람을 고쳐 안고 뒤쪽으로 뛰어 물러선다. 아슬아슬한 순간에 마수의 이빨을 회피하고 렘의 공격 범위로 자기 몸을 날린다.

그러자 스바루의 접근을 깨달은 렘이 즉각 요격. 쇠로 된 손잡이가 내밀어진 것을 급정지로 피하고 뒤늦게 날아드는 사슬을 쪼그려 앉아 빠져나간다. 머리 위를 통과한 철구가 뒤에서 덮쳐들던 마수의 머리에 새빨간 꽃을 피웠다.

배후에 주검이 떨어지는 소리를 들은 스바루는 창피고 체면이고 내다버리고 땅바닥을 기는 바퀴벌레 스타일로 단번에 이탈. 쫓으려는 렘을 마수가 막아 이탈 성공.

일정한 거리를 유지해 목숨을 건진 자신의 판단력을 안도의 한숨으로 상찬하면서 말했다.

"──후우! 나 생각 외로 좀 하잖아!"

개에게 물리지 않도록 필사적으로 뛰며, 쫓아온 개를 메이드 소녀에게 떠넘기고, 화내는 소녀의 발작으로부터 바퀴벌레처럼 기어서 도망쳤다.

문장화하면 죽고 싶어지는 내용이지만 죽지 않으려는 행동이라고 정색하고 잊는다.

현재, 스바루가 머리에 그린 작전은 잘 풀리고 있다.

시간 벌이로서도, 마수의 총수를 줄인다는 의미로도 나쁘지 않은 전개다.

흘끔 올려다본 앞쪽, 골짜기 밑으로 이어지는 복수의 방향에서 이 전장을 노리고 마수 무리들이 속속 모여드는 기척을 느낀다.

광범위하게까지 숲에 퍼진 스바루의 악취가 마수의 본능에 영향을 끼치고 있는 것이다.

이대로 가면 가능하다. 이길 가망이 보이기 시작했다. 스바루가 그렇게 생각한 순간이다.

"──우?"

회피 행동을 취하려던 스바루의 몸이 갑자기 휘청대며 크게 기울었다. 방심하다가 발을 헛디딘 것은 아니다. 갑작스러운 탈력감과 온몸을 덮치는 오한──직감했다.

"이 타이밍에, 저주……!"

고개를 쳐든 스바루는 렘을 둘러싼 마수 중에 저주의 발생원이 있다고 확신한다.

하지만 어느 마수가 술자인지는 알 수 없다. 마수도 필시 노려서 스바루를 괴롭히려고 저주를 발동한 것은 아니다.

눈앞의 위협, 렘에게 대항하기 위한 힘을 원해 마나를 축적하려고 한 결과다.

거기에 스바루가 마침 있어서 고스란히 술식의 발동에 침식되었을 뿐인 얘기다.

그뿐인 얘기지만, 그게 어찌나 치명적인 일인가.

저주의 효과에 꺾여 스바루가 쓰러지면 균형은 무너진다. 마수가 스바루를 물어 죽이면 남은 렘이 물량에 지는 것도 시간문제. 그 이전에 렘이 숲에 들어간 이유가──

"──아으아!"

대지를 깨고 대기를 찢는 노호가 울리며, 내리친 주먹이 한 마리의 마수를 다진 고기로 바꾸었다.

일순, 무시무시한 폭발력으로 파고들어 먼 쪽의 마수를 때려 죽인 렘의 모습에 스바루도 마수들도 어안이 벙벙했다. 그 충격에서 해방된 스바루는 곧바로 깨달았다.

——호흡이 편해지고 권태감이 흐려졌다. 저주의 효력에서 해방된 것이다.

"——렘."

"————!"

스바루의 부름 따위 들리지 않는 듯 렘은 다시 주위 마수들의 도륙으로 돌아왔다.

스바루는 파란 머리를 흩트리며 싸우는 렘의 뒷모습을 보면서, 자신이 지금 다진 고기가 된 미수에게 살해당할 뻔한 상황에 렘에게 구원받은 것이라고 똑똑히 이해했다.

제정신을 잃고 있었더라도, 스바루가 누구인지 알지 못하는 정신 상태여도.

렘은 경애하는 언니를 못 알아보지 않고, 자신이 무얼 위해서 숲에 뛰어들었는지 그 첫 목적을 잊지도 않았던 것이다.

그렇다면.

스바루는 자신이 해야만 하는 일을, 그것을 의식하고 눈꺼풀을 비볐다.

이런 골탕이나 먹이는 꼴이 아닌, 당초의 목적에 따라야 한다고 생각한 것이다.

"즉, 최초의 이상. 람과 렘의 메이드 자매끼리 두근두근 공동 저주 구제 작업."

스바루는 그것을 할 수 있어야 비로소 이 상황에서 생환할 가망이 있다고 어림잡았다.

따라서 진짜 의미로 렘의 제정신을 되돌려놓아야만 한다. 스바루가 용무가 있는 건 '오니'가 아니다. 정중함 속에 무례를 숨기고 지레짐작이 심하며, 독선적이고 민폐만 끼치는 렘이니까.

"──뿔이야."

그 목소리는 느닷없이 스바루의 팔 안에서 들려왔다.

안긴 상태였던 람이 실눈을 뜨고 종잡을 수 없는 눈매로 스바루를 쳐다보고 있다.

"깨어났냐!"

"지금이 제일, 괜찮은 타이밍이라고 생각, 했거든……."

"그래, 감이 좋으신데, 언니분. ──뿔이랬냐?"

작게 웃어 보이는 람에게 스바루도 반쯤 대담한 웃음을 띠며 되물었다.

람은 힘들게 고개를 주억였다.

"렘을 오니이게 하는 건 저 뿔이니까…… 강렬한 걸 한 방 때려 박으면…… 그걸로, 돌아와……."

"확실하냐?"

"아마. 분명히. 그러면 좋겠다."

"그 부분 애매하시네!? 하지만 믿겠거든."

단언한 스바루가 렘의 모습을 바라본다.

렘의 이마에서 난 하얀 뿔은 대략 길이 10센티미터 정도. 이마에 팩이 돋아났다고 생각하면 대충 가까운 크기다.

——저곳에, 한 방.

"무리 같지 않냐?"

"지혜와 용기를 쥐어짜내서, 어떻게든 해."

"지혜와 용기를 쥐어짜내면 닿을 만한 방법은, 실은 떠오르긴 했는데."

스바루의 대답에 뜻밖이라는 듯 람이 눈썹을 치켜든다.

그런 람에게 스바루는 쓰게 웃으며 말하기 어렵다는 듯 입술을 일그러뜨렸다.

"하지만 넌 분명 화낼 거고."

"그걸로 동생이 제정신으로 돌아온다면 람은 화내지 않아."

"정말로?"

"정말에 정말로."

"로즈찌에게 맹세코?"

"……그쪽을 선택하다니 목숨 아까운 줄 모르는구나. 그래. 로즈월 님께 맹세코."

람이 정녕 남자답게 단언하는 바이기에 스바루도 그 의견을 존중코자 생각했다.

정면. 렘이 느릿한 움직임으로 이쪽을 돌아본다.

의식의 중핵은 여전히 이쪽에 향하고 있고 넓어지는 경계망은 주위의 마수에게로.

스바루는 그 전 방위 경계 태세인 렘의 뿔을 때리기 위한 행동에 나선다.

그것은——

"이이이이, 영차!"

"──어?"

허리를 뒤틀어 자신을 내던지는 스바루를 보는, 얼이 나간 람의 얼굴이 멀어진다.

설마, 던져질 줄은 몰랐던 것이리라.

람의 얼굴은 아연하지만 이에 놀란 건 렘도 마찬가지였다. 오니 상태에 있는 렘이 딱 한순간만 멍해지고 자신 쪽으로 날아오는 언니의 모습에 순간적으로 손을 뻗었다.

철구를 놓아 손을 비운 렘이 피투성이의 두 팔로 언니를 안으며 받았다. 순간, 적의와 살의로 도배되어 있던 표정에 따스한 빛깔이 훅 드리웠다.

──그 순간에 입회하는 데 늦지 않도록, 스바루의 몸은 앞으로 파고들고 있었다.

람의 몸을 던지는 것과 동시에 스바루는 몸을 낮추고 전방으로 돌진. 렘의 시선이 위쪽의 람을 보고 있는 틈에 기듯이 사각을 달려 이룩한 접근이다.

발을 미끄러뜨리며 오른손으로 허리춤에서 검을 뽑는다. 발도술의 요령으로 절로 빠져나오는 칼날이 바람을 가르면서 렘의 머리 위의 뿔을 노린다. ──완전히 허를 찌른 타이밍.

천하의 렘도 이 기습에 대해서는 반응하는 낌새조차 없다. 하지만.

"──아흐."

칼날이 부러진 끝부분과, 쫄아서 덜 파고든 반걸음 분──합쳐서 한 판. 휘두른 칼날은 뿔을 직격하는 궤도에서 불과 몇 밀리미터 미치지 못 했다.

천재일우의 찬스가 손아귀에서 빠져나가는 사태에 스바루는 기겁했다.

"쫄아부렸다아! 앞으로 한 발짝, 용기가 부족했뜨아!!"

헛손질한 기세로 몸이 허우적댄다.

기세를 죽이지 못하고 등을 보인 스바루. 렘은 뒤로 뺀 왼손을 관수(貫手)로 잡았다. 손톱이 긴 손끝은 스바루의 등을 꿰고 깔끔한 바람구멍을 개통할 것이리라.

앞으로 한 발짝인 곳까지 와서, 또다시 렘의 손에 죽는다——그것만은 싫다.

그렇게, 생각한 직후다.

"으허허허억——?!"

발밑의 지면이 폭발해 발생한 토사류가 스바루의 몸을 수직으로 날려버렸다.

돌의 산탄에 몸이 얻어맞아 피부가 찢기는 통증과 유혈을 맛보면서 날려가는 스바루. 눈 아래로 지금 상황의 원인을 보았다.

지면의 작렬은 스바루의 위치로부터 남쪽, 그곳에 몸을 숨기고 있던 강아지 마수의 모습이 원인이었다.

자기 무리와 함께 계곡 바닥에 떨어지고 계속 잠복해 있던 울가름은 스바루와 렘을 토사류로 일망타진할 수 있는 기회를 노렸으리라. 헛손질로 틈을 보이는 스바루째로 렘마저 날려버리는 아주 화려한 간섭을 해왔던 것이다.

그러나 그 꿍꿍이는.

"핫━━━━!!"

렘이 포효하고 흙모래를 터트리는 지면에 발을 한 방 구르는 걸로 깨진다.

폭렬하는 흙모래가 그 위력에 상쇄되어 그녀의 파란 앞머리를 거세게 흩트리는 걸로만 그친다. 마력에 폭력을 발산해 상쇄━━지나치게 막무가내인 마법 깨기였다.

토사류를 막은 렘은 팔 안의 언니를 소중하게 고쳐 안고 어깨를 축 떨어뜨렸다.

그 뇌리에는 머리 위에서 날고 있는 스바루의 존재가 완전히 사라져 있었다.

마법으로 날려가 빙글빙글 세로 회전 중인 스바루는 상하좌우의 경계를 알 수 없었다.

그러나 오른손은 지금도 한손검을 단단히 움켜쥐고 있으며, 낙하지점은 다행스럽게도 절벽을 벗어나 딱딱할 뿐인 맨 흙 위다.

그리고 스바루를 깨닫지 못한 렘이 머리 부분을 드러내고 바로 밑에 와 있다.

이 이상의, 그리고 이 이후의 기회는 없다. 이 순간을 놓치면 더는 막막하다.

팔을 쳐들고 한손검을 양손으로 거머쥐며 혼신을 다해 힘을 모은다.

우연의, 우연에, 우연이 겹치고, 그래서 간신히 닿을지 말지.

편의주의 만세. 기적 최고. 하느님의 변덕도 가끔은 일을 멋지게 한다.

　──기왕이면, 아까의 일격 때에 일 좀 해주었으면 폼도 살 수 있었을 텐데.

　그리고 이쪽을 깨닫지 못하고 머리를 드러낸 렘이 바로 밑에 왔다.

　쓴웃음. 시간이 없다. 바로 지척. 천천히 완만해지는 세계. 렘이 있다.

　뿔이 보인다. 치켜든 검을 칼등 쪽으로 뒤집고, 모은 힘을 해방한다.

　"웃어라, 렘. ──오늘의 나는, 오니보다 더 오니들렸다구."

　내질러지는 칼날. 검광은 곧게 하얀 뿔을 노리며 솟구치고──

　강철을 치는 새된 소리가, 마수의 숲에 날카롭게 울려 퍼졌다.

　직후에 착지 실패에 따른, 꼴사나운 스바루의 비명도 수반해서.

막간 『렘』

1

——렘이라는 소녀에게 있어, 언니와 비교되는 것은 매우 괴로운 일상이었다.

아인족(亞人族) 중에서, 오니족이 지닌 완력과 마나는 특출나게 높은 부류에 들어간다.

육체의 강인함, 다룰 수 있는 마나의 질, 비길 데 없는 전투력은 아인족 가운데 최강으로 이름 높다.

유일하게 오니족이 가진 약점이 있다고 하면, 그것은 종으로서 절대수가 적다는 점이다.

강대한 개체를 만들어내는 데에 특화한 종은 다수의 씨눈을 싹트게 하는 데에는 이르지 못하고, 오니족은 부득이 그 힘과 상반되게 근근이 산속에서 집락을 갖추는 생활을 하는 처지였다.

그렇게 인적과 떨어진 토지에서 생활하는 종족이었기 때문에, 몇 없는 동포를 지키기 위해서도 오니족에겐 엄격한 규칙이 몇 가지씩 존재했다.

——오니족에게 있어, 쌍둥이는 '불길한 아이' 였다.

그 또한 오니족 사이에 규정된 엄격한 규칙 중 하나였다.

원래 오니족의 인물은 그 머리 부분에 두 개의 뿔을 지니고 태어난다.

평상시 뿔은 두개골 안에 숨어 있지만 사태가 오니로서의 본능을 뒤흔드는 상황으로 바뀌었을 때, 뿔은 그 머리에 모습을 드러내고 주위의 마나를 모조리 삼킨다.

대기 중의 마나를 찍어 누르고 따르게 해 자신의 전투력을 크게 높인다. 뿔은 그러기 위한 기관이며, 오니족에게는 종으로서의 긍지 그 자체라고 할 수 있다.

하지만 쌍둥이는 기가 막히게도 그 두 개의 뿔을 나누어 가지고 태어나는 것이다.

오니족에서 뿔을 잃은 이는 '뿔꺾이'라고 불리며 종족으로서의 입장을 잃는다.

뿔 하나의 손실로도 그 비방은 면할 수 없다. 그럼에도 불구하고 쌍둥이는 그 소중한 뿔이 처음부터 결손되어 태어난다. 이걸 두고 불길하다 하지 않고 무어라 하겠는가.

따라서 쌍둥이는 불길한 아이로 취급당해, 탄생 직후에 처분되는 것이 관습이다.

그 쌍둥이의 명운도 본래라면 그때에 다했을 터였다.

고뇌의 결단을 내린 족장의 손으로 처단이 이루어지는 순간, 쌍둥이 중 한쪽이 발한 절대적인 마법력──그 천부적인 재능이 발견되지 않았더라면.

2

쌍둥이는 언니를 람, 여동생을 렘이라 이름 붙이고, 오니족의 끝자리에 이름을 남기도록 조처되었다.

그런 그녀들의 생활은 결코 순탄하다고는 할 수 없었다.

목숨을 구원받았다고는 해도 쌍둥이라는 사실은 불식할 수 없다.

처음부터 '뿔꺾이'의 꼬리표가 붙은 두 명은 일족으로부터 냉대받으며 자랐다.

피가 이어졌음에도 불구하고 서먹서먹한 태도를 유지하는 양친. 불길한 아이인 둘에게 혐오와 모멸을 감추지 않는 동족. 그것은 둘에게 있어 최악의 생육 환경이었다고 할 수 있다.

다만 그런 나쁜 환경에서의 생활이 얼마나 이어졌느냐고 하면, 그녀들이 철이 들 때까지——정확히는 쌍둥이 중 언니가 자의식을 확립하기 전까지였다.

유아기의 람을 표현하는 데에 가장 적절한 말은 '신동'일 것이다.

역대의 오니족 중에서도 비견할 이가 없는 오성. 어리면서도 람이 다루는 마나의 보유량은 탁월했으며, 무엇보다 그 아름다운 뿔이 오니족 전부를 매료시켰다.

자기 자신의 재능에, 실력에 빠지지 않고 이마에 머무른 한 줄기 순백의 뿔 그 자체처럼 올곧게 자신을 드러내는 그 모습에 동족 누구나 자연히 고개를 조아렸다.

아직 열 살에 못 미치는 소녀에게 그건 차원이 다른 취급이었다.

서먹서먹하던 양친도, 조롱을 감추지 않던 동족도, 탄생 직후에 자매를 해치려던 족장조차 람의 위광 앞에서는 말도 못 했다.

　열강의 아인족 중에서도 선택받은 오니족, 그 오니족의 정점이 되고자 태어난 존재.

　강대한 개체를 존중하는 까닭에, 강대한 존재에게 예를 다하는 것을 빼놓지 않는다.

　그런 오니족이었기 때문에 람에 대한 헌신에 타산은 일절 존재하지 않는다.

　그런 언니의 영광의 길을 마냥 졸렬한 발걸음으로 따라가는 것이 렘의 일상이었다.

　탁월한 재능은 아무것도 없다. 취급하는 마나의 양은 평범하고, 오니로서의 힘도 뿔 하나 기준으로 따져 평균. 언니와 다르게 자신감이라곤 눈곱만큼도 없으며 언니 등에 숨어서 웅크리고 그림자로서 행동한다.

　그것이 바로 어린 렘의 처세술이자 미숙한 마음을 지키는 방위 수단이었다.

　언니를 시샘했던 건 아니다. 언니를 존경하고 있다. 경애하고 있었다.

　부모님이 미웠던 건 아니다. 둘은 언니만이 아니라 렘도 사랑해주고 있었다.

　동족이 거북했던 건 아니다. 기대받는 게 당연하다. 저 언니의 동생이니까.

　누구보다도 다정한 언니. 기대를 걸어주는 부모님. 언니처럼 훌륭해지라고 응원해주는 동족 모두——그 전부가, 렘에게는 몸을 짓이기는 듯한 고행이었다.

어설프게 외견이 언니와 똑 빼닮은 것도 적지 않게 영향이 있었을 것이다.

신장과 이목구비, 용모 전부가 빼닮았는데, '오니'로서의 자질만이 크게 다르다.

물론 렘도 그런 상황을 바꾸려고 노력을 했다.

어린아이들의 얄팍하고 치졸한 시행착오에 불과했지만, 렘은 온갖 수단을 시도해 언니에게 한 발이라도 다가서고자, 뭔가 하나라도 언니에게 이기고자 노력한 것이다.

그러나 언니는 모든 방면에서 렘을 웃돌고 있었다.

뭘 해도 닿지 못할 영역이 있음을, 그것이 누구보다도 가깝고 누구보다도 사랑스러운 존재임을 렘은 유아기의 시점에서 깨우치고 말았다.

언니와 나란히 서는 것은 불가능하다.

언제나 앞장서 세계를 비추는 빛을 앞서 받는 언니. 그 언니의 등에서 흠칫거리며 얼굴을 내비치고, 눈부신 빛에 몸을 웅크리는 게 자신의 위치.

그런 식으로 포기해버리니 하루하루의 고난도 다 초목이 바람을 받아 넘기듯이 인정해버릴 수 있었다.

——그런 포기를 감수한 나날이, 얼마나 이어졌을까.

어느 날 밤, 렘은 더위에 잠자리가 답답함을 느끼고 눈을 떴다.

나무로 만든 침대에 누워 땀투성이 몸에서 이불을 걷는다. 주위를 둘러본 렘은 문득 옆의 침대에 누워 있었을 언니의 모습이 없음을 깨달았다.

곧장 언니를 찾으러 가야 한다고 생각했다.

언니가 깨어나 있다면, 위풍당당하게 걷는 그 뒤를 쫓아다녀야만 한다. 이 무렵의 렘은, 설령 그것이 단순히 작은 볼일을 보기 위한 짧은 기상이어도 놓쳐선 안 된다는 강박관념에 지배당하고 있었다.

방 밖에 나가서—— 그렇게 생각했을 때, 렘은 놓치고 있던 것을 뒤늦게야 겨우 깨닫는다.

더위의 원인, 그것은 오랫동안 살아온 보금자리가 불길에 휩싸여 있기 때문이라고.

렘은 만진 문고리가 뜨거워 손을 떼고서야 그 사실에 생각이 미쳤다. 잠들어 있던 후각이 깨어나 탄내를 느끼고, 이마에 가려움이 퍼지자 뿔이 겉으로 얼굴을 내민다.

즉시 강화된 육체를 휘둘러 문을 깨부수고 업화에 휩싸인 가옥을 내달린다. 이유는 모른다. 그러나 본능이 명령하는 대로 밖으로, 밖으로.

렘은 약해진 벽을 발차기 한 방으로 파괴하고 집 밖으로 뛰쳐

나갔다.

이 순간에도 렘의 뇌리를 지배하고 있던 건, '집 밖에 나가, 언니의 지시를 받아야 한다'라는 일종의 광신 같은 사고였다.

그 사고가, 집 밖에서 목도한 광경 앞에서 한순간에 다른 색으로 덧칠된다.

집락의 중앙, 그곳에 수북이 쌓인 새까맣게 탄 시체의 산더미.

타오르는 집들, 불살라진 나무들, 낯익은 세계가 하룻밤 만에 붉은 지옥으로 탈바꿈해 있다.

불길에 살라져 배배 꼬인 시체 속에 친숙한 얼굴이 줄지어 있는 것이 보였다. 렘은 즉각 사고를 방기하고 그 자리에 무너져 내렸다.

그런 렘을 천천히 둘러싸는 검은 로브를 두른 인영. 깊게 후드를 눌러쓴 그림자의 얼굴은 가까이 올 때까지 보이지 않았고 보인 얼굴에도 기억이 없었다. 그러나 그곳에 우호적인 빛은 일절 느껴지지 않아 렘의 뺨은 어울리지 않는 미소를 띠고 있었다.

그건 어린 소녀가 만들기에는 지나치게 달관한, 포기를 몇 번이나 눌러 참은 얼굴이었다.

그 애처로움마저 동반한 표정에 그림자는 먼지만큼도 아랑곳하지 않는다.

손을 치켜들고 그 손바닥 안에 빛나는 은색의 칼날을 소녀 쪽으로 내려친——직후, 그림자의 목이 일제히 날아간다. 선혈. 동시에 네 개의 목숨을 빼앗은, 날아간 목이 제 절명마저 깨닫지 못할 만큼 산뜻한 솜씨. 비명조차 터지지 않는다.

친숙한 마나의 파동. 렘은 그것을 피부로 직접 느끼고 언니의 소행이라고 확신했다.

그 사실을 파악한 순간, 렘은 바로 일어섰다.

언니가 어딘가 있다면, 그 등을 따라야만 한다.

시선을 돌릴 필요도 없이 언니의 모습은 금세 발견되었다.

언니는 자신과 똑 빼닮은 얼굴을 지금은 비통하게 일그러뜨리고 동생에게 달려와 껴안았다. 팔 안에 있는 렘의 몸에 상처가 없는 것을 확인하고, 안도한 듯이 긴장을 푸는 몸.

렘은 그 몸을 마주 껴안으면서 더 없는 행복과 애절을 곱씹고 있었다.

──그 뒤의 일은, 잘 기억이 나지 않는다.

모든 것을 언니에게 맡겼었다고는 생각한다.

그것이 최선이며, 가장 바르다. 언니가 하는 일은 언제나 모든 가능성 중에서 가장 귀한 것이었으니까.

그런데도 깨달았을 때에는 주위가 포위되고 있었다.

인영의 숫자는 시야를 가득 메울 정도로, 렘은 그것들을 어렴풋이 바라보면서도 언니가 어떻게 해줄 거라고 끝까지 믿고 있었다.

눈앞의 등이 열심히 뭔가를 외치고 있다.

눈물을 흘리며 몸을 움츠리고 필사적으로 뭔가를 호소하고 있다.

땅에 엎드리자 렘이 난처했다. 언니를 내려다보는 짓은 렘의 삶에 있어서는 안 되는 사태였기 때문이다.

언니 뒤에서, 언니보다 몸을 작게 움츠린다. 그러고 있는 것이 존재의의.

언니가 외친다. 일어나서 자신 앞에서 두 팔을 벌리고 있다.

마나가 솟구친다. 언니의 상궤를 벗어난 힘이 전개되어 주위를 모조리 잘게 써는 보이지 않는 칼날이 세계를 유린한다.

하지만 그것이 내달리기 전에 언니는 돌아서서 렘을 껴안고
──충격.

그리고 렘은 보았다.

언니의 머리를 옆으로 후려친 강철로 말미암아 그 하얀 광채가 붉은 하늘을 나는 것을.

빙글빙글빙글빙글. 부러진 뿔이 회전한다.

뿌리부터 부러진 뿔, 뿜어지는 선혈, 그리고 날카로운 누군가의 절규.

그 광경을 목격하고 무슨 생각을 했는지, 지금도 선명하게 기억하고 있다.

자신을 감싸고 폭행을 받은, 뿔이 부러진 경애하는 언니의 비명을 들으면서, 계속 선망해왔던 아름다운 하얀 뿔이 하늘을 나는 것을 보면서,

──아아, 겨우 부러져줬어.

그렇게 생각한 것이다.

4

그 뒤에 뭐가 일어났는지 자세한 일은 렘도 모른다.

그저 어느새 잃었던 의식이 돌아왔을 때, 렘은 정든 고향에서 떨어져 커다란 저택에 숨겨져 있었고, 그곳에는 '뿔'을 잃은 언니의 존재도 있었다.

먼저 의식이 돌아와 있던 언니는 렘이 깨어난 것을 크게 기뻐해주었지만── 렘의 마음을 지배하고 있던 건 뿔을 잃어 정상인 이하까지 능력이 떨어진 언니 생각뿐이었다.

행동거지야 그때까지와 변함없지만 매사에 발휘되던 오성은 흔적도 없다. 언니가 사소한 데에 고심하는 것을 렘이 도울 기회가 몇 번이나 찾아왔다.

그렇게 예전의 광채를 잃고 동생보다 뒤떨어진 능력밖에 갖지 못하게 된 언니 앞에서, 렘의 흉중에 여태껏 없던 우월감이── 싹 텄느냐고 하면, 그건 오해였다.

이때부터 렘의 심신에 뿌리박힌 것은 예전의 열등감을 웃도는 강박관념.

다시 말해 세계에 사랑받은 언니라는 존재를 땅에 떨어뜨린 데에 대한 견디기 어려운 죄책감이었다.

렘이 언니를 강하게 경애했던 것 또한 이 죄책감에 박차를 가했다. 렘의 속마음이 우수한 언니에 대한 질투심만으로 차 있었더라면 그렇게 되진 않았을 것이다.

하지만 렘은 언니를 사랑했다. 그리고 그 언니의 뿔이 부러진

순간에 자신이 무엇을 생각했는지──그걸 잊고 살 수 있을 만큼, 요령이 좋지는 않았다.

"언니야가……. 언니가 할 수 있었을 일들을, 전부 대신할 수 있게 되어야 해."

언니를 부르는 법을 바꾸고 그 등에 숨어 있던 하루하루를 내버린 렘의 분투가 시작되었다.

매사에, 주어진 역할에, '언니라면 이랬을 터' 라는 의식으로 임한다. 원래부터 줄곧 언니의 행동을 뒤에서 봐왔다. 판단에 망설임은 없었다.

그럴 터인데 결과는 요구한 것에 항상 못 미친다. 당연하다. 언니는 훨씬 더 대단하다. 결여된 언니와 원래 모자랐던 자신, 둘이 합쳐도 예전의 언니에겐 전혀 가닿지 못한다.

본래라면 언니가 걷고, 언니가 만들어, 언니가 이끌어주었을 터인 도정을 렘은 더듬거리며 언니 손을 이끌면서 나아가야만 했다.

──그곳에는 이미 렘이라는 한 소녀의 인생은 존재하지 않는다.

렘에게, 렘의 모든 것은 '본래 있었을 터인 언니의 인생' 을 덧쓰는 것에 불과하다. 그조차 만족스럽게 할 수 없는 자신에게 믿을 수 있는 가치가 있을 턱이 없었다.

세월이 지났다. 불살라진 고향에서 둘을 거두어준 저택에서, 날이 갈수록 이상과 괴리해가는 자신들에게 렘은 닳아 문드러져갔다.

사용인으로서의 역할이 본의가 아닌 것은 아니다. 둘을 거둔 저택의 주인은 선량했으며, 무엇보다 언니는 심신을 바치더라도 상관없다고 단언할 정도로 심취하고 있었다.

순조롭게 여겨지는 하루하루에 문제가 있다면, 모든 것은 렘에게 책임이 있는 일이다.

주인은 잘해준다고 칭찬해준다. 그런 말은 고향에서 몇 번이나 들었다.

언니는 무리를 하지 말라고 렘을 걱정한다. 무리를 쥐어짜내도 전혀 모자란다.

누군가가 어째서 그렇게 노력하느냐고 무책임하게 렘에게 묻는다.

——그런 건 당연하다.

뭐든지 다 부족하기 때문이다. 모든 것을 다 짜내어 영혼을 긁어내고 그 몸을 불살라도 여전히 본래라면 있었을 그것에 가닿지 못하기 때문이다.

——무얼 위해서 사는 건가.

모든 것은, 그 불꽃의 밤에 생각해버린 어리석은 자신에 대한 속죄를 위해서.

——무엇을 하면 속죄가 되는가.

렘이 앗아가버린, 언니가 걸어야 했을 길을 신명을 걸고 개척함으로써.

자신의 모든 것은, 언니의 열화품이므로. 대체품에 불과하므로.

5

강박관념에 노출된 채 렘이 닳아 문드러진 나날을 보낸 지 7년 가까운 세월이 지났다.

렘에게는 만족스럽지 못한 결과밖에 나오지 않는 나날이어도, 주위는 열심히 노력하는 그녀의 모습을 높이 산다. 로즈월 저택에서 가장 유능하다는 평가를 얻어 왕선을 앞둔 중요한 시기에 로즈월의 측근 근무를 명령받은 것 또한 그 일환이다.

분에 넘치는 평가라고 대답하는 한편, 렘의 속내에는 흐려지지 않는 초조감이 가득했다.

세월을 거듭해도 사라지지 않을 뿐만 아니라 보다 한층 더 그녀의 마음을 단단히 옥죄는 죄의식──그것은 여전히 그녀가 자기 인생을 언니에게 계속 바치게 하고 있었다.

"내 이름은 나츠키 스바루! 만부부당의 무경력자! 부디 잘 부탁해!"

로즈월 저택에 이물이 섞여 든 건 언니와 에밀리아가 왕도에서 돌아온 날의 일이다.

에밀리아의 은인이라는 이유로 부상당한 소년이 저택으로 후송되어왔다. 소년은 깨어나자 로즈월과 교섭해 우왕좌왕하는 새에 견습 사용인이라는 입장을 쟁취했다.

내력을 짐작할 수 없는 소년에게 렘이 강한 불신감을 품는 건 당연한 노릇이었다.

특히 사용인으로서 일하기 시작한 첫날과 이틀째, 속이 빤한 웃음을 띠고 괜스레 렘이나 언니에게 접촉을 해오는 소년에 대한 좋지 못한 감정은 점점 심해질 뿐.

더구나 소년의 존재로부터는 렘에게 있어 견디기 어려운 기억을 자극하는 냄새가 풍기고 있었다.

마녀의 잔향——이 세계에는 극히 드물게 그 독기를 몸에 두르고 있는 존재가 있다.

고향이 불바다에 삼켜진 밤 이후, 렘의 코는 그 희미한 독기를 맡아내는 것이 가능해졌다. 이유는 모른다. 그러나 그 독기가 꺼림칙한 기억을 불러일으키고, 좋지 않은 짓을 꾸미는 패거리로부터 풍긴다는 사실은 7년의 세월이 증명하고 있었다.

자연히 독기가 맴도는 소년을 보는 렘의 시선은 엄격해질 수밖에 없다.

로즈월이나 에밀리아의 체면상, 반감을 겉으로 드러내지는 못하고 있었지만, 대신에 소년의 안쪽을 폭로하려는 듯 바라보고 있을 때가 많아졌다.

뿔을 잃은 언니에게 있어, 심취하는 로즈월과의 관계는 무엇보다 바라는 것이다. 언니의 본래 있을 자리를 빼앗은 렘에게 언니가 안도할 수 있는 장소를 지키는 일은 필연 말고 아무것도 아니었다. 따라서 이 환경에 해를 끼치는 존재를 렘은 용서하지 않는다.

보는 바로 소년이 결정적인 불화를 초래하는 행위는 저지르진 않았다. 하지만 렘은 상황을 본다는 언니의 의견을 들어주면서도 속히 그를 저택에서 물리쳐야 마땅하다고 생각 중이었다.

뭔가가 일어난 다음에는 늦다. 렘이 그런 결론을 내릴 뻔했을 무렵이었다.

──잠자는 스바루를, 에밀리아가 무릎베개하는 광경에 맞닥뜨린 건.

그 자리에서 렘은 에밀리아의 의견을 존중했지만, 속으로는 스바루라는 존재를 어떻게 취급해야 할지 생각하다 지쳐 있었다.

수상한 존재인 스바루의 동향을 하나하나 자세히 감시하고 있던 렘은, 얄궂게도 그가 매사에 열심히 집중하고 있단 것을 알고 있었다. 경박한 태도와는 정반대로.

그렇게 부족한 능력으로 결과를 내고자 버둥거리는 모습에, 누구를 겹쳐봤는지 렘은 알지 못한다.

이튿날 아침부터 스바루의 태도와 자세는 눈에 띄게 변화했다. 그때까지 팽팽하던 분위기가 없어지고, 기술적인 향상은 없긴 하나 접하는 법이 변했다.

목적을 알 수 없는 발버둥이 달성을 추구하는 향상심으로 모양새를 바꾸자, 자연히 일을 상대하는 방식도 바뀌기 시작한다. 짐 덩이이긴 했지만, 그 질은 아주 약간 오름세를 탔다.

여전히 환경의 변화를 환영하지 않는 렘에게 스바루가 방해꾼임은 변함없었지만, 적대 의식만으로 접하는 건 그만두자고 생각을 고칠 정도로는.

이변은 그 뒤, 로즈월이 자리를 비운 밤에 일어났다.

"──까닥하다간 마을이 괴멸할지도 몰라."

스바루가 차분한 얼굴로 전하는 최악의 가능성에 언니의 지시로 동행하는 렘은 반신반의였다. 그러나 아람 마을에서는 실제로 아이들이 행방불명되었고, 숲에 있었을 결계는 깨져서 기능하고 있지 않았다.

"렘, 가자. 우리끼리 어떻게든 해 볼 수밖에 없어."

스바루는 꽁무니 빼는 렘을 숲 안쪽으로 이끌고 궁지에 처한 아이들을 구하려고 한다.

신기하기 그지없었다. 무력한 그가 관계성조차 희박한 아이들을 위해서 필사적이 되려는 이유를 렘은 알 수 없었다.

무모한 것은 아니다. 스바루는 무력한 자신을 자각하고 있었다. 자각한 다음에, 부족한 부분을 다른 사람에게서 찾는 것을 주저하지 않는다. 어쩜 이렇게 오만한 거냐고 생각했다.

숲에 들어가 아이들을 발견해 마법으로 연명시키고, 스바루가 눈에 띄지 않는 아이 한 명을 찾으러 안쪽으로 가겠다는 말을 꺼냈을 때도 렘에겐 놀람밖에 없었다.

무력함을 알고 있는 눈으로, 못 미치는 자신이 있는 것을 아는 얼굴로, 몇 번씩 포기를 눌러 참은 목소리로 스바루는 저항하기를 그만두지 않았다.

홀로 안쪽으로 들어서는 스바루를 배웅한 렘은 아이들을 치료하면서 마냥 마음이 조급해졌다. 말로는 할 수 없는 감각이 렘의 내부를 뜨거운 것으로 채우고 있었다.

청년단에게 아이들을 맡기고 마녀의 독기를 의지해 스바루가 있는 곳에 렘이 도착했을 때, 마수 무리에 둘러싸인 스바루는 절체절명의 상황이었다.

그런 그의 팔에 잠자는 소녀가 안겨 있는 것을 보았을 때, 렘의 망설임은 걷혀 있었다.

달리는 스바루를 원호하면서, 덮치는 마수 무리에 몸을 내던진 렘. 피와 통증에 농락당하면서도 렘의 마음은 무거운 짐을 내버린 듯이 가벼웠다.

누군가를, 스바루를, 의심하지 않고 끝난다는 것이 이토록 상쾌한 것일 줄은 몰랐다.

그 직후, 충격에 삼켜진 렘의 의식은 어두운 밤 속에 내려앉았다. 대신에 전의만으로 지배된 오니의 본능이 눈뜨고 학살이 시작되었다.

튀어 오르는 혈육에 쾌락을 느끼며, 목적도 잊고 힘을 휘두르는 데에 기쁨을 느낀다.

이런 짓을 하고 있을 상황이 아니라고 이성이 호소함에도 본능에는 닿지 않는다.

더 피를, 목숨을, 오니의 본능을——

"————윽."

등을 밀치는 충격에 렘의 반응이 늦었다.

무경계한 배후, 무엇이 렘을 밀었는가. 돌아본 시선 앞에, 스바루의 얼굴이 있었다.

그 표정에 안도하고, 오니의 본능이 렘의 의식으로 전환된다.

바로 그의 근처로 사나운 마수의 이빨이 짓쳐드는 게 보였다.
발을 내디디고 팔을 뻗어 그를 구해야만 한다—— 그렇게 생각
한 렘의 코에 갑작스러운 독기가 스쳤다.

　그건 불과 한순간 판단을 늦게 만들었다.

　그리고.

　"——꺼어어어어!!"

　렘은 자신이 예전과 아무것도 다름없었음을.

　예전과 같은 죄를 거듭함으로써, 간신히 깨달은 것이었다.

제5장 『올인』

1

　――렘이 의식을 되찾았을 때, 그녀의 발은 땅을 딛고 있지 않았다.

　배 부근을 탄탄한 팔이 두르고 있고, 누가 안아 들고 있다. 난폭하고 조야한 취급은 도저히 여성을 만지고 있단 사실을 의식하고 있단 생각이 들지 않는다.

　그도 그럴 게 팔 주인은 지금 달리는 데에만 필사적이라 그 이상의 일에 정신이 미칠 여유라곤 눈곱만큼도 없어 보였다.

　"――바루스, 정면의 부러진 나무를 오른쪽으로! 발이 늦어!"

　"턱없는, 소리 맛……. 하아, 전력, 질주……란 말이다!"

　귀에 익은 목소리와 귀에 익기 시작한 목소리가 근처에서 함께 고함치고 있다.

　렘은 세차게 상하로 흔들리면서 머리를 흔들어 의식을 현실로 되돌렸다.

　"……스바루, 군, 무얼."

　"――! 깨어, 났냐, 렘!"

달리면서 환희의 목소리를 낸 스바루의 얼굴이 이쪽을 내려다본다.

의식이 몽롱한 채로 스바루를 쳐다보며, 렘은 무심코 목울대를 떨었다.

스바루는 이마를 베였는지 방울지는 피가 얼굴을 세로로 가로지르고 있다. 온몸 이곳저곳에는 어젯밤의 상처 자국이 하얗게 남았고, 그 위에 상처가 여럿 겹쳐져 피를 머금고 있었다.

"……다행이다, 렘. 정말로 손이 가는 아이지 뭐니."

분홍색 머리를 날리며 스바루와 나란히 달리면서 희미하게 미소 짓는 건 람이다.

람은 그 입술을 아주 살짝만, 익히 아는 상대만이 알 수 있는 웃음 모양으로 무너뜨리고 뻗은 손으로 렘의 파란 머리를 살그머니 어루만진다. 그 직후.

"후라!"

바람의 칼날의 영창이 이루어져 몰아치는 풍인(風刃)이 숲을 재단한다. 도중에 있던 마수의 육체를 동그랗게 절단해 덤벼들려던 그 몸을 숲의 비료로 바꾼다.

그 순간, 현기증을 일으킨 듯이 발걸음을 헛디딘 람이 스바루의 몸에 가볍게 격돌.

"아파아아아앗! 람, 너, 인마, 내가 오른쪽 어깨, 빠진 거 알고서……!"

"……시끄러워. 람이 없었으면 물렸었어. 조금쯤은 기댈 벽이 되도록 해."

"하다못해 반대쪽 어깨에다…… 아갸아아아아아악!"

격통에 반쯤 울면서 절규하는 스바루.

스바루에게 몸무게를 맡기고 '잃은 뿔의 상흔'으로부터 피를 흘리는 람의 모습.

두 명을 바라보던 렘은 불현듯 지금 사태에 생각이 이르렀다.

자신이 무얼 위해서 이런 곳에 있고, 왜 둘에게 지켜지고 있는 가. 그건.

"어, 째서……."

"아앙?"

"어째서, 내버려둬주지 않았어요?"

요동치는 가운데 그런 의문이 입을 비집고 나오고 있었다.

괴이쩍단 표정으로 이쪽을 내려다보는 스바루에게 렘은 연이어 입술을 떨며 말했다.

"언니와, 스바루 군이 와버리면 의미가 없어. 렘이…… 렘이 혼자서 해야만…… 상처 입는 건, 렘만으로 충분하고……."

"그럼 이미 늦었다. 나나 람이나 걸레짝이라고! 까닥하면 너보다 더 심해!"

과장이고 뭐고 아니라 실제로 그러할 소리를 외치는 스바루.

람은 뭔가 생각하는 구석이 있는지, 그 대화에는 참가하지 않는다. 렘은 그런 언니의 태도에 내쳐졌다고 느껴 필사적으로 매달리듯이 말을 찾았다.

"렘 탓, 렘 탓이에요. 렘이 어젯밤, 주저했으니까…… 그러니까 책임은 렘이 져야…… 그렇지 않으면, 렘은 언니에게, 스바루 군에게…….”

“지금 꽤 벅찬데, 얘기 잘 좀 정리해주겠냐?! 진짜 부탁한다, 이거…….”

“스바루 군은 원래라면, 물리지 않고 끝났을 거예요——.”

이쪽 말을 들을 태세가 아닌 스바루에게도 그 목소리는 똑똑히 닿은 모양이다.

얼굴을 굳히고 이쪽을 보는 스바루에게 렘은 자신의 죄를 고백한다.

어젯밤의 숲에서의 공방 중에, 스바루는 미숙한 렘을 감싸기 위해서 그 몸을 바쳤다.

마수의 이빨이 스바루의 육체를 뚫고 찢어발겨 선혈에 잠기는 것을 목격한 렘은 자신의 행위에, 판단에, 말을 잃을 도리밖에 없었다.

스바루의 몸에서 농후하게 풍기는, 모든 것이 불살라진 먼 날의 기억과 같은 냄새.

그것을 맡아버린 순간, 렘은 움직이지 못하고 말았으니까.

“렘이 스바루 군에게 손을 내미는 것을 주저해서 스바루 군은 죽을 뻔한 거예요. 그리고 너무나 많은 저주를 한 몸에 받고 말았다고요. 그러니까——.”

“그 속죄로, 지 혼자 정리하겠단 속내였단 말이냐.”

렘의 고해에 가쁘게 숨 쉬면서도 스바루는 납득한 듯이 끄덕였다.

스바루의 납득을 긍정하듯이 렘 또한 자신의 죄를 인정하면서 주억인다.

매도당하고 경멸당한다. 렘에게는 그럴 각오가 있었다.

본래라면 숲에 들어가기 전에, 스바루의 입으로 들었어야 할 이야기.

그걸 뒤로 미룬 이유는 한시라도 빨리 스바루를 구해야 한다고 생각했기 때문인가. 아니면 자신의 약한 면과 마주할 각오가 없었기 때문인가.

──분명, 후자일 것이다. 렘은 약한 자신의 마음을 자조하며 생각한다.

어떤 혹독한 말이 날아오더라도 달게 받아들이자.

그게 자신이 범해버린 죄이자 받아야 할 벌이니까.

"렘."

"네."

이름이 불려 각오하고 위를 보았다.

──정말로 바로 눈앞에, 스바루의 얼굴이 있고.

"박치기."

"──?!"

'딱' 하고 뼈와 뼈가 부딪치는 딱딱한 소리가 나고, 렘의 시야에 불꽃이 튀겼다.

날카로운 아픔에 한순간 시야가 점멸했다. 렘은 영문을 알 수 없어 이마를 누른다. 오니화하지 않은 지금의 육체는 인간의 강도와 썩 다르지 않다.

타격을 받은 이마는 희미하게 부어서, 밖에서 보면 벌게져 있을 것이다.

그런 못 알아먹을 사태에 눈이 휘둥그레진 렘을 내려다보며 스바루가 말했다.

"일단, 바보냐, 넌. 아니 바보다, 넌."

"바루스. 깨진 이마가 또 깨져서 재출혈 일으켰어."

"나도 바보지, 안다고! 하지만 네 동생은 더 바보거든!"

스바루는 말참견하는 람에게 그렇게 말한 다음, 유혈 중인 머리를 흔들었다. 그 모습을 보고 렘은 자신이 스바루에게 박치기 당했다고 깨달았다. 의미를 알 수 없다.

"잘 들어, 내 고향에는 '여자 세 명 모이면 시끄럽다'라는 말이 있어. 그건 관계없지만, '세 명 모이면 문수의 지혜'란 말도 있어서 말이다."

말하다가 스바루는 "문수가 뭐지……."라고 작게 중얼거렸다. 고개를 모로 꼬다가 "아아, 뭐 됐어!"라고 무책임하게 말하며 하던 얘기를 계속했다.

"좌우지간, 혼자서 생각하기보다 세 명 모인 편이 화살이 부러지기 어렵다 비슷한 얘기지."

"렘 상상이지만 본래 사용법과 다른 것 같은데요……."

"좌·우·지·간! 혼자서 생각하지 말고, 이것저것 주위한테 의지하라고! 말 못하는 것도 아니잖아. 나처럼 심장 쥐어져──."

거기까지 말하다가 별안간 스바루의 표정이 씁쓰레하게 바뀌었다.

자연스럽게 몸을 앞으로 굽힌 스바루가 괴롭게 숨을 고르면서 중얼거렸다.

"지금 걸로 안 된다니…… 파, 판정 엄격하지 않아?"

"무슨 얘기를…… 아뇨, 스바루 군. 갑자기, 마녀의, 냄새가 진하게……."

코를 잡은 렘은 자신의 후각이 맡은 끔찍한 감각에 몸을 뒤틀 었다.

혐오해 마땅한 악취가, 마녀의 잔향이 바로 지척에서 농밀하 게 풍기고 있다.

갑자기 생긴 그건 무슨 이유로 발생한 것인가――.

"뭐, 그에 대해서는 마음 바꿔먹어. 나도 바꿔먹는다."

하지만 렘의 의혹은 태연자약한 스바루의 말투에 거둬졌다.

입을 벌린 렘이 보기에 스바루의 옆모습은 진심으로 지금 문 제를 뒷전으로 미루고 있었다. 달리면서 전방을 보는 스바루의 시야는 긴장과 경계를 높이고 있었다.

동시에 옆에서 달리는 람 또한 아픈 머리에 손을 얹으면서 마 법의 영창을 시작하고 있다.

"람, 마을 방향…… 아니, 결계면 된다. 어느 쪽으로 달리면 빠져나갈 수 있지?"

"앞의 마수 무리만 빠져나가면 남은 건 왼쪽으로 향해 전력질 주인데, 어쩔 셈이야?"

람의 물음에 스바루는 "으――음." 하고 길게 신음을 흘리고 사 악한 얼굴을 꾸몄다.

"렘을 람에게 떠밀고, 난 혼자서 결계 저편으로 무정하게도 떠난다면?"

"울가름을 끄는 미끼가 될 테니 그사이에 렘을 데리고 도망치라고. 알았어."

"내 내숭을 간단히 까발리는 거 관둬주라?!"

달리는 속도를 늦추지 않는 채, 그런 대화를 교환하는 스바루와 람.

둘의 대화를 주워들은 렘은 눈앞이 깜깜해지는 듯한 절망감을 느꼈다.

"살 수 있을 리, 없잖아요……. 하, 하지 마세요. 그러면, 렘은……."

"짐 덩이는 조용히 옮겨지기나 하셔. 괜찮다고. 결계 빠져나가 합류할 수 있으면, 나머지는 네가 모르는 명안으로 마수를 일망타진할 수 있어. 그러면 대단원이지. 식은 죽 먹기 아니냐?"

스바루가 준비한 명안이라는 게 대체 뭔지 알 수 없다.

솔직히 실존하는지조차 의심스럽다. 이 순간만 넘어가려는 방편이 아닌가 하는 생각마저 든다.

왜냐면 스바루가 단신으로 마수 무리를 빠져나갈 수 있다는 전제, 그 자체가 불가능한 사항인 것이다.

"그런 짓 하지 않아도…… 렘이 마수 따위, 날려버려서……."

스바루가 무모한 짓을 하게 돼서는 안 된다고, 렘은 손발을 움직이려 힘을 넣었다.

하지만 축 늘어진 손발은 하나도 렘의 뜻에 따르지 않는다. 손끝이 떨고 입술이 희미하게 움직이는 정도. 애용한 무기도 렘의 수중 어디에도 없었다.

"렘의, 무기는……."

"그딴 무거운 걸 들고 올 수 있겠냐! 다음번에 대신할 거 사줄게!"

움직이지 않는 몸과 적수공권의 현실에 렘은 자신이 아무것도 할 수 없음을 통감한다.

그저 지켜지기만 하는 상황에 절망하는 렘. 그 몸이, 스바루의 손에서 람 쪽으로 천천히 건너간다.

"떨어뜨리지 마라."

"외팔인 바루스보다 아직 힘은 있다 싶어."

"그럼 왜 내가 렘 들고 있었대?!"

"바루스가 내가 들겠다고 말하며 말을 안 들었잖아."

"설마 하던 진지 답변!"

얼굴을 손바닥으로 가린 스바루가 자기 발언을 없었던 걸로 하려 한다.

렘은 언니의 팔 안에서 스바루를 올려다보며 믿을 수 없는 사실에 고개를 가로젓는다. 자신이 그토록 스바루를 멸시했다고 말했건만, 어째서 그는 그렇게까지.

"스바루 군은, 왜 그렇게까지……."

"──그러게."

묻는 말에 스바루는 한순간 생각에 잠겼다가, 그 뒤에 손가락을 하나 세우고 웃었다.

"내 인생 첫 데이트 상대가 너야. 못 본 체 내버려두는 매정한 짓은 못 하지."

말을 마치고 손가락을 세운 손으로 렘의 머리카락을 살그머니 어루만진다.

"그럼 뭐, 잠깐만 갔다 오기로 하마. ──렘을 부탁했다, 언니분."

"바루스도, 무사히 합류할 수 있기를 기도하고 있어."

짧은 대화를 남기고 스바루와 람의 달리는 방향이 느닷없이 갈라진다.

람은 오른쪽으로, 스바루는 왼쪽으로.

정면에서 이쪽으로 향하던 울가름의 무리가 사냥감의 분산에 한순간 동요하다가 곧장 스바루를 겨냥하고 따라붙는다.

"──언니!"

"바루스가 목숨 걸고 만든 시간이야. 유효 이용하자."

이마에 땀이 맺힌 람이 여유 없는 어조로 렘에게 그렇게 타이른다. 부상과 피로가 겹쳐서 지금의 람이 달리는 속도는 결코 빠르지 않다. 오니화한 렘과 비교할 거리도 못 된다.

그 생각에 렘은 울고 싶어질 만큼 자신의 한심함을 후회했다.

오니화만 가능하면 렘에겐 이 상황을 타개할 만한 힘이 있었다. 그야말로 스바루를 지키는 것도, 언니를 대신 들고 달리는 것도 가능하다. 전부 가능하다.

그런데도 중요한 순간에 자신의 안에 있는 '오니'는 겉으로 얼굴을 내미는 것마저 하려들지 않는다.

오니족으로서 어중간한 자신의 약한 면이 여기에 와서도 언니와 스바루의 발목을 잡고 있다.

후회하는 렘을 대신해 스바루를 미끼 삼고 달리는 람의 발걸음에 망설임은 없다.

람 안의 우선순위는 렘 이상으로 또렷하게 확립되어 있다.

이 자리에서는 스바루보다 렘을, 그야말로 자신의 목숨보다 우선할 것이다. 스바루가 미끼를 자처해 나선 것도, 자신들의 생존율을 높인다고 알면 주저 없이 긍정할 수 있다.

경애하는 언니의 결단이 옳다고 생각하는 한편으로, 렘은 이렇게도 생각하지 않을 수 없었다.

언니는 어째서 그렇게 강한 거냐고. 어떻게 다 잘라내버릴 수 있느냐고.

그런 여린 결단을 가볍게 내릴 수 있다면, 더 굉장한 모습을 보여주길 바란다.

어릴 적의 전폭적인 신뢰에 기대듯이, 부조리하다고 알면서도 렘은 언니를 부른다.

"언니……. 스바루 군이, 스바루 군이……."

"돌아보면 안 돼, 렘. 바루스의 각오가 허사가 돼."

존경하는 언니의 말이다. 언제나 옳았던 언니의 말이다.

그 말에 따르면 분명히 마음은 지킬 수 있다. 언제나 람은 옳았으니까.

──그렇다면 옳은 것에는 아무 가치도 없다.

"──언니야!!"

"──윽!!"

마음이 호소하는 채로 터트린 렘의 외침을 들은 람의 표정에 격진이 퍼졌다.

입술을 다물고 눈을 크게 뜬 람의 다리가 멈춘다. 순간적으로 몸을 튼 렘은 언니의 팔에서 벗어난다. 지면에 떨어진 렘은 몸을 굴려 배후를──달리는 스바루의 등을 보았다.

멀다. 달린다고 하기엔 너무나도 느리기 짝이 없는 질주다.

검은 머리, 상처투성이의 몰골. 힘이 들어가지 않아 늘어진 오른팔을 덜렁거리며 다양한 감정을 한데 모아 눌러 참는 얼굴 표정의 스바루.

그 스바루의 정면을 막아서는 건 너무나 큰 거체를 가진 칠흑의 마수.

다른 마수에 비교해 까마득히 큰 개체는 혹여 무리의 우두머리일지도 모른다.

마수 무리에 둘러싸인 스바루는 그 마수를 향해 맹렬히 달리고 있다.

멀어지는 등에 손을 뻗는다. 닿을 리 없는 등에, 렘은 필사적으로 손을 뻗었다.

손가락을 뻗어도 마음이 울어도 닿을 리 없는 등에.

그런데도 오로지 렘은 닿게 하려는 듯이 외친다.

그날 밤에 닿지 않았던 손끝이, 마음이, 이번에야말로 닿아주길 바란다는 빌듯이.

"──스바루 군!"

그 목소리가 닿았는지 않았는지는 모른다.

단지 마치 그 목소리에 호응하듯이——달리는 스바루가 왼손으로, 둔탁하게 빛나는 검을 뽑아낸 것만이 보였다.

2

——스스로도 자기 자신을 알 수 없다.

언제부터 이런 바보 같은 짓을, 이런 오기를 부리는 남자가 된 것일까.

자매에게 부채감을 느끼게 하지 않기 위해서라고는 해도, 울고 싶은 통증을 참고 고개를 들다니 당최 전혀 자신답지 않다.

등을 마주 돌리고 둘이 자기 얼굴을 볼 수 없어졌다고 알자마자, 표정이 터져 나간다.

날카로운 것과 무딘 것. 양극단의 통증이 쉴 새 없이 찾아온다. 허세가 벗겨지고 스바루는 성대하게 얼굴을 찡그린다. 개처럼 꼴사납게 혀를 내밀면서 중얼거린다.

"아파…… 아프다고오. 아파, 엄마, 아빠, 에밀리아땅……."

인생 3대 의존 대상의 이름을 부르며, 덜렁이는 오른팔을 흘끔 곁눈질한다.

단속적으로 저리는 오른쪽 어깨는 렘의 뿔에 일격을 넣을 때의 착지 실수로 입은 상처다. 아마 탈구……로 끝났다고 믿고 싶다.

어쨌든지 간에 오른팔의 전선 복귀는 현 상황에서는 바랄 수 없다. 스바루는 가진 무기를 더욱 줄이고 눈앞의 적에 맞서야만 한다.

달리는 스바루 앞을 막아서는 건 벌써 몇 번째의 해후가 되는지 세기도 번거로운 강아지 마수다. 질리지도 않는 걸 뛰어넘어 스바루에 원망이라도 있는 게 아닌가.

"슬슬 너와도 끝내고 싶은 바로군……."

달리면서 스바루는 마수가 쏠 토사류에 대비해 긴장한다.

이번에야말로 무방비하게 '그걸' 먹으면, 오른쪽 어깨의 탈구만으로 끝날 턱이 없다.

스바루는 모래에 쓸려 죽는 꺼림칙한 상상을 뿌리친다. 토사류가 발사된 순간에 옆으로 뛰어 물러서는 시뮬레이션──언제든지 오라고 반쯤 될 대로 되란 식으로 마수를 쏘아보는데.

"니엥?"

무심코 얼빠진 소리가 튀어나왔다.

그도 그럴 게 거기에는 스바루의 눈을 의심할 만한 광경이 펼쳐져 있었다.

강아지 마수가 작게 신음하며 그 조그만 몸을 더욱 꼬옥 줄인다. 온몸의 힘을 팽팽하게 당기듯 축적하는 몸짓. 그대로 무슨 일이 일어날지 눈을 가늘게 뜬 스바루 앞에서……

"────큭!"

폭발적인 기세로 털 뭉치가 비대화한다.

안아서 귀여워할 수 있는 사이즈의 실내견이 눈 깜빡할 새에 대형견 위에 초대형이라 붙여도 될 정도의 사이즈로 성장──

입이 쩍 벌어졌다.

"만화 등에서 자주 나오는 패턴이지만, 그 잉여 질량은 어디서 온 거래?"

물음에 대한 답변은 숲을 겁에 질리게 할 정도의 포효였다.

땅을 후려칠 기세로 헐떡이며 두 뒷발로 솟아오르는 몸을 지탱한다. 그리고 마수는 빈 두 앞발의 발톱을 맞부딪혀, 쓰다듬는 것만으로 뼈까지 꺾을 듯한 흉기를 과시한다.

"마법이 결정타가 되지 않던 게, 그렇게나 신경에 거슬렸냐⋯⋯."

스바루는 직접 공격을 최종 결전에 반입하겠다는 판단에 학을 떼면서 우회로를 찾아 시선을 두리번거리지만──배후나 옆이나 쫓아오는 마수의 견제가 심각해서 이동은 곤란하다.

"미소녀 자매보다 날 노린다니, 취미 나쁜 데 오니들렸다고, 너희들⋯⋯. 빌어처먹을!"

한 번 깨닫고 나니 무심코 다리가 굼떠질 정도의 기척이 주위를 에워싸고 있다. 아무래도 온 숲의 마수가 일거에 스바루 쪽에 모이고 있다. 미끼 작전, 대성공이다.

겁먹고 질질 싸며 목숨 구걸할 짬도 없다.

도망칠 구멍은 막혔고 똑바로 달릴 수밖에 없었다. 즉, 저 거대 마수와 1대1 대결이다.

──그 결론을 얻은 순간, 스바루는 자신의 히든카드를 뽑겠다는 결단을 내린다.

품속에 손을 넣어 주머니를 뒤진다. 돌의 감촉. 부서진 과자의

촉감. 왠지 끈적끈적한 천의 불쾌감. 그리고.

"나머지는, 팩을 믿는다……!"

끄집어낸 '그것'을 입안에 던져 넣고, 회색의 새끼고양이님에게 온 마음을 다한 기도를 바친다.

입 안에 구르는 감촉을 어금니에 고정하고, 눈을 부릅뜨며 앞을 보았다.

스바루와 마수, 접촉까지 거의 시간이 없다. 앞으로 불과 몇초, 충돌한다.

그때였다.

"——스바루 군!"

들렸다.

지금, 스바루의 이름을 부르는 소리가 들렸다.

비통한 목소리로 한탄하고 있으며, 이 세상의 종말 같이 스바루의 생사에 마음을 태우는 걸 알 수 있어서——부지중에 스바루는 기쁘다고 생각하고 말았다.

스스로 생각해도 너무 지독하다. 변태다. 지조 없는 사내다.

스바루의 이름을 외친 소녀가 어떤 마음인지 상상을 못하지는 않는데, 그런데도 웃어버리는 자신은 완전히 돌았다.

웃고, 웃어젖히며, 웃기를 그치고, 스바루는 움직이는 왼손으로 부러진 한손검을 뽑아냈다.

마수의 포효가 정면에서 터진다. 검을 꼬나 쥔 스바루도 노성을 터트렸다.

목소리가 뒤집혀 듣기 괴로운 함성이 터진다. 영혼과 영혼이 충돌한다.

접촉까지 앞으로 불과 한순간. 그 직전, 스바루가 숨을 깊이 들이켠다.

이미지하는 건 자신의 육체 한복판.

가슴과 허리 사이, 단전 같은 부분에 안과 밖을 연결하는 '문'을 의식하고, 외친다.

"──샤마아아아아아아크!"

마(魔)의 영창에 대기가 간섭을 받고, 직후 먹구름이 스바루를 중심으로 폭발한 것처럼 발생.

그것은 스바루와 모든 마수를 집어삼키고, 숲의 결전을 어둠 속으로 가두었다.

3

──검은 아지랑이 속에는 몰이해의 세계가 펼쳐져 있었다.

세계의 형태도, 색도 냄새도, 그 안에 있어서는 일체를 파악할 수 없다.

유일하게 발바닥──지면과 접하는 그곳만이 딱딱하고 확실한 감촉을 전해오고 있다.

그것이 없으면 분명히 이 암흑 속에서 상하의 감각마저 잃고 있었을 것이다.

아무것도 보이지 않는다는 것. 아무것도 들리지 않는다는 것.

아무것도 알 수 없다는 것.

그것은 세계가 끝났다는 뜻이다.

신발 밑의 감촉으로 세계를 느끼면서 스바루의 의식은 애매한 와중에 뭔가를 찾고 있다.

검은 아지랑이에게 쓸려가는 중에, 해야만 하는 뭔가가 있었을 터다.

──뭔가, 뭔가, 뭔가, 뭔가가 부족하다.

떠올려라. 몰이해의 세계 앞을, 이해 있는 세계를.

몰이해는 왜 찾아왔나. 누가 그렇게 했나. 타개하기 위한 조건, 그것은 어디에 있었나.

떠올려라, 떠올려라, 떠올려라. 신발 밑에 확실하게 있는 세계를, 그 외의 세계를.

뇌가 명령하는 대로, 사고에 불꽃이 튀기 시작한다.

앞으로 한 발짝, 그게 닿지 않는다. 발의 힘이 빠지려 한다. 머잖아 몰이해에 찌부러져 발바닥의 감촉마저 믿지 못하게 된다. 그걸 예상할 수 있었다면, 답은 바깥에 없다.

몸 바깥에 없으면, 안에 물어봐라. 몰이해에 지배당한 바깥쪽은 무리여도 항상 무의식적으로 행동하는 내장 전부를 불러봐라.

역할을 다해라. 움직일 수 있는 부품은 전부 움직여. 그것을 달성하고서야, 겨우──

"────!!"

갑자기 타오르는 듯한 감각이 몸 안에 용솟음친다.

안절부절못할 열정이 온몸에 미쳐 날뛰며, 스바루의 목은 말이 되지 않는 짐승 같은 포효를 지른다. 아니, 질렀다고 생각한다. 그것도 알 수 없다.

알 수 없다. 알 수 없지만, 힘이 빠지려던 다리가 다시 움직이기 시작했다.

앞에 나선다. 앞이라고 생각하는 방향으로 발을 내민다.

이해, 몰이해, 이해, 몰이해, 이해, 몰이해, 반복하고 반복해, 이윽고——.

4

검은 아지랑이를 깨부수고 밖으로 뛰쳐나온 순간, 스바루는 손에 어마어마한 감촉을 느꼈다.

움켜쥐고 있던 검이 팔에서 딸려나갔다. 얼굴을 든 스바루는 경악을 억누른다.

눈앞. 아지랑이 안에 머리를 꼬라박은 상태의 거대한 마수——그 몸통에, 스바루가 잡고 있던 한손검이 깊숙이 박혀 있었다.

무의식의 일격은 스바루의 손안에 느낀 적 없는 꺼림칙한 감촉을 남기고 있었다.

날이 무딘 칼날로 살아 있는 동물의 체내에 칼날을 파묻는 감각. 그건 스바루에게 상상 이상의 정신적인 충격을 불러들여 생똥맞을 정도의 불쾌감을 느끼게 한다.

따뜻한 생물을 지금 죽이고 있다는 감각이다.

아직도 몰이해의 세계에 있는 마수는 자기 자신의 몸에 검이 박힌 감촉을 인식하지 못한다.

　죽인 상대가 죽은 것을 깨닫지 못하는 어긋남을 목도한 스바루는 이 틈에 거리를 벌리고자 느릿느릿 뛰기 시작했다.

　머리가 무겁고 온몸이 나른하다. 불완전한 마력 행사로 불필요하게 마나를 방출한 후유증이다.

　본래라면 온몸의 마나를 전부 토해내고 그 자리에 쓰러져 서지도 못했을 마법의 행사――스바루는 그것을 히든카드로 타파해 돌파했다.

　"……감사해주마, 꼬마들아."

　스바루는 입안에 희미하게 남은 과실의 껍질을 뱉어내고 자그맣게 웃음을 차올린다.

　뱉어낸 과실――그것은 어디서 주워 모아왔는지, 렘을 구출하러 가는 스바루에게 아이들이 떠넘긴 무용지물 속에 있었다.

　보코의 열매다. 마나가 고갈된 몸에 힘을 되돌려주는 도핑 아이템.

　그 존재를 확인한 순간부터 이 계획만은 머릿속에 흐릿하게 있었다.

　마법을 사용한 순간, 열매를 깨물면 움직이는 것만은 가능할지도 모른다.

　목숨을 판돈으로 도전한 도박이었지만, 천칭은 보기 좋게 스바루 쪽으로 기울었다.

　몰이해에 갇힌 마수에게 돌아서서 결계가 있을 방향으로 발길을 향한다.

미숙하고 마나도 부족한 스바루의 샤마크가 얼마나 효과를 지속할지 알 수 없다.

더 이상은 시간 벌기 수단도 떠오르지 않는다. 좌우지간, 조금이라도 결계에——.

"——어?"

하지만 그런 스바루의 꿍꿍이는 배후에서 오른쪽 옆구리를 스친 발톱의 일격으로 즉각 돈좌했다.

날카로운 통증이 출혈을 알리고, 스바루는 고통의 신음을 지르며 무릎을 떨군다. 그러나 그렇게 만든 외적은 스바루가 무릎 꿇는 것을 용납하지 않는다.

굵은 팔이 난폭하게 스바루의 목을 잡고 발톱을 박으면서 가볍게 들어 올린다.

"빌어처먹을……."

눈앞에 큰 입을 벌리고 스바루를 삼키려고 하는 덩치 큰 마수의 구강이 보였다.

피에 젖은 이빨과 비릿한 숨결이 안면에 닿아, 스바루는 적의 깊은 집념에 될 대로 되란 기분이 되어 웃으며 소리쳤다.

"니놈이나, 뒈져——!"

마수에 꽂혀 있던 검을 힘으로 뽑아내어 그 벌린 입안에 힘껏 때려 박았다.

"————!"

입안을 치명적으로 휘젓는 일격에 마수는 절규를 지르고 스바루의 몸을 내던진다.

던져진 스바루는 구르면서도 놓지 않았던 검을 앞을 향해 쥐고 마수를 쳐다보았다.

"어엉! 왜 그러냐, 자식아! 와봐라, 썅!"

얼굴을 마구 흩뜨리며 광란한 얼굴로 스바루를 보는 마수.

마주 보는 스바루도 피투성이의 전신을 들썩이며 지저분한 도발의 고함을 터트린다.

머리에 피가 올라 각자 서로밖에 보이지 않는다. 생명을 깎아 먹는 경쟁이다.

피차 이해하고 있었다. 눈앞의 적을 죽이지 않으면 이제 아무것도 끝나지 않는다고.

양자가 임전태세에 들어가고 계기 하나로 불이 붙는다.

폭발 직전의 한 명과 한 마리——아니, 두 마리 짐승의 대치.

"——울고아."

그러나 그건 하늘에서 내리 쏟아진 염탄(炎彈)의 직격으로 영원히 중단되었다.

"우우오아아?!"

얼굴을 가린 스바루의 몸이 충격에 삼켜지면서 뒤쪽으로 날아갔다.

갑자기 눈앞의 지면이 터진 것이다. 충격은 고열을 수반하고 열파가 온몸을 세차게 때렸다.

이미 상처투성이인 몸에 화상 대미지가 추가되고, 옆으로 쓰러진 스바루는 머리를 내저었다.

"도대체…… 웬……."

열기를 띤 공기에 목이 지져지면서 고개를 든 스바루는 보았다. 경악으로 뺨이 굳는다.

──스바루의 눈앞에서 마수의 거구가 불길에 휩싸여 타오르고 있다.

불꽃의 혀가 온몸을 핥아 마수가 손발을 미친 듯 휘두르며 고통을 드러내고 있다. 타오르는 대기에 폐가 타버린 마수는 소리도 없이 홍염 속에서 계속 춤추다가, 곧 대지에 중저음을 울리며 거꾸러졌다.

마지막에 남은 건, 질량이 두 아름은 준 거무튀튀한 고깃덩어리뿐이다.

"_____."

생각지 못한 마수의 최후. 그리고 스바루를 놀라게 한 건 그뿐만이 아니다.

마수를 태워 죽인 염탄이 잇달아 하늘에서 쏟아져 먹구름 안을 내리 쏘고 있는 것이다.

펼쳐진 어둠, 그곳에 착탄한 불꽃이 어떤 위력을 발휘했는지 밖에서는 보이지 않는다.

하지만 결과를 상상할 수는 있다.

걷히지 않는 어둠 속에서 마수들은 자기들이 구워지고 있는 것을 깨닫지 못한 채로 사라지는 것이다.

그게 자비인지 무자비인지 스바루는 알 수 없다. 다만.

"이거어— 참, 그으—나저나 생각을 잘했구운—. 본래는 눈

속임으로써 사용하는 샤마크를, 일부러 표식으로서 이용할 주
울—이야."

그 불꽃의 결말을 연출한 인물이 실실 웃으면서 하늘에서 내
려오고 있었다.

바람에 나부끼는 남색 장발, 파랑과 노랑의 색이 다른 오드아
이. 깡마른 장신을 기발한 의장으로 차려 입은, 광대 차림새의
왕국 최강 마법사——로즈월이 도착했다.

착지한 로즈월은 바지밑단을 털고, 긴 머리카락을 등에 흘리
며 스바루를 내려다보았다.

"아하아—, 꽤애—나 지독한 꼬오—락서니인걸."

"오는 게 되게 늦어, 로즈찌. 내가 몇 번 죽음을 각오한 줄이나
아냐."

아마 한 손 가지고는 가뿐히 모자랄 거다.

욕설을 뱉은 후 탈진한 스바루의 허리가 그 자리에 무너졌다.
무릎이 후들거려 설 수 있을 것 같지 않다.

"그건 그렇고, 용케 내가 있는 데를 알았군."

"마을에서 에밀리아 님께 단단히 다아—짐을 받았거어—든.
'무모해도 무리여도, 궁지에 몰리면 분명히 마법을 쓸 테니까,
하늘에서 놓치지 마.' 라아—고."

"베아코 요것이……. 가볍게 에밀리아에게 들통 났잖냐."

힘이 못 미쳐 베아트리스는 임무에 실패한 모양이다. 이렇게
로즈월의 기적적인 개입이 있었음을 감안하면, 결과 오케이라
고 해야 할지도 모르지만.

"로즈월 님──!"

그때, 상황을 돌아보는 스바루의 귀에 꽂히는 목소리. 타오르는 검은 아지랑이를 우회해 덤불에서 모습을 드러낸 건 람이다. 램을 부축하고 있는 람은 로즈월 앞에서 표정을 눈 녹듯 환히 폈다.

"번거롭게 만들어드려 죄송합니다."

"아아──니, 좋다마다. 오히려 내 부재중에 너희는 자알── 해 주었어."

노고를 치하하는 말에 뺨을 붉힌 람은 가슴에 손을 얹고 엄숙하게 끄덕였다.

스바루는 둘의 대화를 목도하면서 안도감에 깊게 한숨을 쉬었다.

"──스바루 군!"

"꾸에!"

느닷없이 달려든 램에게 포옹 당해 스바루의 목이 비명을 질렀다.

눈앞, 얼굴 바로 옆에 파란 머리가 살랑이고 있다. 여기저기 부드러운 감촉이 있어 사정을 이해한 스바루. 평소라면 부수입이라고 기뻐할 장면이지만, 지금은 여유가 없다.

"렘, 지금은, 몸, 여기저기가…… 아, 의식도."

감정의 제어가 듣질 않는지, 포옹은 힘이 최대한으로 담겨 있었다.

온몸의 부상이 합창하기 시작하고, 스바루는 필사적으로 렘의 등을 두드려 어필한다. 하지만.

"살아 있어. 살아 있어 줬어. 스바루 군, 스바루 군……. 스바루 군."

감격에 겨워 있는 렘은 그런 스바루의 반응을 눈치채지 못한다.

이쪽 가슴에 얼굴을 들이밀며 따뜻한 물방울이 촉촉히 뺨을 적시는 감각. 낯간지러움과 다양한 감정이 뒤범벅되어 도래해 이미 스바루의 뇌가 처리 능력을 넘어섰다.

요컨대——

"또, 이, 패턴……."

말과 함께 스바루는 자기 목을 스스로 지탱할 수 없어 고개를 풀썩 떨구었다.

어두워지는 의식. 멀어지는 목소리. 마지막으로.

"지금은 자도록. 눈을 떴을 때, 네가 해준 일에 대한 사례는 최선을 다하아—다마다. ——적어도, 너를 위협하는 것의 배제는 약속하지."

그런, 광대 티가 가신 진지한 누군가의 목소리가 고막을 흔들었다.

그 말에 확실한 안심감을 느끼고, 스바루는 천천히 의식을 놓았다.

잠에 빠지기 직전까지 자신의 몸을 포옹하고 있는 따뜻한 감촉을 느끼면서, 겨우겨우 주워 올린 그것을 맛보면서,

스바루의 의식은 무의식의 샘물에 빠져들었다.

에필로그『미래의 얘기』

1

　——스바루의 의식은 검은 그림자에 지배된 세계에 다시 초대받고 있었다.

　아무것도 없다. 의식만이 허공을 표류해서 스바루는 어렴풋이 자기 존재를 자각한다.

　아무도 없다. 아무것도 없다. 시작이 없다. 끝이 없다. 무위밖에 존재하지 않는 세계.

　밤의 바다에 몸을 내던진 듯한, 미덥지 못한 감각에 스바루는 의식을 맡기고 표류한다.

　갑자기 그 암흑의 세계에 변화가 생겼다.

　정면. 의식뿐인 스바루의 눈앞에 누군가가 선 것이다.

　수직으로 뻗은 그림자는, 깨닫고 보니 사람 같은 형상을 하고서 스바루 앞에 서 있다.

　얼굴은 보이지 않는다. 모습은 뿌옇다. 그저, 희미하게 여성의 그림자겠다 싶었다.

　그림자는 일렁이며, 천천히 이쪽으로 손을 뻗어왔다.

그 손끝이 의식을 자상하게 스쳤을 때, 스바루는 왠지 공연히 울고 싶어진다.

그래주기를 줄곧 고대하고 있던 것 같은 이상한 감정의 물결.

준동하는 그림자에 안기며 충동적으로 삼켜져버리고 싶어져 —— 멈추었다. 말려졌다.

그림자에 겹치려고 한 스바루의 의식을, 뒤에서 뻗은 하얀 손끝이 안고 있었다.

부드럽고, 뜨거울 정도의 감촉.

그 열을 의식한 순간, 스바루의 앞에서 그림자의 존재가 급속히 흐려져 간다.

앞을 보고, 마음을 떨며, 격정을 외친다. ——하지만 그건 무의 세계에서는 소리가 되지 못한다.

남겨진 채로 멀어진 그림자가 사라져간다. 사라져버린다.

마지막으로 그림자는 울 듯한 스바루 쪽에 조용히 손가락을 뻗었다.

『——랑해.』

주워듣지 못한 말, 그조차도 뿌예지고 세계는 소실했다.

2

깨어난 스바루의 시야에 처음으로 들어온 건 낯설고 호사스러운 천장이었다.

자고 깨던 개인실과 다르게, 객실의 장식은 눈이 미치기 어려운 천장에까지 과다했다. 귀족 저택씩이나 되면 주인의 권위와 그 외 기타 등등을 표시하기 위해 필요한 허영이지만.

　그러나 뿌리 및 성장과정이 소시민인 스바루가 있기 불편하단 건 명백하다.

　스바루는 각성할 때까지의 짧은 시간을 그런 사고에 할애하고, 몇 번쯤 눈을 깜빡인다. 그리고.

　"——일어나, 주었나요."

　목소리가 닿은 쪽은 침대의 바로 옆, 그것도 지근거리다.

　스바루는 괴이하게 부드러운 침대 위에서 갸우뚱하며 옆에 앉아 있던 상대에게 눈을 가늘게 뜬다.

　"눈 뜨고 바로 옆에 메이드라니, 어떻게 보면 남아의 소원이지."

　"……이번의 렘이 저지른 불미스러운 일을 생각하면, 이런 걸로 속죄라고는."

　"아——, 왠지 네거티브해질 것 같은 서두는 됐어. 그 · 보 · 다."

　눈을 내리까는 렘 앞에서 상반신을 일으키며 소리 한 번마다 구분 동작을 한다. 스바루는 이불 안에서 오른손을 들어 올렸다. 그 손은 단단히 앉아 있는 렘의 손과 얽혀 있었다.

　"이거 내가 한 거야? 잡고 놓아주질 않았다 비슷하게…… 그랬으면 나 꽤 창피한걸. 어릴 때 마음에 드는 수건 놓지 않았던 것 같은데."

　"아뇨. 저, 이건 그……."

스바루의 물음에 렘은 잡은 채의 손을 힐끔힐끔 보고, 아주 살짝 볼을 발그레 물들인다.

"렘 쪽이, 한 거예요."

"어째서 말야. 말해두겠는데, 난 자면서 땀 엄청 흘리니까 손바닥도 아마 습기 짱짱할걸?"

"스바루 군이······."

"응?"

스바루는 잡은 상태의 손을 보면서 말을 끊는 렘을 잔잔한 마음으로 지켜본다.

재촉받지도 않는 상황에서, 렘은 몇 번쯤 호흡한 다음 눈을 치뜨며 스바루를 보았다.

"자고 있는 스바루 군이, 괴로워하고 있는 것처럼 보이기에······ 손을."

"잡아줬던 거야?"

"렘은 약하고, 결점뿐이에요. 그래서 이럴 때에 뭘 해줘야 하는지 몰라요. 알 수 없어서, 렘이 받고 제일 기뻤던 일을 하고 싶다고."

그게 창피한 기억에 결부되는지, 토막토막 끊기는 말은 어딘가 어눌하다.

그러나 마음을 밝혀준 렘에게 스바루는 잡은 손을 보고 입술에 미소를 머금는다.

마치 아이처럼 나쁜 꿈에 가위 눌리고 있던 스바루를 구해준 것이 이 손바닥이다.

렘 또한 울어버릴 듯한 밤에 누군가가 이렇게 손을 잡아준 적이 있는 것이리라. 그 행동을 스바루에게 해준 게 영 겸연쩍고 기뻤다.

　풀어낼 이유도 없어 손바닥은 그대로다. 스바루는 온기를 느낀 채로 갸웃거린다.

　"일단, 후일담은 아니고. 일의 전말을 듣고 싶은데."

　"네. 스바루 군은, 어디까지 기억하고 있어요?"

　"로즈찌가 불 소나기로 무지 화려하게 강림하고, 흥분한 렘한테 조르기로 꼴깍 넘어간 순간까지일까."

　"……그럼 그 뒤의 일이네요."

　더듬더듬 렘은 그 뒤의 일을 사무적으로 설명한다.

　스바루가 의식을 잃은 다음, 로즈월에 의한 숲의 마수의 소탕이 이루어졌다.

　무의식중에도 마녀의 잔향의 영향에 있던 스바루는 마수들을 끌어들이는 산 미끼로서 문제없이 기능해, 모인 마수도 숲에 남은 잔당도 모조리 소각 처분 당했다는 얘기다.

　"그럼 나랑 렘의 저주에 관해서는."

　"술자…… 이 경우, 물어뜯은 마수죠. 그 사망으로 발동할 염려는 없습니다. 로즈월 님도 베아트리스 님도, 대정령님도 이미 확인하신 바예요."

　"세 명이 달려들어 진단 완료라니 극진할 따름이군……. 뭐, 이번에야말로 신용해둘게."

　물린 부위가 너무 많기에 일단 가슴 부근을 쓰다듬고 스바루는 안도했다.

아무래도 몸에 장치된 시한폭탄의 해제는 성공한 것 같다. 그러기 위해서 죽을 뻔한 횟수를 떠올리니 고생과 통증이 떠오른 얼굴이 우거지상이 되지만.

"마을의 혼란도 로즈월 님께서 직접 수습하셨어요. 지금은 이미 거의 평상시로 돌아왔습니다."

"그래그래, 꼬마들도 무사하냐. 하지만 그거지? 정말 좋아하는 스바루 형이 걸레짝이 났으니, 걔네도 꽤나 걱정했겠지? 헷헷헷."

"——네, 그러네요."

스바루가 너스레로 분위기를 풀려고 하니, 의미심장하게 중얼거린 렘이 천천히 스바루의 이불을 벗었다. 웬일인가 렘의 태도에 품은 의심이 금세 놀라움으로 바뀌었다.

이불 밑 스바루의 복장은 로즈월 저택의 첫날, 부상 입었던 적에도 입혀져 있던 환자복 비슷한 옷이다. 그 의복의 하반신, 양말 부분에 이변이 있었다. 그것은.

"빽빽하게 낙서…… 골절한 놈의 깁스냐!"

"로즈월 님의 후의로, 저택에 초대받은 아이들이 써 놓고 갔어요."

"나 원, 요 꼬맹이들이……."

혀를 찬 스바루는 적힌 낙서들을 본다.

스바루의 각도로부터는 거꾸로 보이고, 애당초 글씨가 엉망이라 읽기 어렵다.

하지만 스바루도 읽을 수 있는 '이 문자' 로 적혀 있어서, 시간을 들여 전부 다 읽었다.

　『레무링을 데리고 돌아와줘서 고마워.』『고맙습니다─.』『멋없지만 멋있어.』『약속, 라디오 체조하자.』『정말 좋아.』

　"나 원, 요 꼬맹이들이…… 바보놈. 난 애들 따위 싫단 말이다."

　험한 소리와 함께 베개를 등받이 삼은 스바루가 창문 쪽을 바라본다. 마을이 있는 방향을 노려보고, 그곳에 있을 아이들을 머리에 그린다. 어서 또 마을에 갈 수 있을 날이 고대된다.

　이런 기쁜 장난질을 해준 아이들에게 불평을 터트려줘야만 한다.

　말과 표정에 모순이 있는 스바루. 미지근한 시선을 뒤집어쓴 듯한 복잡한 태도다.

　그런 스바루를 다정하게 보던 렘이 문득 표정을 바로잡고 나서 입술을 달싹거렸다.

　"경과에 관해서, 이번엔 스바루 군의 몸 이야기가 있습니다."

　"응? 아아, 그렇지. 저주는 별개로 쳐도 제법 무리했으니."

　말하다가 이제 와서 렘에게 잡힌 오른팔의 어깨뼈가 맞춰져 있음을 깨달았다.

　힘을 주어도 오른쪽 어깨가 욱신거리진 않고, 통증도 느끼지 않는다. 몸 이곳저곳에 꽂힌 이빨 상처의 위화감도 없다. 스바루는 정말 이 세계의 치유 마법은 만능이라고 생각했다.

　"죄송합니다, 스바루 군."

그러나 낙관적인 판단을 내리는 스바루 앞에서 렘이 허리를 굽혀 머리를 숙이고 있었다.

사과받을 이유가 짚이지 않아 스바루는 렘에게 "이봐이봐." 하고 손사래 치며 말했다.

"고개 들어, 렘. 몸 상태, 아무 데도 이상 없어. 완벽하다고, 완벽."

"그렇지, 않아요. 확실히 눈에 띄는 상처의 치료는 마쳤고, 일상생활에 지장을 초래할 후유증이 남을 염려도 다행히 없어요. 하지만……."

말을 끊은 렘은 그 얼굴에 비통한 그림자를 드리우고 말을 이었다.

"흉터는 남아요. 몸은 물론, 마음에도. 그리고 몇 번이나 치료를 거듭한 것이 원인으로, 스바루 군의 몸 안에 있는 마나는 고갈 직전이에요."

"아아, 그래서 몸이 좀 나른한 건가. ……하지만 딱히 그것도 별다른 문제가 아냐. 남자의 흉터는 등 말고는 훈장이고, 마음의 흉터에 관해선 난 상당한 터프가이다?"

스바루는 엄지로 자기를 가리키면서 렘의 죄책감을 없애려고 웃어 보였다.

거짓말이고 뭐고 아니다. 만약 스바루의 마음이 깨져나가 복구되지 않을 만큼 섬세했더라면, 이렇게 렘과 손을 마주 잡고 아침을 맞이하기란 불가능했다.

마음의 상처 얘기를 하면 스바루는 렘의 얼굴을 직시하기 불가능해졌어도 이상하지 않을 수준의 체험을 해왔으니까.

거기까지 생각하다가 스바루는 빤—히 렘을 바라본다.

파란 단발. 단정한 이목구비는 예쁘다기보다 귀여운 계열. 처음에는 감정 변화가 적다고 생각한 표정도, 지금은 획획 바뀐다. 무섭지 않다. 전혀 무섭지 않다.

스바루를 몇 번이나 루프시킨 렘이 있으면, 이렇게 스바루의 생환을 진심으로 기뻐해주는 렘도 있다. 모든 것은 팔자에 따른 것이다.

언니를 위해서 폭주하는 렘도 있으면 스바루를 지키려고 성급하게 구는 렘도 있으며, 아군에게 오폭하지 않는다고 단정 지었더니 이성 날려먹고 광전사 모드에 들어가는 렘도 있고——

"침착한 듯 보이지만 렘은 사실 전혀 냉정하지도 침착하지도 않구나."

평소의 저택에서 보이는 태도 때문에 렘은 매우 우수하고 냉정한 판단력을 지닌 인물로 느껴진다.

하지만 사태가 급전개 되면 렘 본인도 사고가 급전개 하는 성질이 두드러졌다.

바로바로 결단하는 경향은 스바루도 남 말 못하지만, 렘의 경우에는 그에 실력행사와 실력행사할 수 있는 수준의 실력이 수반해서 성가시다. 주로, 스바루가 피해자로서.

스바루의 지적에 렘은 한순간 움직임을 멈추고, 그 뒤에 힘없이 고개 숙였다.

"알고는, 있어요."

나직나직 속에 품은 감정을 흘리듯이 중얼거린다.

"렘은 무력하고 무능한 오니족의 낙오자예요. 때문에 아무리 해도 언니에게 못 미쳐요. 다리가 느린 렘이 언니를 따라붙으려면, 빨리 뛰는 것 외에 방법이 떠오르지 않아요."

얼굴을 비어 있는 손으로 가리고, 렘은 쥐어짜내듯이 고해를 이었다.

"언니라면 더 잘할 수 있었다. 언니라면 이런 실패하지 않는다. 언니라면 분명히 망설이지 않는다. 언니라면 절대로 틀리지 않는다. 언니라면, 언니라면, 언니라면——."

말을 끊은 렘은 나약한 빛을 맺으며 스바루를 보았다.

눈에 떠오른 건 눈물이 아니다. 그저 공허하고, 체념으로 가득 찬 절망이다.

"렘은, 언니의 대체품이에요. 그것도 훨씬 더 뒤떨어진, 진짜 언니에겐 아무리 지나도 따라잡지 못하는, 결함품이에요."

——갑자기 희미하게 눈에 눈물방울이 맺힌다.

"어째서, 렘 쪽의 뿔이 남아버린 거죠? 어째서, 언니 쪽의 뿔이 남지 않았던 거예요? 어째서, 언니는 나면서부터 뿔을 하나밖에 갖지 않았던 거죠? 어째서——언니와 렘은 쌍둥이였던 거예요?"

자신의 존재의의를 구하듯이 렘은 입술을 달싹거렸다.

눈에 고인 물방울이 뺨을 흐르고 렘의 하얀 살결에 비통한 빛을 남긴다.

입을 다무는 스바루. 렘은 그 침묵에 견디다 못한 것처럼 허둥지듯 눈물을 닦고 말했다.

"죄, 죄송해요. 이상한 말을 해버렸어요. 잊어주세요. 이런 말, 남에게 얘기한 건 처음이라, 이상하게……."

"이봐, 렘."

빠른 말로, 지금의 발언을 없는 걸로 돌리려는 렘.

스바루가 그런 렘의 말을 막으며 그녀의 이름을 부른다.

침묵을 깨고 스바루가 무슨 말을 할까. 렘은 답을 무서워하듯, 그래도 얼굴을 들었다.

그런 렘에게 스바루는 말했다.

"듣자 하니 너, 꽤 바보다."

"——네?"

"생각하건대 네게는 세 가지 바보가 있어. 알겠냐?"

스바루의 꺼낸 말의 의미를 알 수 없어 렘은 눈동자를 흐린다. 그 반응에 스바루는 웃으며, "어쩔 수 없지."라고 왼손 손가락을 렘 앞에서 하나 세운다.

"우선 첫 번째 브아보. 날 사실은 구할 수 있었을 거라든가, 지나간 일 가지고 구시렁거린 것. 눈앞에서 정정한 내가 보이냐? 똑바로 발도 달려 있어."

낙서투성이의 발을 흔드는 시늉. 렘은 스바루가 끌고 나온 얘기가 자신의 고해에 연결되었다고 깨달은 듯하지만, 그런데도 고개를 가냘프게 가로저으며 반박했다.

"그런 거, 결과론이에요……."

"끝이 좋으면 올 오케이라고 옛날 사람은 말했습니다. 도중

채점이라도 한다면 솔직히 내 쪽이 너보다 눈 뜨고 못 봐. 그건 그렇다 치고 두 번째의 브아보. 전부 저 혼자 끌어안고 혼자서 하려고 한 것, 이거지."

윙크한 스바루는 두 번째 손가락을 세워 보인다.

"뭐, 날 위한 폭주란 건 기쁘다면 기쁘지만, 그것도 때와 상황에 따른 일이지. 무엇보다 상담했으면 더 좋은 방법이란 건 분명히 나오기 마련이야."

마수 사냥에 관해서는 스바루의 말에 일리 있는 건 자명한 이치다.

렘은 자신의 짧은 생각을 부끄러이 여기듯이 반론도 못하고 눈을 내리깔고 있다.

다만 이거야말로 결과를 본 다음이니까 말할 수 있는, 나중에 내면 장땡인 이론.

여유가 없는 렘은 그걸 깨닫지 못하고, 몰래 혀를 내민 스바루를 깨닫지 못한다.

"그래서 세 번째인데…… 뭔지 알겠어? 렘."

"아무것도, 아무것도 모르겠어요. 렘은, 언제나 부족하고, 못 미쳐서……."

"네, 그거. 그게 세 번째의 브아보다."

자신을 비하하는 전개로부터 빠져나오지 못하는 렘에게 스바루는 손가락을 들이밀고 지적.

그 뒤에 세운 세 번째 손가락을 까닥까닥 흔들며 말했다.

"렘 말이다, 언니였다면~ 하고 죽도록 람을 추켜세우고 자기를 깎아내리는데……. 딱히 렘의 포지션에 람이 있어도 상황 플러스되었다고는 생각지 않거든? 렘보다 체력 없지, 요리는 서투르지, 일은 땡땡이치지 입은 험하지……. 조금 사려 깊다, 정도인가?"

람의 스펙을 떠올린 스바루는 렘이 얘기하는 이상상과의 괴리를 떠올렸다.

온갖 능력에서 동생보다 못한 언니. 그건 자매 자신에게도 공통인식이었을 터다.

그런 스바루의 감상을, 렘은 부정하듯이 고개를 가로저었다.

"아니, 아녜요. 진짜 언니는 더……. 뿔이 있으면, 그런 평가는……."

"하지만 람에게 '있었다면' 하는 뿔은 없어. 그러니까 난 그런 람은 몰라."

스바루는 극히 당연한 대답으로 자기 자신을 부정하려고 하는 렘을 가로막고, 말을 뒤이었다.

"내가 알고 있는 람은 아까 말한 거랑 같아. 렘보다 요리도 재봉도 청소도 예의도 말버릇도 되어먹지 않았어. ――뭐, 그게 좋은 점이라고는 생각하지만."

말투가 너무 거만하기 짝이 없어, 가끔씩 부딪치는 것도 나쁘지 않다.

스바루에게 람 사이와의 거리감은 그런 게 편안하다.

"뿔이 있다느니 없다느니, 아마 그런 걸 신경 쓰고 있는 건 렘 쪽뿐일걸? 상대방의 좋은 점과 자신의 나쁜 점, 그걸로 비교하고 있어서야 풀만 죽지."

"_____."

"람에게 없는 건 렘에게 있어. 그거, 인정하자고. 렘은 착하고, 노력가에, 열심이고, 그리고 가슴이 람보다 커."

"──으!"

"아파! 잠깐, 그렇게 눈물 글썽이며 때리지 마!"

숲에서 나눈 람과의 짧은 대화를 떠올린다.

람 쪽에는 오니족에 구애되는 면이 그다지 남아 있지 않은 것 같았다.

그러기는커녕 람은 구애되고 있는 렘을 어떻게 하고 싶다는 생각을 품고 있을 지경이고.

──그걸 어떻게 해주겠다는 우쭐한 생각을 스바루는 하지 않는다.

어차피 스바루는 인생 경험의 길이도 밀도도 얕고 얄팍한, 입만 산 풋내기다.

그런 놈의 설교가 어떻게 타인의 마음에 감명을 주겠는가.

벼르고 나서진 않는다. 감명을 주려는 생각도 않는다.

자신 안에서 매듭을 지어야만 하는 이유는, 결국 누구에게 매달려 답을 얻는 것이 아니라 스스로 어떻게 할 수밖에 없기 때문.

그러니까 스바루가 렘에게 고한 말은 매우 단순히 스바루의 마음을 강요하는 것이다.

"네가 없으면 난 지금쯤 분명 개한테 뜯어 먹혀서 저승행이야. 네가 있던 덕분에 살았습니다. 지금도 이렇게 살아있습니다. 언니분이 아니라, 네 덕분이야."

"진짜, 언니라면, 더 잘."

"그럴지도 몰랐었지. ——하지만 있어준 건 너야."

약한 반론을 받은 다음에 돌려씌운 스바루는 잡고 있는 오른손에 오른손을 포갠다.

퍼뜩 고개를 드는 렘에게 스바루는 쑥스러울 정도의 감사를 담아서 말했다.

"렘이 있어줘서 다행이었어. 고마워."

"————읔."

스바루가 입에 담은 말에 렘은 목울대를 실룩이는 듯한 신음을 흘린다.

그 뒤에 렘은 얼굴을 돌리고, 스바루에게 그 표정을 보이지 않은 채로 웅얼거렸다.

"렘은…… 렘은, 언니의 대체품이라고 줄곧……."

"그렇게 서운한 자기정의 관둬라. 애당초 람과 렘이면 장르 분류부터 다르다고. 누가 뭐래도 누님 속성과 여동생 속성—— 상황에 따라선 전쟁이 일어날걸."

결코 양립할 수 없는 기호의 차이. 양쪽 다 각각의 장점이 있다.

하고 싶은 말이 전해졌는지는 별개로 치고, 렘은 스바루의 말에 눈을 꼭 감는다.

"뭐, 뿔 잃은 이유에 관해서는 깊이 듣지 못했고, 묻지 않을 테니 몰라. 모르니까 아는 척 말을 해 본다면, 말이지."

　스바루는 왼손으로 자신의 이마 위──렘의 뿔이 나고 있었을 부근을 딱 두드렸다.

　"뿔이 없는 람의 뿔 대신을 렘이 하면 되는 거야. 둘이서 사이좋게 '오니'란 걸 하면 되잖아. 아리따운 자매애로, 최강이거든?"

　"──아으."

　"그리고 말이다, 대체품이라고 말하던데, 그거야말로 람에게는 렘의 대신 따위 없거든? 가령 렘이 없어지면 람이 어떤 상태가 될지 상상할 수 있어?"

　말문을 잃은 렘은 모르지만, 스바루는 그리된 미래를 알고 있다.

　동생의 죽음에 절망해 가지고 있는 힘 전부로 그 원수를 갚으려고 광란하는 람의 모습을.

　"……하지만."

　그런데도 여전히 렘은 스바루의 말에 고분고분 끄덕여주지 않는다.

　하여튼 사람을 납득시키는 건 어렵다. 렘의 경우, 그거야말로 장년에 걸쳐 그 감정을 주체하지 못하고 있었을 테니, 마음의 응어리도 굳건하다.

　"알았어. 그럼 이러자고. 렘은 렘 안의 이상적인 람과 자신을 비교하고, 이러지도 저러지도 못한다 이거지. 그럼 그 비교하는 이상적인 람이란 우상은 없애버려."

"그런 짓, 간단히는 못해요. 렘은 줄곧, 언니와……."

"그러니까 평가 원한다면 나한테 물어. 그 이상적인 람보다 내가 훨씬 현실에 준한 평가를 내려주마. 말해두지만 난 분위기 파악하는 능력이 없으니까 솔직하게 나간다. 아첨도 아량도 죄다 빼고야. 꼴 좋다."

스바루는 웃음을 던지며 왼손으로 덥석 렘의 파란 머리를 쓰다듬었다.

렘이 간지러운 듯이 눈을 가늘게 감자 스바루는 작게 한숨을 내쉬었다.

"내 고향에선, '내년 이야기를 하면 오니가 웃는다' 랜다. 그러니까 말이지."

아무 말도 못하고, 당하는 대로 있는 렘에게 스바루는 갸웃하며 말을 잇는다.

"웃어, 렘. 맥없는 얼굴 하지 말고, 웃어. 웃으면서, 미래의 얘기를 하자. 네가 여태까지 소극적이어서 아까웠던 몫 만큼을, 앞으로는 긍정적으로 얘기하자고. 일단은 내일 얘기부터라도."

"……내일, 얘기."

"그래, 내일 얘기. 뭐든지 상관없거든? 예를 들어 내일의 아침 식사는 메뉴를 일식으로 할까 양식으로 할까. 양말은 오른발부터 신을까 왼발부터 신을까 같은 시시한 거라도 돼. 어떤 하찮은 얘기라도, 내일이 있으니까 할 수 있는 내일의 얘기야. 어때?"

손을 벌리고 스바루는 렘에게 답을 요구한다.

렘은 잠시 대답하기를 주저하고, 그 뒤에 곤란한듯이 눈썹을 내리깔았다.

"렘은, 아주 약해요. 그러니까 분명, 기대고 말 거예요."

"뭐 어때? 나도 약하고 머리 나쁘고 눈매 나쁘고 분위기 파악 못해서 스스로 말하고서 자기가 풀 죽지만, 그 부분은 주위에게 엄호 기대하면서 남의 힘 덕으로 살고 있으니까 말야. 서로에게 기대며 나아가면 되지."

뭐든지 다 자기가 떠안아버리니 그 무거운 짐에만 눈길이 쏠려 자신이 걷고 있는 길의 앞이 보이지 않게 되는 것이다.

스바루만큼 양손을 텅 비울 작정으로 걷고 있으면 편한 법이다.

그런데도 어느새 짐은 쌓이는 법이지만──혼자 들어 앞이 보이지 않으면, 누군가와 나누고 전진하면 된다. 그런 식으로 한 번 어떻겠는가.

"어깨동무하고 웃으며 내일이란 미래의 얘기를 하자. 나, 오니와 웃으면서 내년의 얘기를 하는 거 꿈이었다고."

"……오니들렸네요."

"그치?"

한쪽 눈을 감고 입 끝을 일그러뜨려주자, 렘도 덩달아 작게 웃었다.

웃기 시작하고, 웃기 시작한 그 눈꼬리로부터 갑자기 눈물이 넘쳐흐른다. 뚝, 뚝. 멈추는 것을 모르는 눈물이 넘치는 대로 흐르고 흐르며, 그런데도 렘은 계속 웃는다.

울다 웃고. 울다 웃으며 렘은 오열과 웃음소리를 억누르듯이 이불에 얼굴을 밀어붙인다. 그런데도 렘의 울고 웃는 소리는 방 안에 조용히 내려앉고.

스바루는 줄곧 그런 렘의 머리카락을 다정하게 쓰다듬고 있었다.

오른손은 단단히, 마지막까지 계속 잡은 채로.

언제까지나 다정하게, 다정하게, 계속 쓰다듬고 있었다.

3

로즈월 저택에서의 1주일, 몇 번이나 반복한 그 나날을 다시 생각한다.

렘과 람과의 관계, 저택에서의 스바루의 입장. 마을 아이들은 구했고, 숲에 있던 마수도 소탕당해 위험도 없다. 도합 20일 남 짓한 모험은 만만세다.

그렇다. 만만세일 터였다.

"──딱히 화내고 있는 게 아냐. 응, 화 안 내고 있어. 간병 중 이던 상대가 눈을 떴더니 없어서, 찾으러 가려 해도 의자에 칭 칭 동여 매여져 방치됐다고 해서, 그런 걸로 화내거나 하진 않 는걸, 나."

그렇게 은발을 손가락으로 만지작거리면서, 언짢게 스바루를 추궁하는 소녀만 없으면.

스바루는 식은땀을 줄줄 흘리면서 에밀리아의 원망을 잠자코 경청한다.

　에밀리아가 방에 내방하고 벌써 10분이 경과했지만, 그 시간의 태반이 이렇게 설교 같은 껍질을 뒤집어쓴 원망으로 메워져 있었다.

　다만 병문안 당초에는 스바루의 몸 상태를 걱정하고, 그걸 확인하고 안도의 한숨을 흘린 다음에야 마음을 다잡은 듯이 푸념하기 시작하는 부근에서 에밀리아의 성격이 드러나고 있다.

　"딱히, 화내지, 않으니까, 나."

　"네, 에밀리아땅의 진노는 지당하십니다. 네, 죄송합니다."

　"그러니까 화내고 있지 않다니까, 아유. 하지만 스바루가 잘못했다고 생각하는 것 같으니까 별수 없지. 그 사과를 받아들일게. ──정말로, 걱정하게 만들지 말아줘."

　기세에 밀려 사과하는 스바루를 타이른 에밀리아는 마지막에 극상의 미소를 보내온다.

　완전 비겁하다. 그런 말 그런 얼굴로 듣고, 어떻게 귀담아 듣지 않겠는가.

　렘과의 화해를 마치고, 퇴실하는 메이드 대신에 찾아온 게 에밀리아다.

　내방한 다음의 에밀리아의 행동은 전술한 바와 같지만, 설교가 끝난 남보랏빛 눈에 떠오른 건 스바루를 염려하는 빛뿐이라, 그것을 받는 스바루는 도통 침착할 수 없다.

"그건 그렇고, 스바루는 상처가 끊이질 않는 아이구나. 이 저택에 온 것도 상처가 원인이었건만……. 그로부터 아직 나흘밖에 지나지 않았다고."

"나도 딱히 좋아서 다치고 있는 게 아니거든? 단지 세상이 좀 내게 엄격한 축이랄까…… 그러니까 하다못해 에밀리아땅만이라도 날 무작정 응석 받아주면 돼!"

"응석 받아줬더니 도망친 주제에. 이젠 모른다 뭐."

"으흐어! 찬스 무위로 돌렸었다! 제길, 베아코 너 조금만 더 잘하라고!"

외치고, 스바루는 병문안하러 한 번도 얼굴을 비치지 않은 매정한 롤 머리에게 화풀이한다.

에밀리아는 스바루의 말에 방치되었을 때의 일을 떠올려 토라진 표정.

"의자 위에서 자버려서, 눈을 떴더니 칭칭 묶여 있는걸. 대경실색해버렸어."

"대경실색이라니 요즘 못 들은 말일세……."

"눙치지 말고. ……팩도 팩대로 나한테 스바루네를 못 쫓아가게 하려고 하지, 로즈월이 돌아오지 않았더라면 어떻게 됐을는지. 알기나 해?"

입술을 삐죽이며 조금 화난 기색인 에밀리아에게 스바루는 오로지 송구스러워 할 수밖에 없다.

팩은 자신의 기대대로 에밀리아를 위험에 노출시키지 않도록 처신하고, 베아트리스는 에밀리아의 설득을 일찌감치 포기하고 강제적으로 행동을 봉하는 방향으로 이행한 모양이다.

둘이 길을 가로막으니 스바루를 걱정하고 있던 에밀리아의 심경은 상당히 괴로웠으리라.

버려졌던 게 만약 자신이라면, 그렇게 생각하지 않을 수 없었다.

그런데도 같은 일이 한 번 더 있으면, 역시 스바루는 에밀리아를 두고 갈 것이다.

"그런데 또 도움 받아버렸네."

"잉?"

"그러니까 또 도움 받아버렸다고 말했어. 날 구해준 답례를 하기 위해서 저택으로 불렀는데, 또 이렇게. 엄—청, 고마워."

양손을 포갠 에밀리아는 얼굴을 활짝 펴고 미소 지어준다.

그 미소를 받고서 스바루는 겨우 가슴에 쿵 묵직한 게 내려앉은 감각을 느꼈다.

"아녀, 됐어 됐어. 내가 하고 싶어서 했을 뿐인 얘기고, 나랑 무관계한 것도 아니니까. ──그렇지. 나, 했었구나."

입으로 말하면서 실감이 솟구친다. 지금 가슴에 내려앉은 것이 그거였던 것이다.

돌이켜 본 20일 남짓한 반복된 나날──그 종점을 스바루는 본 것이다.

그토록 마음이 꺾이고 부러지고. 그런데도 추구한 것이 손이 닿는 곳에 있다.

해냈다고, 겨우 스스로 그것을 느낄 수 있었다.

"스바루는 그렇게 말하리라 생각했지만, 그러면 이쪽 마음이 풀리지 않는다고. 로즈월도, 람이랑 렘도 분명히 스바루에게 답례를 하고 싶어 할 거야."

"그런가……. 그럼 호의를 받도록 하지. 로즈찌에게는 내 고용 조건을 가볍게 재검토해주기로 하고, 람 렘은 한동안 내 전속 메이드겠어. 음흐흐. 그·리·고!"

입가에 손을 얹고 호색하게 웃은 다음, 스바루는 몸을 좌우로 흔들며 에밀리아에게 접근해 조금만 몸을 빼는 에밀리아에게 손가락을 들이밀고,

"에밀리아땅도 포상 같은 거 주는 계열?"

"타산적이라니까, 아유. 내가 할 수 있는 일이라면…… 근데 전엔 그걸로 이름 물었더랬지?"

"흐흥―. 욕심 많은 날 얕보면 안 되지. 이번의 난 그런 물렁한 구석하곤 연관 없는 남자란다. 탐욕스럽고 욕망 깊게, 소용돌이치는 리비도가 나를 몰아세운다!"

침대에서 일어나지는 않지만 두 팔을 비스듬히 내걸고 매서운 스바루의 포즈.

아무리 그래도 이렇게까지 기세등등한 스바루를 보고 헛물켜는 요구가 오리라고는 생각할 수 없었는지, 앉은 자세를 바로잡은 에밀리아가 스바루를 다시 돌아본다.

뭐든지 오란 상태의 에밀리아에게 스바루는 '에밀리아 포상 리스트'를 뇌내에서 검색.

새콤달콤한 것부터 밤의 모험까지 선택지가 넓어지는 가운데, 숙고한 스바루는 한 가지를 선택한다.

그리고.

　"그럼 나랑 데이트하자, 에밀리아땅."

　20일 전에 주고받은 약속을 다시 에밀리아와 나누기로 했다.

　"데트?"

　"함께 둘이서 외출해, 같은 것을 보고, 같은 것을 먹고, 같은 일 하고, 같은 추억을 공유한다는 것."

　"……그런 걸로 괜찮니?"

　"그런 게, 좋은 거야."

　최초의 한 걸음은 거기서부터 시작된 것이다.

　스바루가 그 염원의 데이트를 에밀리아와 하기 위해서, 얼마나 고생을 거듭해왔는가.

　도중에서 다양한 감상이 쌓이고 겹쳐, 스바루가 루프해서 구한 허들은 항상 계속 높아지고 있었지만, 마지막에 뛰어넘자고 원한 허들은 항상 그곳에 있었다.

　그러니까 이 반복되던 나날의 마무리에는 그 약속이 어울린다.

　"마을의 꼬맹이들에게 에밀리아땅을 자랑하고 싶고. 꽃밭이 엄청난 게 있더라. 그냥 맹하게 걷기만 해도 함께라면 내게는 특별하거든."

　"스바루 안에서 탐욕이란 의미, 일반적인 거랑 다르지 않은가 싶은데."

　"말은 얼마든지 하시지. 조만간 내 유들유들함에 그 귀여운 미소도 얼어붙을걸, 예스!"

엄지를 세우고 이를 빛내며, 섬즈 업과 윙크하는 스바루.

그런 평소의 스바루의 모습에 에밀리아는 힘이 빠진 듯이 웃었다.

"네에—, 알겠습니다. 스바루랑 데트, 해줄게."

"웃샤아! 그래야지! E · M · F!"
_{에밀리아땅 무지 페어리}

약속이 맺어져 스바루는 손뼉을 치고 크게 기뻐하며 떠든다.

떠드는 스바루에게 에밀리아가 한숨짓는 것을 힐끗 보며, 스바루는 몸의 회복을 고대하는 들뜬 기분으로 창문 밖——마을 방향, 약속받은 데이트의 목적지를 본다.

스바루의 몸에 깃든 저주, 그것은 모두 효력을 잃었다고 한다.

그것은 마수의 섬멸——모든 것은 깨진 결계를 넘어 숨어든 한 마리로부터 시작된 결말.

이번의 전말은, 따로따로 공존하고 있던 한쪽 편을 멸함으로써 정리되었단 얘기가 된다.

영문 모를 나쁜 뒷맛에 스바루는 떠올린다.

무아몽중에 마수의 몸에 검을 꽂았던 감촉. 손바닥에 남은 그것은 가장 새로운 기억이다.

목숨을 빼앗는, 그 감촉.

그런 감촉도 언젠가는 잊어버릴 것이리라고 생각한다.

시간의 경과와 함께 분명히 지금 이렇게 가슴에 오가는 것도 사라져갈 것이다.

단지, 그것을 잊어버리는 날이 올 때까지, 무엇을 할 수 있는 가——.

"스바루."

"응?"

부름을 받아 돌아본다.

멀리, 멍하니 있던 스바루의 시야의 의미, 그것을 에밀리아는 어떻게 여겼는가.

일어선 에밀리아가 커튼을 열어젖힌다. 햇살이 방 안으로 단번에 퍼져 아름다운 에밀리아의 은발이 빛의 난무에 삼켜져 스바루의 의식을 광채로 끌어들였다.

그리고 입을 다문 스바루에게 에밀리아는 얼핏 미소 지으며 말했다.

"데트 날은, 꽃다발을 들고 가자."

"──응."

그 미소를 받은 스바루는 못 당하겠다고 얼굴을 손바닥으로 가렸다.

언젠가 잊어버릴 그날이 올 때까지, 잊지 않고 가슴에 새겨두겠다고 생각한다.

위선이고 뒤집어씌우는 듯한 감상이지만, 잘못은 아니라고 생각하니까.

에밀리아의 미소가, 그걸 옳다고 말해준 것 같은 느낌이 들었기에.

에밀리아와 함께, 웃음을 나누면서 시간이 흐른다.

　──간신히 가닿은 5일째의 아침 해가 자상하게 두 사람을 계속 비추고 있었다.

막간『월하의 밀담』

스바루와 에밀리아의 약속이 맺어진 아침—— 거기서 반나절 가량 더 지난 시간.

"우선은 부재중의 노고를 치하해야 하아—지 않겠어. 사태를 수습하는 데 잘 노력해주었다."

남자의 부드러운 목소리에는 연배 있는 남성 특유의 매끄러운 멋이 있었다. 어조야 경박하지만 거기에 담긴 또렷한 치하의 뜻에 소녀는 어깨를 떨었다.

"당치 않으신 말씀이세요. 그리고 마지막에는 로즈월 님께 수고를 끼쳐드려……."

"딱히 상관없다마다. 숲의 해로운 짐승을 소각 처분하는 거야 별다른 수고도 아니고오— 말이야."

로즈월은 손을 내저으며 아무것도 아닌 일처럼 얘기했다.

그 말이 과장도 허영도 겸손도 아니라, 단순한 사실을 설명하고 있을 뿐임을 소녀——람은 알고 있다. 그래서 아무 꼬투리를 잡을 수 없었다.

둘이 대화하는 장소는 로즈월 저택 최상층, 주인인 로즈월의 집무실이다.

그곳에서 밤의 밀담이 이루어질 때, 참가자는 늘 동일한 두 명이었다.

"끝난 얘기는 뒤로 돌리고, 건설적인 이야기를 하아―지 않겠어. ――예를 들어, 그 뒤 스바루의 경과는 어떤 것이려어―나."

"……몸 쪽은 거의 문제없이 나았습니다. 베아트리스 님께서 불평하면서도 치료에 전력을 기울여주신지라."

"무슨 바아―람이 분 거지. 알고 지낸 지 오래지만 그 아이가 그렇게까지 누구 역성을 드는 건 처음 봤어. ……설마다 싶기는 한데."

파란 쪽 눈을 감고 말꼬리를 빼는 로즈월. 람은 작아지는 후반부를 듣지 못했으나, 주인의 사색을 방해하지는 않고 첨언했다.

"어쨌든 간에 베아트리스 님께서 계시지 않았더라면 바루스도 살았을지 죽었을지는 모를 일입니다."

"그 부분은 스바루의 강운이라고도 해둬야아―겠군. 실제로 베아트리스 정도의 치유 마법 고수는 썩 없지. 상처 입히는 것밖에 특기가 없는 신세가 부끄러워지는군."

고개를 내저으며 얼굴을 숙이는 로즈월. 그 입가에 약하디약한 미소를 새기고 있다.

긍정과 부정, 어느 쪽 감정에 기인한 것인지 바깥에서 짐작하지 못할 투명한 미소다.

"그으―런데, 서두가 수상한 걸로 미루어 보아 그 친구의 상태는 그리 좋지 않은 모오―양이지?"

"네. ――바루스는 단기간에 두 번, 고갈 상태에서 게이트를 억지로 활성화시켰습니다. 게다가 목숨과 관계된 부상을 치유 마법으로 다스렸으니…… 게이트를 억지로 열고 과하게 혹사한 영향 때문에 정상적으로 기능할 때까지 얼마나 걸릴지."

"대정령님과 베아트리스의 진단인가?"

"네."

로즈월은 깍지 끼며 눈을 감고 그 정보를 곰곰이 해석했다.

게이트의 손상, 그것은 마나를 다루는 마법사에게는 치명적인 장애다. 궁정 마술사라는 입장에 있는 로즈월은 현재 스바루의 상황이 얼마나 나쁜지 절절히 통감할 수 있다.

"게이트가 수복하는 데에 개인차가 있다고는 해도, 그 또한 몇 년 단위의 얘기가 되나. 그 친구에겐 혹독한 선택을 강요해 버린 꼴이 되겠어."

"문제는 게이트의 손상만이 아니라, 저주의 잔재 건도 있습니다."

로즈월의 결론에 수긍한 람이 한층 더 스바루의 나쁜 환경을 입에 담는다.

"──발동할 위기는 분명히 없어졌지 않은가?"

"술자──이 경우에는 올가름이 됩니다만, 그것들이 일소되어 술자는 존재하지 않으므로 저주가 발동할 일은 없습니다만…… 술식은 바루스의 체내에 남은 상태라고 합니다."

"복잡하게 뒤얽힌 실은 베아트리스여도 풀어내기 까다로운가……. 이거 원, 주박(呪縛)이라는 말이 따악— 들어맞는데. ……더더욱 그 친구의 공적에는 보답해야만 하겠군."

술자를 잃은 술식은 불안은 남더라도 발동할 위기는 우선 없다. 다만 스바루는 그러한 폭탄을 몸 안에 품고 다닌다는 최악의 상황이 주위에 만연하는 것을 자기 몸을 바쳐 막았다. 그중에는 관계자도 있으며, 무엇보다 에밀리아의 존재가 있다.

왕선을 기다리는 에밀리아를 지켜낸 결과는 다 제쳐놓고서 응당 보답해야 할 공적이다.

"그런데 람……. 마수 얘기에 관해애—서 말인데, 부탁한 건 확인되었나?"

별스럽게도 차분한 표정의 로즈월이 던진 물음에 람은 망설임 없이 끄덕인다. 대답을 기다리는 로즈월에게 람은 이마를 만지면서 말했다.

"시체 확인이 가능했던 개체에 한정되지만, 마수는 전부 '뿔꺾이'가 되어 있었습니다."

이마를 만진 손끝이 헤드 드레스 안쪽에 있는 묵은 상처를 자극한다. 람은 아릿하게 쑤시는 상처 자국을 의식하며 로즈월에게 보고를 올렸다.

로즈월은 람의 그 대답에 한숨을 내쉰 다음, 등받이를 삐걱거렸다.

"소탕할 적에 내가 본 마수도 그랬었지. 그으—런데, 그렇게 되면 사정은 단순한 해로운 짐승 문제에서 크으—게 바뀌지."

"뿔이 부러진 마수는 부러뜨린 상대를 따른다. ——저택을, 혹은 로즈월 님의 영지를 의도적으로 들쑤신 어리석은 자가 있다는 얘기가 됩니다."

"또오— 왕선에 얽힌 건이 되려어—나. 가필 쪽으로 꾀어낸 것도 그렇고 어지간히 우리가 방해인가 보군."

"가프…… 가필은 뭐라고 했는지요?"

"말도 못 붙였다아—고 할까? 애초에 그들의 손을 빌릴 수 있을지는 미묘한 노릇이고."

아는 이름이 나와 람이 눈썹을 치뜨자 로즈월은 난감한 얼굴로 어깨를 으쓱인다.

표표한 태도지만 가볍게 흘릴 수 있을 만한 내용이 아님은 람도 충분히 잘 알고 있었다. 애당초 승산이 희박한 싸움이다. 당연히 가진 카드는 한 장이라도 많은 편이 낫다.

자기 자신도 그 카드 중 한 장이라는 자각이 있는 람은 로즈월의 고독한 싸움을 보고 있을 수밖에 없는 것이 답답하기 짝이 없었다.

"얘기를 되돌릴까. 그 마수의 뿔을 부러뜨린, '두목'은 점찍어 두우—었나?"

"……일단은. 다만 족적은 벌써 사라졌습니다. 바루스와 렘이 숲에서 데리고 돌아왔을 아이 중 한 명이 이튿날부터 모습이 보이지 않게 되었다고."

둘이 데리고 돌아온 '댕기머리 소녀'에 대해 촌민은 입을 모아 본 적 없는 소녀였다고 대답했다. 아이들도 어느새 무리에 끼어들어와 있었다고 증언했다.

듣자니 처음에 마을에 마수의 새끼를 데리고 들어온 것도, 그 뒤에 아이들을 데리고 숲의 결계를 넘어간 것도 그 소녀였다고

한다. 십중팔구 그 소녀가 '두목' 일 것이다.

"왕도에선 '창자 사냥꾼', 영지에선 '마수 조련사' 라. 괴상한 무리와 시비가 붙기도 했지."

"별종이 얼마나 모이건 간에, 그걸로 꺾일 로즈월 님이 아니시겠죠?"

"어쩜 또 맹랑한 말을 다 하게 됐어. ——이리 온."

웃음 띤 로즈월이 손짓해 부르자, 람은 흑단 책상을 가로질러 그의 곁으로—— 순간, 로즈월이 뻗은 손이 람의 자그마한 몸을 끌어안으며 무릎 위에 실었다. 그리고.

"하룻밤 챙겨어—주지 않았으니 말이야. 또 힘들어하지 않았어?"

"로즈월 님께서 다망하신 건 알고 있습니다. 람에 대해서는 뒷전으로 돌려도……."

"람, 늘 말하고 있지이— 않니."

로즈월은 눈을 내리까는 람의 턱에 손가락을 올려 얼굴을 위로 들어 올리면서 미소 지었다.

"너와 렘은 손꼽을 만큼 내게 소중한 존재란다. 그래. 가령 이번 건으로 너희에게 만약의 사태가 있었으면 내가 자제를 할 수 있었을까 자신이 없을 정도로."

턱에 손가락을 얹은 채로 로즈월이 던지는 연극조의 말에 람은 도취된 표정을 지었다. 람은 열에 들뜬 눈으로 람은 코앞에 있는 로즈월을 응시하고 입을 열었다.

"람과 렘은, 로즈월 님께 소중——"

"그래, 너와 렘은 내게 있어 귀중하고, 소중하며, 무엇보다도 중요해."

로즈월은 말을 거듭해 서로의 마음을 쌓고, 한 박자 쉰 다음 노란 눈에 람을 비추며 단언했다.

"──빼놓을 수 없는 장기말이다마다."

로즈월은 람에게 당당히 그렇게 고했다.

그 말에는 죄책감이라곤 일절 없는, 순수하게 사실만을 나열하는 것에 불과한 감촉이 있었다.

그렇게 자기 자신의 존재가 장기말이라고 또렷한 단언을 들은 람은.

"──네."

뺨을 물들이며 황홀한 끄덕임으로 대답했다.

순종적이라고도 심취라고도 할 수 있는 람의 태도. 로즈월은 무릎 위의 그녀를 더욱 끌어안으며 말했다.

"자아─ 그럼, 시작해 볼까. 람도 꽤 무리하게 만들었지? 삼가라고 했었는데도 꽤 마나를 소모했군?"

"죄송합니다……. 부탁드립니다."

로즈월의 말을 받은 람은 분홍색 머리를 장식한 헤드 드레스를 벗었다.

그 장식 안쪽의 분홍색 머리를 헤치고 로즈월의 손가락이 들어가자, 이마 조금 위 부근에 희미하게 희끗한 흉터가 존재했다.

──예전, 그녀가 오니족에서 신동이라 불리게 만든 시절의 잔영이다.

로즈월은 마치 사랑스러운 것을 귀여워하듯 그 흉터에 손가락을 놀리며 입을 열었다.

"──별들의 가호 있으라."

사색(四色)의 광채가 로즈월의 팔을 따라 그의 손끝에 집중하자마자 하얀빛으로 변모하고, 곧장 손끝을 건너 닿아 있는 람의 흉터에 빛이 주입된다.

──타인에게 직접 마나를 이양하는 건 매우 고도의 기량이 필요한 술법이다.

여러 속성의 마나가 완전히 균일하게 배분되지 않는 한, 마나는 힘으로 변환되어 대상의 육체에 해를 끼친다. 사색의 마나 전부에 적합하고, 그것들을 높은 경지로 발휘할 수 있는 로즈월이기에 비로소 가능한 '치료 행위'였다.

오니족에게 이마의 뿔은 마나를 안팎으로 주고받기 위한 라인을 의미한다.

게이트의 역할에 가까운 뿔은 더욱 강고하게 그 역할을 맡기 위한 기관이자 오니족을 강인한 종족으로 만드는 최대의 이유이기도 하다.

하지만 람은 외적 요인으로 그 뿔을 잃는 바람에 마나를 흡수하는 양도, 배출하는 힘도 육체를 만족시키지 못하고 있다. 더군다나 람의 육체가 가진 스펙은 오니족에서도 으뜸이다.

방치해두면 쇠약해지기만 하는 육체──이를 유지하기 위해 이렇게 일과적으로 로즈월과 밤의 밀회를 나누고 있는 것이다.

람은 뿔의 흉터를 통해 마나가 주입되어 육체에 활력이 차오르는 것을 느꼈다. 따스한 것이 몸의 내부를 채우는 감미로운 감각에 몸을 맡기는 중에 람은 문득 떠올렸다.

"잊고 있었습니다. 로즈월 님께 보고해야만 하는 사항이……."

"응? 뭐얼―까?"

로즈월은 지속하면서 한 눈을 감고, 람은 잠시 생각에 잠긴다. 어떻게 전해야 할지를 망설이듯 입술을 들썩인 다음.

"렘이, 바루스를 따르게 됐습니다."

"음음?"

"바루스의 뭔가가, 렘의 약한 곳에 닿고 만 모양입니다."

쌍둥이 동생 일이다. 렘이 어떤 심리 상태에 있는지 언니인 람은 잘 알 수밖에 없다. 본바탕이 솔직한 동생은 그 반대를 절대할 수 없다는 것 또한.

"렘이, 말인가. 뭐어―, 이상한 일도 아니겠군. 그 아이는 람과 다르게 충성심으로 날 섬기고 있는 게 아아―니고 말이야."

주인이 내리는 동생의 평가에 람은 반론하지 않고 침묵으로 응했다. 그건 즉, 무언의 긍정이다.

대가없는 충성심으로 로즈월을 섬기는 람과 달리 렘의 그것은 자기방위가 전향한 것이다.

렘에게 있어 로즈월은 '언니인 람을 비호해주는 존재'라는 측면이 강하다. '언니의 존재가 자신의 존재의의'라고 할 만큼 집착하는 렘의 의존심이 부르는 사고방식이다.

그런 만큼 커뮤니티를 지키려는 렘의 행동은 생각이 얕고 성급한 부류가 되기 십상이다. 눈만 떼면 해가 되겠다 싶은 존재를 자의적으로 처리하는 짓도 할 수 있다.

람의 생각으로는 습격받기 전에 앞서 신뢰를 구축한 스바루는 구사일생했다고 할 수 있었다.

물론 그런 평가를 내리더라도 람에게 렘은 세계 제일 귀여운 동생이며, 그 존재의 우선순위는 람 본인과 비교하더라도 더 높은 위치에 있다.

──단, 으뜸가느냐고 묻는다면 지금은 순순히 끄덕일 수는 없다.

"렘의 심정이야 어쨌든 람은 내 수중에 계속 남아. 하아—면, 필연적으로 렘도 그럴 수밖에 없지. 봐아—봐, 여태까지와 똑같고 아무우—것도 바뀌지 않다마다."

"그러……네요. 렘의 소중한 것이 늘어난 결과, 그 아이가 엄한 짓을 저지를 가능성이 넓어졌을 뿐이라고 할 수도 있고요."

"아, 그건 사전에 못 박아두지. 이거, 내일의 중요한 업무니까 아—."

농담 투로 말하는 것과 동시에 로즈월의 손바닥에서 빛이 꺼진다. 치료의 종료다.

람은 활력으로 자신이 채워지는 것을 알고 아쉬운 듯 로즈월의 무릎에서 바닥으로 내려섰다. 무릎에서 람을 내린 로즈월도 의자에서 일어섰다.

"앞으로 또 바빠질 거야. 수고를 끼치겠지만 람도 렘도 잘 부탁한다아—?"

"분부하시는 대로. 이 몸은 그 불꽃의 밤부터 쭉 로즈월 님의 것입니다."

치맛자락을 손끝으로 잡고 그 자리에서 무릎을 굽히며 공손하게 묵례하는 람.

로즈월은 그녀의 충절(忠節)을 받으면서 뒷짐을 지고 창가로 걸어갔다. 옆에 람이 시립하는 모습을 힐끔 보고 커튼을 열었다.

하늘——둥그런 달그림자가 떠오른 하늘을 쳐다본 로즈월은 색이 다른 눈동자를 가늘게 뜨고 중얼거렸다.

"이번 왕선, 무슨 수를 쓰든 끝까지 이겨야만 해. 나의, 목적을 위해서."

내뻗은 팔이 람의 어깨를 끌어안았다.

람은 다시금 그 장신의 온기를 가깝게 느끼고, 조용히 눈을 감으며 고개 숙였다.

곁에 있는 남자의, 자신의 주인의, 영혼을 맡긴 상대의 목소리를 들으면서.

"——용(龍)을 죽이는, 그날을 위해서."

《끝》

후기

　안녕하세요! 나가츠키입니다! 탓페이입니다! 사람들이 부르기를 네즈미이로네코라고 합니다!

　『Re:제로부터 시작하는 이세계 생활』 3권, 구입해주셔서 감사합니다! 서점에서 바로 읽어서 여기까지 도달하셨다면, 그건 그거대로 대단하네! 감사합니다! 3개월 연속 출간의 라스트가 되는 3권. 설마 여기부터 집으신 용사는 없다고 생각합니다만, 만약 표지의 앳된 소녀에 낚여서 감쪽같이 걸려든 신규 독자분이라면 옆을 봐주시길. 아마 2권과 1권도 함께 진열되어 있을 겁니다. 없으면 직원분께 주문을.

　그 한마디로 매상이, 나아가서는 작품의 운명이 바뀝니다!

　2권 후기와 완전히 같은 내용으로 다이마(다이렉트 스텔스 마케팅)하면서, 여기까지 이어진 이야기에 어울려주신 데에 진심으로 감사를 올리겠습니다.

　튜토리얼의 1권. '이 작품다운 맛'이 나오는 2권. '이 작품의 재미'가 나오는 3권. 이를 알아주시길 바라는 데에 전념하던 3개월 연속 출간이었습니다.

느긋하게 작품을 키우고 싶다며 무난한 출간 스케줄을 제시했던 담당자 이케모토 씨를 뿌리치고, '아직 아무도 다다르지 못한, 새로운 지평선을 보는 거야!' 라면서 충고도 무시한 채 달려왔습니다. 일러스트를 맡은 오츠카 선생님이 당찮은 요구에 부응해주신 걸 기회 삼아 우쭐대며, 디자이너 쿠사노 씨를 철야시켜 일시키고, 작가의 욕심에 욕심만 마구 채우던 끝에 이루어진 프로젝트──거짓말입니다! 담당자님이 '해' 라고 말했습니다. 작가는 끼잉끼잉 죽는 소리 내며 마무리했습니다. 동정표를 획득했다! 구입해주셔서 감사합니다!

자, 그런 이야기의 바깥쪽 분투는 제쳐두고요. 이야기는 다음 권부터 '본편' 에 들어갑니다.

작중 무대를 다시 왕도로 되돌려 3권까지의 좁았던 세계를 크게 넓히고서 새로운 에피소드가 시작됩니다. 등장 캐릭터도 단번에 곱절은 불어나기에 귀여운 여자애도 멋진 남자애도 팍팍 나옵니다. 오츠카 선생님이 캐릭터 디자인 업무량으로 죽을 지경이겠지만, 그쪽은 독자 여러분의 응원 메시지로 극복할 수 있다는 말을 하고 싶은 듯한 표정을 지었으니 문제없음!

물론 오츠카 선생님뿐만 아니라 작가 나가츠키 역시 응원 메시지와 감상은 대환영합니다. 『소설가가 되자』 쪽에서 메시지를 받아도 좋고. 트위터에서 건드리셔도 좋고. 자기 블로그에서 거론해주셔도 좋고. 리제로 응원 사이트를 만들어 포교해주셔도 좋고. 교과서에 게재하고자 정계에 개입하기 위해 출마해도 좋고. 얼마든지 와보시죠.

감상, 응원, 비판, 일반 편지, 뭐든지 기다리고 있습니다. 권말의 QR 코드를 읽어서, MF 문고 편집부로 직소하시오! 얼마든지 와라! 자 어서!

하고 싶은 대로 막 말하다보니 자리가 없어졌기에 늘 하는 감사의 말로 옮기겠습니다.

담당자 이케모토 씨에게는 정말로 신세를 졌습니다. 3개월 연속 출간도 서적화도 이케모토 씨가 있어서 가능한 일입니다. 피차 3개월 전과는 명백히 인상이 바뀌어서 눈이 번들거리고 있지만, 인터벌 기간 중에 온화한 눈매의 이케모토 씨로 돌아오기를 기다리고 있습니다.

일러스트를 맡은 오츠카 선생님은 이번에도 미려한 일러스트 감사합니다. 특히 권두 그림에 있는 '무릎베개'의 EMA력에는 말도 나오지 않고, 확대해서 방의 천장으로 가는 게 확정입니다. 감사, 또 감사합니다.

디자이너 쿠사노 선생님도, 여전히 가차 없는 디자인력으로 크게 웃으며 이쪽 예상을 웃돌아주고 계십니다. 감사합니다. 베아코 진짜 죽인다 베아코.

그밖에도 많은 분들의 협력이 있었기에 이 작품의 3권, 또 3개월 연속 출간을 달성할 수 있었습니다. 여러모로 서툰 것도 많아 여러분께 폐를 끼쳤겠지만, 오늘까지 협력해주셔서 감사합니다.

앞으로도 오래도록 어울려주신다면 좋겠습니다.

그러기 위해서도 독자 여러분, 오래도록 어울려주시길 부탁 드리겠습니다. 총총.

2014년 2월 나가츠키 탓페이
《다이마하면서 느끼는 해방감에 휩싸여서》

Emilia

에밀리아

"본편 일단락 접어들고 다음 권 예고! 이제사 겨우 나랑 에밀리아땅이라니 늦지 않나?"

"음—, 하지만 지금은 이렇게 둘이 함께 같은 나올 기회를 받았으니까, 그건 엄—청 고맙다고 생각해야지. 어쩐지 흥겨워진다."

"흥겨워진다니 요즘 못 듣는 말일세……. 하지만 3개월 연속 발매도 끝났고 다음 4권도 꽤 나중에나 발매된다면 할 얘기 없지 않아? 시시덕거려볼래?"

"안 되어요. 일은 똑바로 해야지. 3개월 연속 발매는 끝났지만, 월간 코믹 얼라이브에서의…… 응, 어, 리제로푸로제크트는 계속되잖아?"

"리제로 프로젝트야. 3개월 연속 발매나 비주얼 컴플리트는 끝났지만, 깜짝 놀랍게도 그게 끝이 아니라고. 월간 코믹 얼라이브에서, 리제로 연작 단편 소설이 게재되기로 결정! 만화잡지인데 소설 연재라니 뭐가 어째서 그리됐대?"

"'새로운 시도를 하자' 라는 거라나 봐. 그리고 이야기의 내용은 이번 이야기와 다음 4권 이야기 사이의 이야기. 저택과 마을의 소동을 넘어서 평온을 되찾았을 저택에 새로운 소동의 불씨가 난데없이 날아오는

Re: Life in a different world from zero

Subaru Natsuki

나츠키 스바루

데……라고 해. 엄—청 기대된다."

"지금 문맥을 보면 기대할 요소보다 불안 요소 쪽이 강하게 느껴진다마는!"

"그리고 다음 4권부터, 이 이야기의 진짜 시작에 발을 디디는 에피소드야. 인터넷 소설 시절부터 엄—청 반향이 있던 부분에 들어가."

"왕선을 앞둔 에밀리아땅과, 마수 소동을 정리해 기세등등한 나. 왕도로 돌아간 우리는 초대받은 왕성에서 다른 왕위 후보자들과 얼굴을 마주치고…… 죄다 여간내기가 아니라 레알 앞길이 험해."

"괴짜라는 면에서 스바루도 지지 않는 것 같은데……."

"나 못 들은 척하고 마무리에 들어가버릴란다. 『Re:제로부터 시작하는 이세계 생활 4권』은 살짝 간격을 두고 6월경 발매 예정이다!"

"응, 저…… 3권을 구입해주셔서 감사합니다. 4권 및 그다음에도 꼭 함께해주시면 기쁘겠어요. 이러면 돼?"

"E・M・A!"

Re:제로부터 시작하는 이세계 생활 3

2014년 09월 25일 제1판 인쇄
2021년 05월 25일 제17쇄 발행

지음 나가츠키 탓페이 | **일러스트** 오츠카 신이치로

옮김 정홍식

발행 영상출판미디어(주)
등록번호 제 2002-000003호
주소 21311 인천광역시 부평구 평천로 132 (청천동)
전화 032-505-2973(代) | **FAX** 032-505-2982

ISBN 979-11-319-0214-1
ISBN 979-11-319-0097-0 (세트)

Re : ZERO KARA HAJIMERU ISEKAI SEIKATSU volume 3
ⓒTappei Nagatsuki 2014
First published in Japan in 2014 by KADOKAWA CORPORATION, Tokyo.
Korean translation rights arranged with KADOKAWA CORPORATION, Tokyo.

노블엔진(NOVEL ENGINE)은 영상출판미디어(주)의 라이트노벨 및 관련서적 브랜드입니다.

● ● ●
NOVEL ENGINE

나가츠키 탓페이
작품리스트

◆

청춘의 상상, 시동을 걸어라!

방구석에 인어아가씨
-Mermaid in Novel-

한정박스세트
본권구성 + BOX set[Audio Drama CD
+ Dummyhead CD + OST Album]

초판한정 특별부록
일러스트 책갈피

10년의 세월을 뛰어넘은 소꿉친구와의 재회. 그 소꿉친구에게는 지느러미가 달려있었다——.
난데없이 민물인어로 진화해버린 소꿉친구, 귀신이랑 친한 폭력 무당소녀, 그리고 머리가 빈 납작한 인어 꼬맹이! 게임 속 매력적인 캐릭터들과 함께하는 또 다른 이야기?!

●류호성作 〈인어공주 꿈을 꾸는 소녀〉
건방진 과학덕후 도경이와 소꿉친구 아연이의 첫 만남, 그리고 이별.

●가랑作 〈한여름 밤의 꿈〉
납작한 인어소녀 납작이는 홀로 무엇을 하고 지냈을까요?

●지나가던개作 〈인어아가씨 비긴즈〉
무당소녀 정이가 들려주는 '최초의 인어아가씨'에 얽힌 비화 속으로?!

**개성 넘치는 세 작가가 뽐내는 삼인삼색 스토리,
국내최초, '오리지널 비주얼노벨'
게임의 노벨라이즈 프로젝트가 여기에!**

 지나가던개 외 지음 | 시노바 일러스트 | 테일즈샵 원작
청춘의 상상, 시동을 걸어라!